## 读客悬疑文库

认准读客读悬疑,本本都是大师级。

# 一生悬命

陆春吾 著

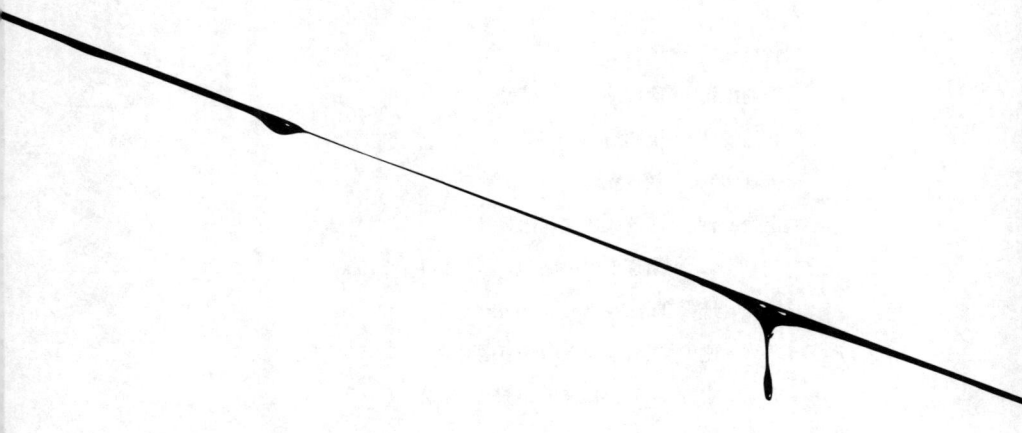

江苏凤凰文艺出版社

图书在版编目（CIP）数据

一生悬命 / 陆春吾著 . — 南京：江苏凤凰文艺出版社 , 2023.12（2024.7 重印）
（读客悬疑文库）
ISBN 978-7-5594-8018-7

Ⅰ.①一… Ⅱ.①陆… Ⅲ.①长篇小说 – 中国 – 当代 Ⅳ.① I247.5

中国国家版本馆 CIP 数据核字 (2023) 第 191633 号

# 一生悬命

陆春吾　著

| 责任编辑 | 朱智贤 |
|---|---|
| 特约编辑 | 徐於璠　谢晴皓 |
| 封面设计 | 梁剑清 |
| 责任印制 | 刘　巍 |
| 出版发行 | 江苏凤凰文艺出版社 |
| | 南京市中央路 165 号，邮编：210009 |
| 网　　址 | http://www.jswenyi.com |
| 印　　刷 | 三河市龙大印装有限公司 |
| 开　　本 | 880 毫米 ×1230 毫米　1/32 |
| 印　　张 | 12.75 |
| 字　　数 | 285 千字 |
| 版　　次 | 2023 年 12 月第 1 版 |
| 印　　次 | 2024 年 7 月第 5 次印刷 |
| 标准书号 | ISBN 978-7-5594-8018-7 |
| 定　　价 | 49.90 元 |

江苏凤凰文艺版图书凡印刷、装订错误，可向出版社调换，联系电话：010-87681002。

伸冤在我，我必报应。

——《圣经·新约·罗马书》

命运之神没有怜悯之心，上帝的长夜没有尽期。你的肉体只是时光，不停流逝的时光，你不过是每一个孤独的叹息。[1]

——博尔赫斯《你不是别人》

---

[1] 摘自浙江文艺出版社1999年版《博尔赫斯全集》，王永年、林之木译。——编者注（如无特殊说明，本书中注释均为作者注）

# 目录

| | | | | |
|---|---|---|---|---|
| 01 | 箱子·001 | | 17 | 凶年（二）·098 |
| 02 | 头发·007 | | 18 | 凶年（三）·105 |
| 03 | 落果·013 | | 19 | 凶年（四）·111 |
| 04 | 左脸·018 | | 20 | 照片·119 |
| 05 | 传言·024 | | 21 | 恩惠·125 |
| 06 | 雪夜·029 | | 22 | 瘢痕·132 |
| 07 | 谎言·035 | | 23 | 南洋·139 |
| 08 | 旧日（一）·043 | | 24 | 荒村·145 |
| 09 | 旧日（二）·050 | | 25 | 孽子·153 |
| 10 | 旧日（三）·057 | | 26 | 孤坟·161 |
| 11 | 血证·064 | | 27 | 月夜·169 |
| 12 | 夕照·069 | | 28 | 偷生·176 |
| 13 | 圈·075 | | 29 | 凡夫·185 |
| 14 | 逆影·083 | | 30 | 疯长·191 |
| 15 | 祟·088 | | 31 | 烛烬（一）·199 |
| 16 | 凶年（一）·093 | | 32 | 烛烬（二）·207 |

| | | | | | |
|---|---|---|---|---|---|
| 33 | 藏舌·213 | | 47 | 迷雾·316 |
| 34 | 核桃·221 | | 48 | 哭岛·322 |
| 35 | 深渊·229 | | 49 | 坠鸟·328 |
| 36 | 草莽·236 | | 50 | 死诀·334 |
| 37 | 疯狗（一）·242 | | 51 | 寒栗·341 |
| 38 | 疯狗（二）·250 | | 52 | 穷鱼·348 |
| 39 | 疯狗（三）·256 | | 53 | 春冰·357 |
| 40 | 回光·264 | | 54 | 故事·364 |
| 41 | 牲杀·273 | | 55 | 赌徒·370 |
| 42 | 入瓮·281 | | 56 | 石头·377 |
| 43 | 慈悲·289 | | **终章** | 戛然·385 |
| 44 | 错失·296 | | | |
| 45 | 怨憎·302 | | **生者们·391** | |
| 46 | 夜奔·310 | | **作者的话·398** | |

## 01　箱子

第二次停下休息的时候，倪向东终于承认自己老了。

他斜倚着一株歪脖子松树，扶腰喘个不停。那个沉甸甸的破旧木箱就搁在脚边，压趴了大片枯草。冷风一吹，颈窝里的热汗登时变凉，顺着瘦削的脊背往下淌，直流进洗得松垮垮的三角裤衩里去。

他吸吸鼻子，从帽檐和口罩的缝隙里四下打量，再三确认附近没有摄像头后才一点点将口罩拉下来，从半盒皱巴巴的哈德门香烟里挑出根最长的烟屁股斜叼在嘴上。如今这种便宜劲又大的烟可不好找了，碰上卖的，他总是多囤几盒。

嚓，火光跳动，苦味弥散，疲惫化作乳白色的烟，随山风散尽。

到底还不算太老，想到这里，倪向东重新快活起来。

他哼着歌从半山腰朝下打量。

夜幕降临，街灯还未亮起，林立高楼尽数没在雾霭之中，余下影影绰绰的剪影。高架桥延伸至天际，车灯闪烁，一边是流动的金,一边是跳跃的红,远远望去,似一条泾渭分明的河。

他睁大眼睛,试图寻找自己那辆二手五菱宏光面包车。

自然是寻不见的,上山前他小心将它停靠在荒无人烟的小路旁,抱起一大捆枯枝败叶均匀地撒在上面,盖了个七七八八。此刻,渐浓的夜色早已将车和他的来路一同吞没。

"干吗的?"

突如其来的声响吓得他手一哆嗦,香烟滚落,在黑色棉服上烫出个洞。

绳子一头的狐狸狗跳着脚狂吠,另一头的遛狗老头儿两步抢上来踩灭了火星。

"什么素质,怎么在山上抽烟?着火了谁负责?"老式运动鞋在烟头上又狠蹍了几遍,"你干什么的?大晚上的藏这儿干吗?"

"搬家公司的,来送货。"

这话半真半假,所以他说得自然,并不慌张。

"送货?"遛狗老头似乎不买账,偏着脑袋朝他身后打量,视线扫过他意图遮掩的木箱,"这荒郊野岭的,再往上都是些孤坟,哪有人住?给谁送货?送的什么?别在这儿撒谎摆屁的——"

训诫戛然而止,大概是因为老头看清了他的脸。

这种情况倪向东早已习以为常。

那些看见他面孔的人总是同一套流程——舌拴不下,欲言又止,在惊恐、怜悯与好奇间举棋不定,之后便扯个理由快步离开。

老头也是如此,甚至连借口都没有找,就吓得逃离小路,直接顺着山坡向下出溜。狗几步抢到他前面，跑得四爪离地，呼哧带喘，遛狗绳绷得笔直。

倪向东站在那里，沉默地注视着他们的落荒而逃，脚边是同样静默的木箱。

直到一人一狗越跑越快，转眼消失在山路拐角，他才重新将口罩拉上来盖住了脸，抱起木箱颤巍巍向山上走去。

要不是曹小军，他绝不会蹚这摊浑水。

昨天半夜，睡得迷迷糊糊的倪向东被手机铃声吵醒，屏幕上显示一串陌生数字。不接陌生来电是他早已养成的习惯，可电话挂断没几秒，同一个陌生号码再次打来。

一连三次，他终于不耐烦地接听。

"喂？"

电话那头传来一连串杂音。

"喂？找谁？"

仍没有人回答，只有刺刺啦啦的怪异声响不停传来。就在他要挂断的时候，电话那头传来一个他无比熟悉的声音。

"是我。"

倪向东一骨碌从床上坐起来，脸庞发烫，手指却是凉的。

"小军？你换号了？"

"你现在说话方便吗？"

"方便，你又不是不知道，我孤家寡人一个——"

"好，我问你，咱哥俩算兄弟吗？"

"算。"

"那你愿意帮我个忙吗？"

003

"没问题。"

"我不能解释太多，如果你信我，只管照着我说的去做，可以吗？"

倪向东左手攥着电话，右手在床头柜摸索着点了根烟，半响没言语。

"喂？东子你在听吗？"

"接着说。"

曹小军的要求很简单，请倪向东帮他运一只箱子。只是这事情不能告诉任何人，就连曹小军的妻子吴细妹也不行。倪向东要在太阳落山之后，将这只箱子送到山顶一座废弃小屋里，之后便可以离开。

"东子，你能帮我吗？"

没有回应。

"东子？"

"小军，你告诉我，"倪向东熄灭了烟，疲倦地合上眼，"箱子里到底装着什么？"

倪向东找到荒屋的时候，天边最后一丝余晖消散，四野彻底坠入黑暗。

他早已精疲力竭，两臂哆嗦个不停，深一脚浅一脚地越过荒草，站在门前。

嘎吱，门没锁，油漆斑驳的木门一推就开。

恶臭扑面而来，这里早已被上山的人作为临时厕所。

"有人吗？"

没有回答，只有北风穿过残缺的玻璃窗呼啸着灌进来。

倪向东小心翼翼地探头，借着手机的微光打量起房间。

中间是一张80年代的木头桌子，上面散落着旧报纸和一只铁皮暖瓶；墙上贴着美女挂历；墙角支着一张单人床，枕头和床单早已烂成破絮，污浊得看不出颜色。遍地都是垃圾和粪便，手电光照过去，一只小巧敏捷的动物一闪而过。

他弓起身子，两手钩住木箱上的铜环往里拖。箱子摩擦水泥地，发出难听的噪声。

这箱子似乎越发沉重，倪向东努着腮帮子，肌肉绷紧，腰眼发酸，直拖到房子中央才松了手。他手撑膝盖，气喘吁吁地戳在那儿发呆。

简陋的房间里，木箱显得格外突兀。

箱子是乡下的老款式，棕黄色，外层涂着清漆，四角包铜，锁扣处泛着铜绿。

他忽然很想看一眼，里面究竟装着什么。

昨晚他追问到电话被挂断，曹小军也没有告诉他箱子里到底装了什么。

"放下就走，别好奇，知道太多对你没好处。"

曹小军的嘱咐在耳边一次次回荡。

任务完成，是时候离开了。倪向东拍拍身上的土，起身朝外走，走了两步又停住脚步，回头盯着那只箱子。

有一股莫名的冲动。

他想给曹小军打个电话。

他摸出手机，冰凉的食指来回戳着破碎的手机屏，好长时间才解开锁。他翻找到曹小军的旧号码，不抱任何希望地按下拨打键。

短暂的等待后,铃声自他身后响起。

倪向东拿开手机,惊恐茫然地环顾小屋,许久才确定铃声的来源。

曹小军的铃声是从箱子里传出来的。

此刻他已顾不得警告,抓起桌上的暖壶大力砸下去,锁扣断裂。他掀开木箱盖,看见一个男人像胎儿般蜷缩在木箱里,脑袋垂在胸前,痛苦的侧脸在手机屏幕的明灭之间若隐若现。

他一路上运送的,正是曹小军的尸体。

窗外亮起闪电,将一切照得通明。

咔嚓。

他听见塑料盒被踩爆的声音,接着是一阵慌乱的脚步声。

突然间,倪向东明白过来,刚才那道白光不是闪电,而是手机拍照的闪光灯。

屋外有人在偷拍,拍他"抛尸"的证据。

可待他追出去时,窗外的偷拍者早已遁入黑夜,不见踪迹。

## 02　头发

孟朝刚把车停好，小八就捧着他那笔记本靠上来了。

"孟队，不好意思，您刚回去休息就给我叫回来了，实在是情况特殊——"

"别您呀您的瞎客气，"孟朝睁大眼睛，强忍住涌到嘴边的哈欠，"怎么回事？"

"四楼的住户反映说自己家厕所下水道堵了，找师傅来修，结果从主管里掏出一堆乱七八糟的东西，什么拖把布、肥皂头、塑料袋，还有——"

"说重点。"

"还有大量头发。"

"头发？"孟朝拿起路上买的煎饼，大口咀嚼今天的第一顿饭，"管道里有头发这不很正常吗？"

小八的目光从笔记本上收回，半是同情半是无奈地投向孟朝，直看着他咽下嘴里的煎饼，才迟疑着开口："还有头皮。"

"嗯？"

"掏出来的部分头发上连着头皮。"

"连着头皮,"孟朝若有所思地点点头,继续啃了口煎饼,"摸排了?"

"嗯,因为这种老式民宅上下共用一根排水管,所以我们分头逐层进行了摸底,六楼有个住户反映说自己老公已经好几天没回家了,然后我们进行了详细检查,确实从她家厕所瓷砖缝隙里发现了疑似血迹的污渍。"

"技术室的人到了吗?"

"痕检和法医已经进去了,队里其他老人也上去了,他们让我在外面等你来。"

"多长时间了?"

"大概半小时。"

"行,那咱也上去看看。"

孟朝刚走了两步,忽然立住脚,转身打量眼前这个比自己还高出半个头的小伙子。

早听说队里要来新人,可他前阵子配合总局那边追查西郊杀人案,今天才算第一次好好认识。小伙子忒客气,逮谁都鞠躬,见谁都微笑,八颗牙跟展览似的成天挂在外面,所以队里有嘴欠的给他起了个外号——小八。

孟朝冲着夜幕中悬在自己头顶的大白牙愣了一会儿,感慨着果不其然。

"那个,你叫什么来着?"

"童浩,你叫我小童就行。"

"来多久了?"

"不到一个礼拜。"

"行,一会儿进去后少说多看,机灵点儿。"

"孟队,你放心,我一定好好表现,说实话我也没想到这么快就碰上大案了——"

孟朝急刹住脚,重新望向身后的牙以及牙的主人。

"童浩,我能理解你想办案的迫切心情,但我必须告诉你,真实的破案过程不像电影里那么刺激过瘾,往往枯燥漫长,甚至带着点儿窝囊,所以你最好收起你那些不切实际的幻想,静下心来,顺藤摸瓜。破案要用脑子而不是大话,明白吗?"

"明白。"

"还有,牙给我收起来,哪有刑警天天乐得跟门童似的,犯罪分子都嫌你不专业。"

童浩闻言闭上嘴,强行凹出一脸的苦大仇深。

行吧,在队里熬几个大夜他就懂了。

孟朝叹了口气,把吃剩的煎饼往童浩怀里一塞,摆摆手招呼道:"走。"

二人来到六楼的时候,狭小昏暗的过道已经被看热闹的街坊围得水泄不通。

"多好个人,说没就没了。"

"就是说,上个礼拜小曹还帮着俺妈搬煤球来。"

"警察同志,你们要赶紧抓住坏人,不然这房子我们都不敢住了。"

孟朝无视被人群团团围住的手足无措的童浩,径直拨开众人,走到正在拍照的痕检身后:"怎么样?"

"不行,咱来之前看热闹的人已经涌进来了,脚印又多又杂,现场被破坏了,提取不到什么有价值的线索,"痕检马锐的脸上挂着俩鲜明的黑眼圈,"不过暂时没发现明显抵抗搏斗的痕迹,我猜测要么是出其不意,要么是熟人作案。"

孟朝点点头,又走到法医身边:"夏,你这边呢?"

穿着防护服的法医夏洁摇摇头,口罩后的声音有些含混:"没有尸体,没法儿进行进一步推断,我只能根据现有的信息进行推测。"她伸手指着餐桌:"这里发现少量喷溅状血迹,怀疑受害者在这里遭受过重击,现场血液被擦拭过,没有发现明显的拖拽痕迹。"

她带着孟朝走到厕所,另外一名法医正趴在脏污的瓷砖地上收集毛发。

"我们对这里进行过重点检测,鲁米诺反应显示卫生间的洗手盆和蹲坑里都有稀释的血液痕迹,怀疑犯罪分子在这里清洗过自己,不过——"

"不过什么?"

"你知道的,鲁米诺试剂对动物血和尿液也有反应,厕所蹲坑里残存的排泄物可能会对结果的准确性有一定干扰。"夏洁看了眼孟朝,"我们会尽快完成DNA比对,确认下水道里的头皮与失踪者是不是同一个人。但我得提前打声招呼,在没尸体的情况下,我们能做的工作有限,也不敢误导你们。"

卧室传来短促压抑的啜泣声,冲断了二人的对话。

孟朝循声望去,昏黄的灯光下,他看见一个抽泣的侧影。

吴细妹瘦削的身板沐浴在暖光之中,裹在烟粉色棉服里的躯干像一截燃烧后的灰烬,有形无神,任何风吹草动都会让她魂飞魄散。不知是冷的还是哭了太久,鼻尖和双颊有些微微泛红,面对女警的询问,她只是疲惫地摇头,不时用手掌根抹下眼睛。

跟精巧耐看的五官相对,她有一双极不相称的手,粗糙开裂,指节处胡乱贴着几圈脏污的医用胶布。

孟朝走过去,吴细妹看向他的目光有些拘谨,像猫一般跳跃的眼神很快又收了回去,低头看向自己的鞋尖。

孟朝抄手站在旁边,用眼神示意女警继续。

"家里少了些什么吗?"

"少了只箱子。"

并不标准的普通话,看来吴细妹不是北方人。

"这箱子很特殊吗?还是里面有重要的东西?"

"不,就是只旧箱子,装的都是些不值钱的杂物。"

"里面的东西一起消失了?"

"不,东西还在。"吴细妹的声音越来越小,右手怯怯地指了下床脚,那里扔着些大小不一的塑料袋,里面装着男女款式的凉鞋,"那人把里面的鞋倒出来了,只带走了箱子。"

"进来就为了偷只旧箱子?"

女警不解地瞥了眼孟朝,孟朝也纳闷儿地挠头,这时童浩终于挣脱了人群的束缚,一脸兴奋地挤过来,棕色小笔记本被翻得哗哗响。"孟队,大发现——"他瞥见孟朝脸上的表情,重新严肃起来,声音也跟着低了八度,"孟队,一楼捡破烂儿的余大爷说下午3点的时候,看见有人抱着箱子上了辆面包车。"

"打电话调监控,然后——"

孟朝警觉地回头,发现吴细妹也在同一瞬停止了叙述,侧耳偷听着两人的对话。他递给女警一个眼神,女警立马会意,鼓励似的望着吴细妹:"曹小军下落不明,我们越早找到他,他生还的概率越大,所以你不要怕说错,想起什么就说什么,现在每条线索都很重要。"

"我,我确实想起件事来,"吴细妹蹙起眉头,"大概一个月前,小军有次喝多了跟我说——"

"说什么?"

"不过都是些醉话,不作数的。"

"你只管告诉我们,"女警放缓语气,"剩下的交给我们判断。"

吴细妹沉默了半晌,再抬头时漆黑的眼仁里满是惊恐。

"他说如果他死了,那肯定是他干的。"

"他是谁?"

## 03　落果

倪向东盯着枝丫上的柿子，抽出烟盒里最后一支烟。

时至年根，北风呼啸，荒山上该秃的秃、该落的落，遍地都是枯枝败叶。最后的生机只剩下零星的矮松和这柿子树尖上的几颗果子。

也许他这条命也跟树上的柿子一样，熬不过这个冬天了。

他没有逮到那个偷窥者，那人比他更熟悉山上的路。

不能再往山下追了，再跑他就会进入监控的范围里，在想清楚出路前，这座层峦叠嶂的荒山无疑是最好的藏身之处。

趔回废屋的路上，他一根接一根地猛抽烟，试图用尼古丁唤醒理智，从混乱的思绪中捋出一条生路。

窗外偷窥的人是谁？

杀小军的凶手？刚才遛狗的老头？以前住在这里的护林员？抑或是其他什么刚好路过的倒霉蛋？

不管是谁，都无法改变一个事实：是他一路左顾右盼、做贼心虚般抱着个箱子上了山。如果警察追查起来，他肯定背着重大嫌疑，逃不过盘问。

现在该怎么办？

报警看上去是最好的方案，毕竟人不是他杀的。

可是有人信吗？眼下人证物证俱全。

而且他不能进警局，不能再跟警察产生任何瓜葛。

当年那场意外在每夜的噩梦中重现，宛若冰湖上的细小裂纹，让他十一年来走的每一步都小心翼翼，如履薄冰。他始终记得自己是以什么为代价，一寸寸地爬向命运的彼岸。

他绝对不肯再回去过那种日子。

抛下尸体逃跑？

不，箱子上肯定沾上了他的指纹，说不定曹小军身上也有他的痕迹。这在所难免，毕竟两个人以前是合伙干搬家的，同进同出，有段时间甚至同吃同住，保不齐在曹小军身上留下点儿什么。

他不能留下任何对自己不利的证据一走了之，他不能留给警察一个逮捕他的理由。

干脆一把火点了这里，把证据烧个一干二净？

可这样一来，两个案子就太相似了，如果惊动了家乡的那批警察，事情只会变得更加复杂难看。

事到如今，只有一个法子可行，那就是让谋杀未曾发生。

至少看上去不曾发生。

对的，没有尸体就没有凶杀。就算有人报警，那警察也只能当成失踪来处理，多少能为他搞清真相争取时间。也许这段日子吴细妹会伤心，那在所难免。再说了，他也可以好好照顾她，出于同情、愧疚，或是其他不能言说的感情。

想到这里，倪向东打定主意。

眼下最重要的就是找到一个地方，把曹小军的尸首连同对自己不利的证据一起深藏起来。

他拖着箱子走了很久，在寒冷的冬夜里大汗淋漓。山间的枯枝不足以遮挡身影，好在夜色正浓，帮他阻隔了不必要的麻烦。他绊了一跤，扑倒在齐膝深的鬼箭羽丛中。等看清脚下绊倒自己的东西，他不由得笑出了声。

连老天爷都在帮他。

眼前是个半米多宽的椭圆形洞口，不知是动物还是什么人挖出来的。倪向东趴在地上，朝里打量。洞穴曲折迂回，深不见底，直通向漆黑的地下。周边灌木丛生，只有一棵歪脖子柿子树。

他满意地环顾遍地的烂柿子，有落果好，有落果说明这地方没人来，是个抛尸的好地方。

倪向东长舒一口气，撅下一截树枝，借着原本的地势将坑挖得更宽、更深。

深到足够埋一个死人。

对于这种事情，他是有经验的。

他了却了一桩心事，倚着柿子树享受烟盒中最后一根烟，看着那缕缕白烟袅袅上升，变成天上的云。

烟吸到了海绵嘴，他知道是时候上路了。

"兄弟，别怪我心狠，"他边念叨边将箱子拖进坑里，"冤有头债有主，谁干的你，你找谁索命去。"

箱子里的曹小军自然无言以对。

稀土连同草根碎石一起落在箱子上，发出窸窸窣窣的声响，倪向东掬着第二抔土的手悬在半空,迟迟没有落下。

他忽然觉得自己很不是个东西。

事情发生后,他一直在想自己如何洗清嫌疑、巧妙脱身,可对于小军的枉死却没来得及悲伤,是的,他甚至都没想过要悲伤。

一想到小军今后要独自躺在这个山窝窝里,倪向东心里就不是个滋味,他嘴巴一撇,恸哭起来。往日的点滴忽隐忽现,想到今夜是最后的诀别,他忽然想要再看小军一眼,跟这个同乡的弟兄好好道个别。

他再次掀开了木箱。

月光之下,他看见一个人蜷缩在箱底,可那个人不是曹小军。

倪向东的哭声戛然而止,他感觉胃在痉挛,里面的食物翻江倒海。

小军的尸首不翼而飞,却又莫名多了一个死人。

眼前的陌生人穿着一身制服,看样子是守山的保安。

可是保安怎么会死在这里?

这人个子比曹要高,手脚被撅成诡异的弧度,应该是凶手下死劲儿把他硬塞进箱子,想必筋骨早已折断。

倪向东头昏脑胀。

第二起凶杀什么时候发生的?是自己追出去的那段时间?难道在偷窥者之外,现场还有第三个活人?

想到这里,他噌地一下站起来,充满戒备地四下环顾。刚才还为他提供藏匿之所的树林,如今变得阴寒叵测。他知道,有一双眼睛正含笑观望他的狼狈。

"谁?滚出来!我跟你无冤无仇,为什么害我!"

倪向东的怒吼在夜色中回荡,有什么东西扯了扯他的衣角。

他猛回头，顺着哆嗦的手，看见躺在箱子里的小保安。

这人只剩下微弱的喘息，发出嗬嗬的声响。

"救我，大哥，你救我，"这张娃娃脸被泪和血弄得乱七八糟，"我不想死，求你，救救我。"

山脚下传来越来越近的警笛，警用手电的光亮切碎了夜色。

倪向东忽然听见了往事的号叫。那是冰层破裂的声音，是十几年的如履薄冰功亏一篑。

他知道，一切卷土重来了。

不管愿不愿意，那条路他都得再走一遍。

小保安的声音渐渐弱下去，脸上的神情由哀求变成惊恐。他看清了面前男人的脸，看见男人漠然转身，再回来时左手攥着块石头。

倪向东将石头举过头顶，面无表情。

"啊——"

短促的尖叫惊起了睡梦中的飞鸟，它们四散而逃，很快又跳到临近的枝干上，重新进入梦乡。

嘈杂的脚步声渐渐逼近。

倪向东终于停了手，嘴里呼哧呼哧喷着热气。

他抬头望向天边清冷的月牙，记忆中的那一天，也是这样的月光。

嗬，大概这就是命吧。

整理好衣服，他带着自嘲的笑，深一脚浅一脚，迎着脚步声走去。

吧嗒，吧嗒，吧嗒。

山风吹过，柿子树枝丫摇摆，仅存的果子落在倾翻的木箱上，摔了个稀烂。

## 04　左脸

孟朝与童浩两人刚走到半山腰，远远就瞅见派出所民警何园搀着个保安一瘸一拐地往下走，保安衣衫凌乱，捂着左脸不住地哼唧。

"怎么回事？"

专心看路的何园闻声吓了一跳，抬头见是孟朝才松弛下来，苦笑道："这是今晚值班的保安，被人打了，石头正砸在脸上。"

"哥们儿下手挺黑啊，"童浩大大咧咧地上去查看保安的脸，后者痛苦地躲开，"打人的抓起来了吗？"

"我们赶到的时候早跑了，就他自己躺在地上。"

何园瞥了眼童浩，孟朝趁机介绍起两人。

"这是童浩，刚调来的新人。这是小何，何园，咱区片派出所的老民警了，你应该叫声姐。"

"少来，我年轻着呢。"何园一把拦住正要鞠躬的童浩，"怎么你们刑警大队都来了，出事了？"

"是有点儿情况，我们来看看。"孟朝侧过头去看保安，只见他脑门上一个大口子，半张脸血肉模糊，"这都够得上故意伤害了，谁打的你看清脸了吗？"

"天太黑，没看清。"保安摇头，扯痛了伤口，"哎哟，你说我这是得罪谁了，平白挨这一下子。"

"孟队，你们先忙，我带他去处理下伤口，然后回局里做笔录。"何园说完就要扶着人往下走。

保安突然住了脚，往左边小径指了指："那个，警察同志，我想先上趟厕所。"

"要帮忙吗？"孟朝回头问道。

"不用不用，"保安不好意思地摆摆手，"撒尿我自己就成，你们看着我反倒不好意思。"

"我记得厕所在下个路口，"童浩挠挠头，"刚才上山的时候见着了，好像是往右边走。"

保安茫然四顾，继而恍然大悟："我这满脸血弄得啥也看不清，差点儿转向，谢谢你啊。"

"不谢，你们下山慢点儿，"童浩扶着保安走过凝着薄冰的台阶，"天黑路滑，别再摔了。"

孟朝看着何园扶着保安一点点往山下挪，心底升起一股异样的感觉，总觉得自己正在与什么擦肩而过。

"孟队？"

可是他又说不清到底哪里不对劲。

"怎么了？"童浩用胳膊肘撞撞他，"爬山爬岔气了？"

孟朝的思绪被他一肘子撞得七零八落，顿在原地。

"我教你一招，你先叉开腿，蹲个马步，顺时针揉——"

孟朝懒得理童浩，两手抄兜儿，像是要证明什么一样，大步

019

朝山顶走去。

街头监控显示,倪向东带着箱子一路把车开到了山下,而他们也确实在山脚找到了他那辆面包车。问题是再往上走就没有监控了,而这座名为浮峰的山面积达二十多平方千米,怪石嶙峋,山高树密,想要藏人非常容易,展开地毯式搜索并非易事,也许在大队人马赶到前,倪向东早就从其他小路逃跑了。

"孟队,你说打他的那人会不会就是倪向东啊?"童浩三两步跑到孟朝身边,"我有直觉,倪向东跟这案子有关系,肯定是杀了曹小军后来这儿抛尸,没承想被保安撞见,痛下杀手,谁知保安命大,活下来了。"

"嗯。"

"不过倪向东能跑哪儿去呢?"童浩俯瞰夜色中连绵起伏的黑色群山,"这山这么大,藏哪儿都有可能啊,这上哪儿找去。"

"这不就找着了?"孟朝捡起地上的烟蒂,朝头顶一指。前面几十步远的地方有个水泥小平房,看上去年久失修,脏污残缺的玻璃反射着手电的光芒。

二人进去的时候,一个四十来岁胖乎乎的民警正撅着屁股查看地上的脚印。

"老陈。"

名叫老陈的民警有张和善的圆脸,童浩猜这人肯定跟区片里的大爷大妈们处得很好。

老陈惊喜地"哎哟"了一声,在屁股后面擦擦手就要跟孟朝握手:"老孟,你怎么来了?这打架斗殴的事还不劳你大驾吧?"

"我来查另一桩案子。"孟朝瞥了一眼老陈身后。

"你们也觉得不对劲吧?"老陈指着地上的血迹,"这血迹散布不均，中间明显缺了一块，现场肯定被重新布置过。"

孟朝戴上手套，细细翻看地上破碎的铁皮暖瓶。

"队长，箱子不在这里。"

"对啊，你说箱子呢？"老陈抱着胳膊站在一旁，"藏哪儿去了？"

此话一出，孟朝和童浩不约而同地望向他。

"你怎么知道有个箱子？"

"报案大爷说的，他反映有人大晚上的抱着个箱子往山上走，感觉不对头，让我们上来看看，还说那人眼神凶狠，左半边脸坑坑洼洼的，结果我们刚到就看见被打得满脸是血的保安往山下跑——"

"等会儿，"孟朝忽然打断老陈的叙述，"大爷说抱箱子上山的人长什么样？"

"脸跟蜡化了一样，布满疙瘩，我怀疑是严重烧伤。"

"哪边？"

"左边。"

"保安伤在哪边？"

"也在左边，"老陈眨眨眼，"怎么了？"

中计了！

孟朝终于明白那不舒服的直觉到底是怎么回事。是啊，如果真的是保安，又怎么会连厕所在哪个方向都搞错。

希望一切还来得及。

"这屋子你别碰，通知刑警队来人。"

孟朝说完就朝山下飞奔，不明就里的童浩紧跟着追了出去。

"欸欸，怎么回事？"老陈冲着两人的背影高呼，"你们这刑警队的怎么都一惊一乍啊？"

童浩三两步就超过了孟朝，赶在他前面跑到了厕所。一见守在门口的何园，他松了口气："人呢？"

"里边呢，怎么了？"

童浩手撑膝盖，冲她艰难地摆摆手："不知道。"

"不知道你跑什么？"

紧接着孟朝也赶到了，捂着岔气的肚子大喘气："人呢？"

"里面呢，"何园疑惑地盯着两人，"到底怎么回事？"

"对啊，队长，"童浩直起身子，"怎么回事？"

调整好呼吸的孟朝将食指比在唇边示意噤声，招呼二人围拢过来。

"我怀疑里面那人不是保安。"

"不是保安？"何园问，"那是谁？"

童浩已经明白了队长的暗指。不合身的制服，刚好受伤的左脸，对公厕位置的不熟悉……他咽了口唾沫，紧盯着公厕大门。

"这里几个出口？"

"就这一个。"

"好，"孟朝示意童浩跟他进去，对何园说，"你守住出口，我俩进去看看。"

二人掀开塑料门帘，一前一后地拐进男厕。

这里比别处冷些，头顶的日光灯刺啦刺啦地闪烁，忽明忽暗，右手边四个隔间的塑料门紧闭。孟朝故作轻松地吹着口哨，走到左侧的立式小便池跟前："嘿，小伙子你上完了吗？"

没有回应。

"小伙子？"

嘎吱——

孟朝边说话边悄悄靠过去推门,第一个隔间是空的。

他快速推开第二和第三个隔间,依旧没人。

此刻他与童浩一左一右守住最后一个隔断,推了推,厕所门反锁,有人。

点头示意后,童浩一脚踹开大门,轰响声在过道里回荡。

"不许动!"

隔间里没有保安,也没有倪向东。

他们面前只有一个留有浅黄色尿渍的蹲坑。白色瓷砖上两个血手印向上延伸,伸向大开着的后窗。

"孟队,他翻窗跑了。"

孟朝追过去,寒夜冷风穿过窗户打在他的脸上。

无尽夜色中,他仿佛看见倪向东慌乱逃窜的背影,融入了二十多平方千米的群山之中。

## 05　传言

12月31日23点59分,当琴岛市所有居民都在等待新年钟声敲响的时候,永夏区公安分局刑警大队队长孟朝拆开了今天的第三包烟。

位于三楼的会议室窗帘紧闭,烟雾缭绕。

会议桌上的八份外卖就动了一份,两个烟灰缸却被烟蒂塞得满满当当。

当孟朝又抽出一根烟的时候,副队长马驰华一把拦住了他:"差不多行了,屋里还有女孩呢,自觉点儿。"

孟朝瞄了眼楚笑和何园,默默放下烟,推开椅子走到窗前,拉开条缝儿,午夜清新冷冽的空气灌入室内。坐在他旁边的楚笑松了口气,悄悄将会议材料从鼻子前挪开,轻轻扇动面前的空气。

"上了他的当,"孟朝叹息道,"他就这么从我们眼皮子底下溜了。"

睡眼惺忪的陈更生瞥了眼队长的背影,在会议记录横七竖八的两个"正"字后面又画上一条"一"。自会议开始后，这是孟朝第十一回埋怨自己了。

"孟队，这不赖你，谁能想到倪向东这么狡猾，居然扮成受害者。"前来配合调查的何园叹了口气，"我也是笨，扶了他一路，居然没看出破绽。"

"话说这人对自己真够狠的，为隐藏身份直接拿砖头朝脸上拍，大晚上猛一瞅那张血呲呼啦的脸，谁也反应不过来。"童浩吃完一抹嘴，将面前的空外卖盒重新盖上盖儿，"你们吃点儿啊，不吃饱脑子跟不上。队长，吃点儿。"

"小八——咳，小童说得对，"马驰华敲敲桌子，"打今天起，咱们又算是套上了，你们几个没吃饭的趁热吃，破案是个体力活儿。"他朝孟朝一挥手："小孟，快，带头吃点儿，大家都跟你一块儿饿着呢。已经通知机场、码头、火车站和汽车站了，交警大队那边也表示配合，一有倪向东的影儿立即行动，所以你别担心他流窜了，他跑不出琴岛。"

孟朝把窗户一关，斜靠在椅背上，懒洋洋地拆开装着野馄饨的塑料袋。

"老陈，麻烦你再说一遍情况，我们从头捋捋。"

"12月31日19点46分，我们派出所接到报案，说18点30分左右，浮峰附近有个大爷看见一个可疑人士抱着箱子往山顶走，据大爷描述，此人五官狰狞，左脸有大面积疤痕，一看就不是好人。"老陈清清嗓子，"注意啊，这句'一看就不是好人'可不是我说的啊，是大爷的原话。在发现这人形迹可疑之后，大爷让山脚下的值班保安去山上看看。最初他担心的是有人放火烧山，毕竟冬天嘛，天干物燥的。之后这保安就拿着手电筒上山了，而大爷则带着狗守在值班室里等消息。"

"然后保安就被倪向东偷袭了？"

"不，实际情况是大爷也不知道山上小屋到底发生了什么。据他说，保安上山后半天没下来，他出于担心就报了警，然后我和小何两人接警后就开车直奔现场了。"

"我们当时以为撑死算个打架斗殴的治安案件，"小何困得不住地搓眼，"年末嘛，这类案件的高发期，所以也没什么特别准备，去了就看见个满身是血的人往山下走。"

"对，因为山上没有电，我们只能用手电照明，模模糊糊看见这人穿着保安队制服，一问说是刚进屋就被偷袭了，也没看清打人者的脸。"老陈自嘲地摇摇头，"谁想到他贼喊捉贼。"

"现场也没保护？"

"哎哟，这，"老陈挠挠头，"这事怪我，没往刑事那方面想，现场估计都被我踩得差不多了，等天亮你们让技术科再去看看，我也有没踩到的地方，多少还能剩点儿什么证据。"

孟朝点点头，从裤兜里掏出手机让大家传看："这是我拍的几张现场照片，如果老陈你没挪位置的话——"

"没有没有，这点儿警惕性我还是有的。现场摆设我绝对没动。"老陈回忆道，"据大爷说，当时那人把箱子护在身后，宝贝得要命。现在看来，里面很有可能就装着曹小军的尸体。"

"搜山队找到保安了吗？"

楚笑摇摇头。

"加派人手，时间越往后，生还希望越渺茫。"

"先是曹小军，现在又加上个保安，"陈更生喃喃道，"一天之内两条人命，这倪向东还真是个危险分子。"

"最麻烦的是这尸体死活找不到,再怎么怀疑也没法儿刑事立案。如果没有其他实打实的证据,这事拖到最后八成得作为悬案挂起来。"

孟朝烦躁地叼起根烟,瞥了眼楚笑和何园,又强行把烟塞了回去。

"那咱拿倪向东就没办法了?"童浩抱着胳膊念叨,"凭我的直觉,这事跟他脱不了干系。"

孟朝扒拉了两口馄饨:"重要的是找到他杀人的直接证据,形成证据链,到时候他想抵赖也没用。"

"琴岛这么大,单凭咱们这几个人估计不行吧。"

"所以老马,一会儿你给孙局打个电话拜年——"

"行啦行啦,我都知道你的套路了,先给孙局拜个年,然后呢,我顺带着反映反映情况,刷刷这张老脸,问他要人来帮忙。"

"对咯。"

"按老规矩办。"

"没问题,欠你两盒烟。"

"行,我这就打去。"

"小楚,你通知痕检那边再跑一趟,然后让他们辛苦辛苦,加加班,抓紧确认下水管里的头皮到底是不是曹小军的。"孟朝一拍脑门儿,"哦,对了,还有我从山上带回来的那几个烟蒂,也让他们验验,看看是不是倪向东的。"

"明白。"

"小陈,你跟老陈一块儿,再找几个派出所的兄弟,带着警犬上山找,我怀疑倪向东带着伤没跑远。再个,曹小军还有那个值班保安还没找到,你们辛苦些,动作能快则快。"

"没问题。"

"小何,明天你再联系下那个报案的刘大爷,给他几张照片选选,确认下他傍晚遇见的人是不是倪向东。"

"行。"

"队长,那我呢?"童浩一脸期待地站起来。

"你——"孟朝往椅子上一靠,食指不住地敲打太阳穴,"你明天跟我再去找下吴细妹,做个详细笔录。再个,咱俩走访下当地居民,看能不能找出点儿有用的线索。"

"好咧。"

"要是都明白各自任务了,咱就散会,大家稍微休息会儿,然后动起来,争取农历新年前破案。"

众人三三两两地离开会议室,孟朝站在窗口吸烟,一回头,发现童浩还站在门边,手里攥着那本小本子。

"怎么不回去休息?"

"孟队,我这儿还有点儿小情况,不知道该不该说。"

"说。"

"我觉得吴细妹撒谎了,在做伪证,她故意袒护倪向东。"

孟朝停住将烟往嘴边递的手,抬头望向这个新人:"为什么这么说?"

"做笔录的时候,她说她跟倪向东不熟,但是傍晚在现场的时候,我无意间听了些传言——"

童浩顿了顿。

"如果这些传言是真的,那吴细妹可能就是倪向东的同伙。"

## 06　雪夜

　　当天夜里，琴岛第一场雪落下来。

　　细密雪粒铺在红色屋顶上，落在翠色雪松间，在曲折崎岖的波螺油子[1]上洒下一层糖霜。

　　无人知晓的浮峰角落，瘦骨嶙峋的三花猫正呜咽着徘徊，四处闻嗅翻找，身子一闪，消失在废弃的小屋之后。

　　众人相聚欢庆的时候，新年的喜悦遗忘了安合里这条老街。

　　于老街而言，朝阳不是新生，不过是另一个辛苦谋生的清晨。

　　一栋栋低矮的土楼此刻静寂无声，疲惫的居民们暂时忘记了白菜土豆、鱿鱼黄花、油条馅儿饼等活计，在酣眠之中收获了短暂的平静。

　　可是601户的吴细妹睡不着。

　　白天哭了太多次，眼眶红肿，眼球酸涩且胀得厉害。然而只要

---

[1] 方言，指一种由马牙石铺成的、呈扭曲转盘状的路。——编者注

她一合眼，眼前就是曹小军倒在血泊里的样子。如此惊醒几次，她彻底不敢睡了，瞪着天花板发愣，任凭太阳穴的肌肉拧着弯儿地疼。

脚底的暖水袋早就冷了，棉被铁板似的压得胸口发闷。

吴细妹翻了个身，床板咯吱作响，她瞬间停下动作，支棱起耳朵细听。

帘子另一侧传来儿子的呼吸声，略带鼻音，沉重迟缓，她这才缓慢僵硬地重新躺下。

床头柜上的闹钟嘀嗒走着，4点2分，怕是还得生挨几个小时才能等到天亮。她将右手枕在耳下侧身躺着，看橙色街灯映在窗帘上，形成一束束光晕。

不知他现在身在何处，吃没吃上一碗热饭。天下雪了，不知衣服够不够保暖。

忽然间，她无声且迅速地半撑起身体，瞪大眼睛，目光锁住走廊的方向。

咔嚓。

细微的声响即便在深夜也微不可闻。

可她知道自己没有听错，确实有人在拨弄门锁。

备用钥匙就压在地垫下面，小军出事以后她还没来得及收回来。

想到这里，吴细妹不顾自己只穿着内衣，两三步就奔下了床，冲过去反锁屋门，瘦削的肩膀抵住门板。她这才发现自己的身体失去了控制，牙齿打战，膝盖哆嗦个不停。

咔嚓咔嚓，扭钥匙的声响还在继续。

几下试探之后，门外终于陷入静寂。

声控灯没有亮，从猫眼望去，逼仄的走廊里一片漆黑。

几秒钟后，黑暗中响起了敲门声。

"谁？"

"开门，我。"

是那个令她牵肠挂肚的声音。

她手忙脚乱地打开门锁，将男人一把拽进屋里。两条细胳膊四处摸索，确认眼前人平安无事后才紧紧将对方箍住，在黑暗中啜泣起来。男人弓着瘦削的脊背，轻轻拂着她睡得有些毛糙的额发。两人的身体都在不住地颤抖。

这个熟悉的男人如今沾染了陌生气息，那是血液、泥土和松枝的味道。他身上裹挟的冰冷空气让她清醒了过来，她将他拉进厕所隔间，擦洗他脸上沾染的血迹。

"不要命了？现在警察到处找你，怎么还敢来？"

"出了点儿意外，"毛巾扯痛了男人左脸上的伤口，"别担心，我能应付过去，就是最近没法见面了。"

"把衣服脱了，"吴细妹熟练地扒下男人身上的脏衣服，"这几天变天了，你穿厚点儿，这儿不比家乡，冬天冷得很呢。"

男人点点头，点上烟深吸一口，半晌才讷讷开口："没多说吧？"

"没，都是按你嘱咐我的说的。"

"警察信了？"

吴细妹搓毛巾的动作慢了下来："我也不知道，我不敢看他们。"

狭小的卫生间陷入死寂，热气蒙住镜子。

吴细妹抬起头，却发现再也看不清男人的脸，她重新低下头去，看水龙头上的锈，看手里渐渐消失的肥皂沫，看水珠一滴一滴地缓慢下坠，最终碎在红色塑料盆里。

"警察动作太快了，比我预料的要快，"他在洗手盆上摁熄烟头，将烟蒂小心装进口袋，"我今晚差一点儿就跑不脱了。"

"因为楼下的水管子堵了，我怕瞒不过去，也就顺势提前说了。"

又是沉默。

吴细妹突然低声哭起来："我很害怕，警察那么聪明，咱的计划不一定能行——"

"嘘，别吵醒天保。"

"非得这样吗？"她挣开他的手，"咱为什么要偷偷摸摸的？咱本来就是一对儿，咱可以去其他地方堂堂正正地活。"

"非这样不可，你知道的，咱逃不掉的，不是他，就是你我，事到如今，必须得死一个。"

"我一直做噩梦，怕警察抓你，怕他们看透我撒谎，我还经常梦见他又回来了——"

"他不会再回来了，我亲手了结的他，我保证，他不会回来的，就是索命，也是来找我。"

他把她拥在怀里，摩挲她的背，直到抽噎一点点停止。

"还记得咱俩是怎么一步步过来的吗？那么难咱都撑过来了，会好的，我保证都会好的。等这案子风头过了，咱就离开这里，去个没人认识的地方，堂堂正正地活。"

她把脑袋抵在他前胸上，手指死死抠住他背上的皮肉。

"听我说，"他捧着她的脸，"要是警察真抓住我了，你就都推到我身上。"

"我不！"

"就当是为了天保，"他的泪滴在她脸上，"孩子不能没有妈。"

"我——"

厕所门外径自响起敲门声。

她瞪大眼睛望向男人,男人紧贴在门后,比了个"嘘"的手势。

敲门声越来越响。

"阿妈,我要撒尿。"儿子的声音在外面响起。

"你等会儿,"吴细妹强压下哽咽,"我在用。"

"我憋不住了,快点儿,你快点儿。"

"你去困,困着就不憋了。"

"阿妈,你哭了吗?"曹天保在外面晃着门,"你是躲在里面哭吗?"

"困你觉,"她吸了吸鼻子,"别管别的。"

停了一会儿,又响起敲门声,只是这次更加轻柔。"阿妈,阿爸没了,你还有我。"他的声音尚未脱离稚气,"我以后好好治病,再也不偷偷藏药了,我保证,不像阿爸一样消失。"

她不敢抬眼看身边的男人,只觉得眼前的世界跟着眼泪一起摇摇欲坠,砸到地上碎成了粉末。

曹天保重新睡沉后,他蹑手蹑脚地离开。

东方呈现灰白色,再过半小时,天就亮了。

他带着吴细妹准备的钱和食物,快步溜下楼梯,眼看着就能拐出大院,一声自行车的急刹后,他跟对面的人撞了个满怀。

李清福夜班输了一宿的牌,原本就憋着一肚子邪火。他从地上爬起来一把薅住对面人的衣领,却隔着风雪看清了那人脸上的疤:"欸,你……"

来不及说完，黑影一闪，李清福失去重心，后脑勺重重撞在地面上。

男人翻身骑上去，攥住他的头发，一下一下撞击着凝着薄冰的石头路，直到身下的人不再挣扎，直到李清福再也没机会说出后半句话。

死人是不会告密的。

他喘着粗气爬起来，掸掸膝上的冰末儿，头也不回地消失在破晓时分。

雪仍在下。

一片一片，层层叠叠，落在院子中间李清福逐渐僵硬的躯干上，落在他脑后泛着热气的赤血上，落在他不再眨动的睫毛与瞳仁上。

血与雪的边缘，渐渐结成一层冰。

在同一个雪夜，浮峰山那只饿疯了的野猫终于在柿子树下发现了奇迹。

那是一个在雪夜赤裸着身子的男人，扭曲的四肢蜷缩在狭小的木箱之中。雪花填平了他凹陷的脑袋，失神的眼睛蒙着一层灰，冲向光秃秃的柿子树。

三花猫转了两个圈后，试探性地扑咬，男人没有任何反抗，坦然接受即将到来的命运。它终于按捺不住，舔舐着干涸的血迹，细小尖牙插进他的眼眶，贪婪地撕咬、吞咽，发出呜噜呜噜餍足的声音。

山风呼啸，它已不再害怕，它知道自己又能活过这个冬天。

是的，一个死了，另一个就能活了。

## 07　谎言

　　"这怎么回事？"孟朝接过童浩递来的油条，茫然望着眼前层层叠叠的人群。

　　新年第一天，安合里老街所有的闲人全体出动，将吴细妹居住的老楼围了个水泄不通。他们裹着睡衣，手抄在袖筒里，叽叽喳喳地咬耳朵，脸上变颜变色。间或有人踮起脚，抻长脖子好奇地去打量停在院子中间的救护车。

　　"死人了。"童浩一昂下巴，担架上手捂心口的老太太正被医护人员抬上救护车，"这老太太早上看见的，当场心脏病就犯了，直接躺倒在尸体旁边。然后——"他又一甩头，人群中间一个七十多岁的大爷正手舞足蹈地跟旁边人说着什么，"这个大爷出来晨练，看见躺在地上的两人就直接打120了。不过那个男的已经不行了。"

　　"可不是不行了嘛，车来的时候人都硬了。"站在他俩前面的大姨忽然回过头来，"说是冻死的，昨晚喝大了晕乎乎地睡在路边，然后再没醒过来。"

"我听着是犯病了，"旁边拎菜的老太太用胳膊肘撞撞她，"心脑血管有毛病。"

"我听说是被人报复，"穿深蓝色面包服的男人摇摇头，"得罪人了，一板砖给拍死了。"

孟朝嚼着油条，听着路人的猜测，半晌没有吭声。

救护车嘶鸣着远去，意犹未尽的人群很快也层层散开。孟朝大步走向李清福倒下的地方，伏低身子观察着结冰的路面，在干涸的血迹旁转着圈踱步。

"不对劲，"他冲童浩压低声音，避开因好奇而驻足的居民，"如果是普通滑倒不会出这么多血，而且这摔倒的位置也不对。"

"我也觉得哪里怪怪的，但又说不上来，"童浩挠挠头，"咱要追查这事吗？"

"嗯，尸检之后听法医怎么说，再个——"

孟朝不经意抬头，正撞见一个脑袋从六楼的某扇窗子里探出来，朝下张望。

那人显然也看见了他，四目相交的一瞬，迅速收回身去，下一秒将窗帘拉了个严严实实。

整个动作一气呵成，快到他甚至开始怀疑是不是自己的幻觉。

"头儿？"童浩用笔记本戳戳他，"再个怎么着？"

孟朝思索了片刻，将喝干的豆浆袋子攥成团，塞进童浩的口袋。

"先上楼。"

"听说楼下的事了吗？"孟朝接过吴细妹递来的水杯，瞥了眼在客厅门口探头探脑的曹天保，问得云淡风轻。

"嗯，一大早就闹哄哄的，想不知道也难。"

"最近这块不太平啊，接二连三地出事。"

"是不太平。"吴细妹心不在焉地敷衍着，回身将曹天保赶回了卧室。母子二人在隔间压低了声音用方言快速交流，听语气似乎在争吵。

"头儿，他们说什么呢？我怎么一句也听不懂。"

"儿子要问爸爸的下落，他妈不让，让他坐屋里安心写作业。他们说的是南洋省方言——"孟朝摇头示意童浩不要声张，"我在那里读过书，但也只能听出个大概。"

说话间，吴细妹已经关上了卧室屋门，重新坐回两人对面。她垂着头，用抹布搓着玻璃茶几上的一块污渍，半天没有开口。童浩欲言又止，只能尴尬地偷瞧孟朝。

"用搓澡巾好使。"

吴细妹嘴巴微张，错愕地望着孟朝。漆黑的眼睛下面有些浮肿，看样子这几天都没有睡好。

"这种油渍你这么干搓没有用，听我的，试试搓澡巾，用粗糙的那面，一蹭就掉。"孟朝顺势接过吴细妹手里的抹布，十分自然地放到一旁，"新的搓澡巾还能用来洗瓜果，好使，特别是苹果，一搓果腊就掉了。"

"没想到你一个大男人还懂这些。"

"个人兴趣，我没事就喜欢研究这些省事的懒办法，"孟朝笑笑，"等这案子破了，咱都有心情了，交流交流经验。"

吴细妹应和着笑了笑，手里没了活计，整个人也跟着没了生机，垮着肩膀坐在那里，像是一件旧家具。曹小军出事之后，原本就瘦小的她眼瞅着又风干了一圈，两颊越发凹陷，衬得眼睛里的惊恐更加突出。

"底下出事的人你认识吗？"

"算不上认识，是住在二楼的人，平时能碰个面，眼熟而已。"

"他跟曹小军熟吗？"

"有时候打酒能碰上，小军爱喝两口，两人可能在啤酒屋见过吧，听他提过几次，说那人酒品不行。"

"他跟倪向东熟吗？"

吴细妹眼神躲了一瞬，下一秒重新定定地望向孟朝："倪向东跟他熟不熟我不知道。"

"倪向东不是也经常到这儿来吗？跟那人会不会也碰过面？"

"我不知道。"

"倪向东能喝酒吗？"

"不——"她打了个磕巴，"不知道。"

"你知道倪向东现在在哪儿吗？"

"不知道。"

"你知道楼下那人是怎么死的吗？"

吴细妹露出一个困惑的表情："你们今天来到底想问什么？"

童浩清了清嗓子，将几张照片在茶几上横向排开："这是你家丢的那个箱子吗？"

她快速瞥了眼照片，点点头。

"眼神不错啊，这照片是监控里截出来的，没想到你扫一眼也能认出来。"

"这箱子是我的陪嫁,所以印象比较深,怎么了?"

"没什么,只是你为什么不问我们曹小军的下落呢?"孟朝盯着吴细妹的眼睛,"我们都以为曹小军是被人塞进箱子带走的,现在箱子找到了,你怎么都不问曹小军的下落呢?"

吴细妹脸上仍是那副可怜巴巴的表情,可孟朝却在她眼底捕捉到一丝狡黠。

"我不敢问,怕他出事。有好消息最好,没有我也认了,事到如今我们不敢抱什么希望,只要没见到尸体,我们娘俩就能假装他还在,日子也能继续凑合——"

"你似乎认定他死了。"

吴细妹忽然停止了哭泣,诧异地望向孟朝:"他没死?"

孟朝没有回答,似笑非笑。他在吴细妹的凝视中前倾身子,拿起茶几上的水杯,不紧不慢地喝了口茶,缓缓吐出口气:"冬天就得喝热水。"

坐在旁边的童浩不安地扭了扭身子,不知队长葫芦里卖的什么药。

"你话说清楚,小军没死吗?你们有他下落了?"

"你先说说,你为什么这么笃定他死了?"孟朝又呷了口水,抹了把嘴巴,这才重新望向她,"吴细妹,你好好想想,是不是忘了告诉我们什么?"

他看着吴细妹胸口微弱的起伏,知道她的心理防线正在崩塌。

只需要再推一把。

"据我所知——"

咣当,卧室传来板凳倒地的声音。吴细妹条件反射般弹起来，疾步奔过去，顺手关上了房门。

孟朝叹口气，知道错失了机会。

短暂的停顿后，卧室传来吴细妹又细又密的话语，听语气像是在呵斥儿子。很快，里间响起母子二人压低嗓音的争吵。童浩挑眉询问，而这次孟朝也只得摇摇头。

南洋省村村方言都不同，他这个半吊子只能听懂又慢又稳的标准南洋话，像这种刀枪相对的争论，他实在无能为力。

果然，等吴细妹再回来时，脸上又挂上了波澜不惊的淡漠。她一边给孟朝和童浩添水，一边冷着脸回答："该说的我都说了。"

"儿子情况好点儿了吗？"孟朝看见她的紧绷一点点松弛下来，眼神中的戒备与仇视也渐渐软化，身上盔甲片片剥落，露出里面那个脆弱无助的母亲。

"没有特效药，勉强维持吧。"

"得不少钱吧？"

"是，"她用手揩揩眼睛，"偏偏这种时候小军又不在。"

"如果你配合我们调查，说不定很快就能找到他。天保也很想爸爸不是吗？"

"三钱鸡仔看透筋[1]，"吴细妹苦笑着舒了口气，"你们想知道什么，直接说吧。"

"第一次做笔录的时候，你说去年10月2日曹小军曾在酒后跟人起过冲突，并扬言要杀了那人。"童浩翻看着笔记本，"你当时说对方是工地上的工头。"

---

[1] 方言，形容一眼就能看得很清楚。——编者注

"对，怎么了？"

"可是据我们调查，当天晚上在你家喝酒的不是什么工头，而是倪向东。"童浩继续道，"我们有很多证人，有很多可靠的证词，所以在这一点上继续撒谎是不明智的。"

吴细妹忽然想了起来，那天好像跟隔壁李老太太打过照面儿。

没有错，那天是她孙子生日，小男孩嚷嚷着要吃糖醋里脊。傍晚时分李老太太来她家借了点儿醋，她提着醋瓶子出门的时候，正撞见倪向东笑呵呵地走进来。

吴细妹的心往下一沉，却仍面不改色地说道："那可能是我记错了吧，他们工友之间经常一起喝酒，今天这家，明天那家的，很容易记混。"

"曹小军从不带人回家喝酒，工地上的人说他也没有什么交情深的朋友，实际上，只有倪向东会经常出入你家。"

吴细妹脸色灰白，不再言语。

"他俩是在工地认识的，后来还合伙开过搬家公司，可10月份时关系突然变僵，你知道为什么吗？"

"我不知道，他们男人间的事情我不大参与。"吴细妹抿了抿头发，"而且我跟倪向东不熟。"

"可是，有人目睹倪向东开着面包车送你上下班，特别是在10月份他跟曹小军决裂之后。"孟朝前倾着身子，步步紧逼，"跟你丈夫闹掰之后，他跟你之间的走动反倒多起来，这是怎么回事？我想听听你的说法。"

见吴细妹不接话，孟朝重新靠向沙发："听说你们三个是老乡？"

"是。"

"很巧啊,都来自南洋省,又刚好在琴岛遇见。"

"是挺巧。"

"到底是巧合,还是他追着你来的?"

吴细妹攥着茶杯的手不住敲打着杯壁。

"在认识曹小军之前,你先认识的倪向东吧?"孟朝余光瞥见那只手在微微颤抖,"曹小军知道吗?"

他瞥了眼卧室虚掩的门,压低声音:"他知道你跟倪向东以前是一对儿吗?"

## 08　旧日（一）

吴细妹很小的时候就明白，这世上的神恨她。

六岁那年，她学着阿婆的样子，在村头土庙里跪了整整一宿，可第二天，阿妈还是走了。

阿妈的婚礼很简单，没有花轿，也没有喧天锣鼓，她所有的聘礼只是一件崭新的花衣裳。阿妈的嫁妆也很简单，阿爸去世后，这个贫苦的家已经拿不出什么像样的东西，阿妈唯一的陪嫁就是刚满三岁的弟弟。

她也想去，即便以物品的名义，可那户人家是不要赔钱的女娃的。

临近傍晚的时候，阿妈牵着弟弟，跟着那个瘸腿男人走了。

她哭着跟出了二里地，那个陌生男人不耐烦地推搡，她一次次爬起来再跟上去。

阿妈也哭了，蹲在地上搂着她，久久不肯撒手。流着鼻涕的弟弟什么也不懂，看着阿妈哭也跟着哭。男人被他们哭得烦躁，骂了句难听的脏话，飞起给了阿妈一脚。

阿妈收起哭声，无声地掉着泪，手却忙不迭地去擦她的脸。

"听话，回去吧，"阿妈声音囔囔的，"再晚路就不好走了。"

男人愤而拖起阿妈，阿妈护着弟弟，三个人拉拉扯扯地向前走去。她独自跟在后面，赤脚跑过山路，一声声地喊着阿妈。

阿妈被男人扯着头发，回不了头。

最终她累了，倒在地上再也没有力气爬起来。

她趴在泥地上无声号哭，看着西边的日头一点点消失，连同阿妈小小的影子。吴细妹伸出胳膊，徒劳地张大手掌，却抓不住太阳，也留不下阿妈。

星光落在枝头的时候，她回到了失去所有至亲的家。

风雨飘摇的老屋里，如今只剩下瞎眼的阿婆。在她所剩无几的童年里，也只剩下这一个残缺的亲人。

"你不要怪她，"阿婆没有牙的嘴皱成一团，"她也是要活的，女人家没办法的。"

那她该怪谁呢？

像是听见了她心中的抱怨，阿婆混浊的眼珠转向她："要怪就怪你命不好吧。"

阿婆生养了九个儿女，只活下来五个。两个女儿嫁去了很远的村子，而娶她阿妈的那个男人不许阿妈再跟这个家来往，所以能指望的也只有二儿子和小儿子。

小儿子早年去了县城打工，慢慢断了联系，而二儿子的家庭同样贫苦，上有瘫痪三年的岳父，下面也是一群仰着脏脸、嗷嗷待哺的崽子，能给予自己母亲的也只不过是一日三餐的温饱。

她是个累赘，即便大人们不明说，吴细妹也能感受到这一点。

她小小年纪就学会了察言观色,如果吃饭时二舅妈脸色难看,她就乖巧地放下饭碗,手脚麻利地背起门后的竹篓子,不声不响地跑去后山割猪草。

阿婆不敢说什么,阿婆也是看儿子脸色吃饭的。

夜深人静时,祖孙二人窝在茅屋里,听着彼此肚子此起彼伏地咕噜响。

阿婆轻轻拍着她,替她扇走嗡鸣的蚊虫,哄她说这云层顶上有天宫,里面住着救苦救难的神,专门庇佑他们这些苦命人,只要虔诚地祷告,终有一天神会带着她脱离苦海。

可是神明厌恶她,慈悲的神迹从未在她的命运中显现,就像她跟着阿婆念叨了一宿,第二天醒来时,肚子依旧很饿。

她时常盼望自己快些长大,可又时常觉得长大没什么好,不过是将从阿妈到阿婆的老路再走一遍。

可无论她愿不愿意,朝夕更替,她还是饿着肚子长大了。

吴细妹出落得像阿妈一般标致,田间的毒日拿她生来白皙的皮肤没有办法,一张小尖脸总是粉扑扑的,像是沾着露水的鹅蛋在粉盒里滚了一圈般细腻软糯。寄人篱下的日子教会了她谨言慎行,讲起话来柔声细气,做起事来慢条斯理,更显得整个人小巧娇憨。

村里的青年不安分起来,就连二舅家的男孩子也总有意无意地在她眼前晃悠。二舅妈将一切看在眼里,时常一脚蹬在儿子的屁股蛋上,再怨毒地剜她一眼,大声呵斥她丑带骚。

可临近仲夏的时候,二舅妈却忽地变了脸。

那日晚饭吃得早，吴细妹收拾桌上的碎骨头时，月亮还没有爬上椰树。二舅妈坐在竹凳上打着扇子，视线顺着她的腰身上下游走，喃喃低语："转眼细妹长成大姑娘了。"

她向二舅递了个眼色，二舅假装没看见，别过身去，装模作样地捂着嘴剔牙。

"嗳。"舅妈不甘心，又朝他努嘴，用胳膊肘去顶他的肋骨。

"我不管，你自己去说。"二舅推开她，烦躁地起身走回里屋。

吴细妹快速收拾好碗筷，扭头往厨房走，只当没看见二人间的哑谜。舅妈脸上堆着笑，身子一拧，起身堵住她的路："你眼看也快十六岁了，这以后怎么打算的？"

她只有十四岁，思忖着舅妈对自己的事情一贯不热心，记错年龄也是意料之中，因此懒得多嘴去纠正，只是垂着颈子摇头，黑眸子盯着木盆里的脏碗筷出神。

"给你说个亲吧？"

她诧异地抬头，眼中满是困惑。

对于男人，那时候的她并没有什么想象。提起这个称呼，脑中能联想到的也只有村子里的几个中年懒汉。他们每天晌午过后就背着手四处闲逛，喝茶发呆，留老婆在田里干活儿。要不就是那几个年龄相当的毛头小子，在路上遇见了，他们几个总是傻笑着相互推搡，呆头呆脑的。

她的心房还没有一丝春风拂过。

整个少女时期她只有昏暗的老屋与瞎眼的阿婆做伴，阿婆嘴里的那些"爱情"故事，说来说去也无非是劝诫女人要从一而终,在家安心相夫教子的。

她听完只感到一股气闷,感觉这些故事正一点点给她施法,将她变成阿妈。

她又想起出嫁那天阿妈脸上的泪。

"不要。"

"哪有不嫁人的,德财也要娶了,你不嫁,他怎么娶得进来?"

德财是二舅的三儿子,今年二十岁。在80年代的南洋省,这年纪已经算得上晚婚,毕竟村里的那些男孩二十出头就做了爸爸。

"福昌。"她扭捏了一会儿,轻声吐出这个名字。

福昌是邻居家的小儿子,生得纤细白净,看上去文气得很。但也只有吴细妹这么认为,村庄里其他人都觉得他憨傻,不会有什么出息。

每次见到细妹,福昌总是躲得远远的,冲她腼腆地笑,不像别的男人老是趁机凑到她身边,寻机会摸一把、抓一下的。他会帮她割草、打水,也时常将采来的野花悄悄别到她的竹筐上,一切都是悄无声息的,就像他这个人一样,安静、妥帖,没有任何威胁。

唯一不好的,他是个小哑巴,家里条件也不好。

吴细妹不在乎这点。如果非要她在男人里选一个的话,她想跟他凑一对儿。

尽管她还不知道夫妻到底是什么含义,大抵不过一张床上睡,一张桌上吃,为他洗衣生娃。她想了想,福昌无疑是最好的人选,今后求神时她也愿意帮他祈福求寿的。

"福昌有什么好，不精不神的，"二舅妈一脚踏碎她的梦，"依我看，岭西的吴阿弟不错，人又神气，你嫁给他好福气，睡在珍鼓里脚都直[1]。"

吴阿弟虽然叫阿弟，却足有三十七岁。

"不去，他打老婆的。"

这是实话，吴阿弟媳妇挨揍时的哭喊声全村都能听见。

"男人都有点儿脾气嘛，"舅妈撇嘴，"你哄着他点儿。"

"他有老婆的。"

"以前有，现在不是跑了吗。"

半年以前，吴阿弟的老婆忽然不见踪影，他家对外说是跑了，可村里女人们私底下传言，说八成是给打死，拖到哪里去埋了。

"不，要嫁就嫁福昌，别个都不要。"

"还自己挑上了，多心女子穿破裙[2]。"二舅妈狠狠地丢下这句话，扭头走了。

阿婆去世后的第二个月，吴细妹出嫁了。

聘礼是八百块钱，村里人都说她好福气，毕竟只有在县城打工的吴阿弟才能眼睛都不眨一下地掏出这笔钱。后来德财用这笔钱盖了新房，娶了媳妇，这些都是后话。

娶亲那天，吴细妹板着脸，神情木然，看着吴阿弟裹在一群烂哄哄的闲人里面，沿路派烟扔糖，跟村里懒汉们咬耳朵，讲些下三烂的笑话。她在送亲的人里看见了福昌，还是那身旧衣裳，

---

1 方言，形容人逢喜事精神爽，万事顺心。
2 方言，形容水性杨花的女子没有好下场。

远远地躲着,只是这次是躲着哭。

呀呀地哭,原来哑巴哭起来也会有声音的。

福昌你不要怪我,要怪就怪我命不好吧。

她命不好,生来是受苦的。

阿婆总是这么告诉她,要她忍着,忍过了这一生,来世就好了。

那一夜,她独自驶入未知的命运,耳畔是男人野兽般的喘息。

她不明白发生了什么,也不懂吴阿弟为何要这样对她,只是身体的疼痛让她隐约觉得自己受到了伤害。

她开始怀疑,定是自己的言行招惹了一切苦难,就像村人背后说阿妈的那样。

她哭了,为自己羞愧,咬牙切齿地告诉自己,怪不得别人,要怪就怪自己命不好吧。

那一夜,她只有十四岁。

来不及长大,已然老去。

## 09　旧日（二）

嫁过去的第二个月，吴阿弟开始动手打她。

有时是饭菜不合口味，有时是打牌输了，有时是跟他讲话回话慢了，更多的时候，是他在别处受了气，无处撒邪火。

一年多了，吴细妹的肚皮一直没有动静，这也让吴阿弟一家看她更加不顺眼。

吴细妹忽然想到他第一个老婆也是没孩子的，但是这话并不敢说出口，经验告诉她，这番话只会招致更加恶毒的惩罚。

夜夜，她在床上辗转，祈祷上苍赐予她一个孩子，这样她就可以减免繁重的家务，换取九个多月不受打骂的日子。可上苍并未理会，到十六岁的时候，她仍然没怀上孩子。

时间一长，村里的人像是也想到了什么，他们三五扎堆，鬼鬼祟祟，每当吴阿弟走过，就欠身向前喊喊促促地咬耳朵。

吴阿弟不是男人，这话不知是谁第一个放出来，渐渐流传开来。

"有那么些钱有什么用，到头来还不是绝后。"

说这话时，村里的癞子正倚着树，搓着膀子上的泥，心中一阵舒坦。

大人们叽叽喳喳，小孩则更加口无遮拦，一日日地耳濡目染，慢慢也学会了拿吴阿弟开玩笑。每当他从村口路过，光屁股光脚的脏孩子们一哄而上围着他跑，挂着鼻涕的小嘴唠叨着，学大人的样子，问小媳妇几时大肚子。

吴阿弟心中忧闷，性情也越发暴躁乖戾，成日间脸色阴沉，喜怒无常。有时吃着饭会猛地停住，夺过细妹手中的碗，朝地上狠命一掼；有时一根接一根地吸烟，屋里烟雾缭绕，呛得人睁不开眼；有时成宿成宿地不睡觉，手枕着胳膊别过脸去，不搭理人，问话也不答，当细妹迷糊地睡过去时，则飞起一脚突然将她从床上踹到地上；还有几次在酒后红了眼，抓着菜刀贴在她脖颈上，强迫她发誓会在一个月内怀上孩子。

吴细妹以为只要继续忍耐，总有一天这一切都会过去。

然而，麻绳专挑细处断，厄运只挑苦命人。

某天午后，正在田间干活儿的她看见吴阿弟站在田埂上，跳着脚冲她招手。细妹茫然走过去，被吴阿弟抓住手腕，急匆匆拖回了家。刚进门就看见一个半大小子坐在竹凳上，眼瞅着地，不敢瞧她。

吴细妹认出这是吴阿弟大爷家的小儿子，今年刚满十八岁。

非年非节的，他突然上门干什么？

虽然心里犯嘀咕，面上却未表现出什么，洗手烧饭，她很快就张罗了一大桌子菜。只见过几回的堂弟缩在桌角，全程只顾低着头，大口大口扒拉着饭，跟堂哥一口口地灌酒。这是她第一次见他喝酒，还喝得这样凶。

陪着吃完了饭，闲话也说得差不多了，堂弟依然没有走的意思。

三个人就那么干坐着，谁也不看谁，任由窗棂映在地上的影子一点点倾斜。

吴细妹先沉不住气了，说得回田里干活儿，吴阿弟突然拦住了她，扭头给小伙子递了个眼色。

危险像是藏在花布门帘后的庞然大物，虽看不清面貌，但已将帘子顶得高高的，阵阵阴风扑面而来。

吴细妹身上汗毛倒立，转身想跑，一回头才发现吴阿弟早在她身后上了门闩。

"我得有个儿子，有个儿子。"他嘴里念叨着，反剪住她的胳膊。

"哥，我不行——"

"赶紧的！"

他将她拖到地上，膝盖压住她的胳膊。

她扑腾、尖叫，双脚四处乱踢，眼前一道黑影，有谁攥紧了她的腿，紧接着，山就压了下来。

她放弃了挣扎，嗓子喊哑了，没有用，她知道就算喊破天去也没有用。

挨揍的时候从来没有人来救她，她的世界里没有神明，没有奇迹，没有一丁点儿慈悲，只有恨和忍，她所受的所有教育只告诉她打掉牙齿和血吞。

很快结束了。

堂弟讪讪地望着她，一双手慌乱地提着裤子。

她没有言语，眼泪干在脸颊，几丝头发贴在上面，他想要帮她擦拭，手伸出去又缩了回来，似羞似怕，站起身来跟堂哥点点头，嘴里咕哝了一声什么，逃也似的奔出门去。

吴阿弟松开她的胳膊，点了支烟。

"他下礼拜还来，你肚皮最好争气，"他掸掸烟灰，"我也不想的。"

吴细妹没有说话，缓慢地穿着衣裤。

窗外日头西斜，不知不觉间已时至傍晚。

"做饭去吧，"他把钱扔在她腿上，想了想，又多扔了五块钱，"你喜欢吃什么，自己买去，最近补好身子。"

吴细妹在杂货铺徘徊了很久，眼睛直愣愣地望着货架。最终她买了一只土鸡，剩下的钱全打了酒。

晚饭时，吴阿弟脸上看不出表情，闷着头喝酒，一杯接一杯。吴细妹在旁伺候，帮他倒酒时，吴阿弟忽然抓住她的手腕，抬眼端详她："后悔嫁给我吗？"

她一愣，从未想过这个问题，第一次知道原来女人也是有资格不满意的。

见她长时间不言语，他喃喃道："你是个好女人，是个好女人。"打了个酒嗝儿，他又说："我也不是坏人，要怪就怪你命不好吧。"

又是命。

他很快醉倒，在竹榻上鼾声如雷，吴细妹在一旁安静地收拾着碗筷。

吴阿弟不知梦见了什么，在睡梦中高声咒骂起来，不停蹬腿。

细妹停下手，惊奇地望向他，像是第一次见到这人般仔细打量。

矮小黑瘦，头发并不多，细软地贴着头皮，有些皮屑。脸上已有了皱纹和晒斑，只是肤色黝黑，看得并不清楚。眼皮朝下耷拉着，在酒精作用下永远红肿，像是大哭了一场。此刻的吴阿弟张大嘴巴打着鼾，不时吧唧两下嘴。

她再回来时，手里提着杀鸡的刀。

没什么两样，她告诉自己，鸡和人没什么不同。

刀扬起，落下，血溅到她脸上。没有眨眼，一下又一下，直剁到脑袋整个儿滚落。

原来杀鸡和杀人没什么不同，鸡是畜生，有的人也是。

她刨开卧室的泥地，挖了一个深坑。锄头挥了没两下就触到了什么，扫去浮土，看见一具烂透的尸骨，没来由的，她觉得是吴阿弟先前那个脸色枯黄的老婆。

吴细妹感到彻骨恶寒，接着是一阵恶心，自己竟在这枯骨之上完成了新婚。

不知听谁说的，人走时要留个全尸，残缺不全的尸骨过不了奈何桥，来生不能投胎做人。想到这里，她重新捡起刀，在吴阿弟的身上狠狠剁了几下，再用鞋底把他踢进了坑里。

"来世别再祸害别人了。"

一锹锹的土倒进去，将坑重新填平，她在上面来回踏着，一点点地踩实。末了已经看不出什么，只是泥土松软些，带着新土的腥气。

"要怪就怪你命不好吧。"

这话说得像是冲他，又像是冲自己。

她去打水，碰上洗衣的邻居。

"细妹，这么晚还打水啊。"

"嗯。"她点头，没想到自己能这么冷静，"天热，洗澡。"

"哎呀——"邻人忽然凑上来，揉搓她右侧脸颊，"这沾的什么啊？像是血——"

"哦，晚饭杀了鸡，不小心碰到了。"

她想，确实买了土鸡，杂货店老板为证，不怕人查。

"阿弟好福气呀，媳妇乖巧又能干，顿顿吃烧鸡。"

她笑着敷衍，提水离开，只一转身，眼里就没了笑意。

将屋子擦拭干净后，她安静地关上灯，锁上房门。

夜已极深，四下响起此起彼伏的鼾声与低语，辛苦了一天的劳作人早已陷入睡梦。此时出门，不怕遇上什么人。她提着旅行包，打着手电，深一脚浅一脚地翻过山头，将婆家的村落甩在背后。

高大的棕榈与椰林遮挡着新月，林间人迹罕至，只有她独自一人，越走越快，最终飞奔起来。耳边响起凄厉的号叫，像某种绝望的动物，过了好久她才意识到，原来是自己在哭。

她一路跑，一路哭，想为自己的逃亡寻一个终点。

她想到了福昌，跑回来，轻轻叩他院里的竹门。

"谁？"

陌生妇人的声音，她这才忽然想起来，早听说福昌娶了妻，去年抱上了大胖儿子。借着月光张望，果然看见一个妇人的身影，摸索着过来开门。

她在院门打开前逃跑了，实在不忍心将厄运传给别人。

吴细妹成了这个世界的孤儿，漫无目的，异乡人般游荡在自己长大的村庄。

兜兜转转,她回到了从前的家。

阿婆死去后,这块地基顺理成章地归了二舅。曾经的老屋已经被扒倒,新盖的草屋蛰伏在夜色之中,居高临下地蔑视着她。

这座新房,是用她的血肉砌起来的。

蓬松的茅草是她用脸上受的巴掌换的,刷着新漆的木门是她被撕扯掉的头发,四面新墙是踹在她腰上的那一脚,她依稀记得自己痛得三天没法下地走路,竹梯是谩骂,院子是羞辱,新房里的一桌一椅都浸着她夜深人静时的哭泣。

羞愤烧灼着吴细妹的灵魂,她点燃火种,连同多年来的积怨一齐丢向屋顶。

缕缕白烟后,火势渐渐大了起来,转瞬间,火舌冲天,空气猎猎作响,烈焰映红了夜空。

她躲在暗处,看着屋里的人从睡梦中惊醒,尖叫着逃出屋来,心底无怨无恨,反倒是一片宁静。

"我只取走你们欠我的,自此两清。"

她离开村子的时候,初升红日从山间升起。

吴细妹眼中含泪,看着朝霞满天,赤红遍野,目光所及皆是红辣辣的一片,像是吴阿弟的血一路蔓延到了这里。

如果天塌下来正义才能得到实现,那就塌吧。

她昂头沐浴着血色前进,身后是燃烧的烈火,眼前是升起的黎明。

## 10　旧日（三）

吴细妹抱着膀子立在街边。脸上是劣质的粉，灰漆漆的，像是寿材店的纸人。吊带短裙紧箍在身上，越发显得腰肢细软，两片嘴唇涂得血红，如同某种招牌。

她来定安县城已经一年多了。

那夜之后，吴细妹早已做好被抓的准备，却再也没有来自家乡的消息传来，仿佛那一夜只是寒冬的最后一场霜降，随着春日的太阳出现而消失殆尽。

惴惴不安的，她混一天是一天，直到日渐麻木。瞎话编多了，渐渐连自己也忘了自己的来处，只是偶尔在噩梦中，依稀能看见那场冲天大火。

没有身份证，没有学历，好在漂亮，干了没多久的前台小妹就被"好心"的大姐看上，介绍去道哥手下做起了槟榔妹。这工作不难，只消站在公路旁，向来往疲乏困倦的货车司机招手堆笑，或者当街拦住闲散的汉子，把槟榔半推半就塞进他们嘴里，等他们吞下去了再讨价还价。

虽然道哥和介绍人会抽走大部分提成，但余下的碎钱也足够她温饱。起码不必像从前那般辛苦，白天站着收钱，晚上洗脏盘子。

只是后来她才明白这份工作的代价，人家想买的并不只是槟榔而已。

白花花的日头刺得人睁不开眼。

隐约听见招徕声，她眯起眼睛打量，看着别家店的槟榔小妹正在不远处招揽生意。对方跷着一只脚，手搭在车窗上，歪着脑袋调笑。

笑声裹着热浪袭来，她一阵头晕恶心。

"喂，小妹，"汗津津的男人在她面前停住脚，不在意地抓挠肚皮，"买你的槟榔有什么优惠吗？"

"买五粒送一粒。"谄媚的甜笑。

"哦？可是人家都是买一粒送两粒呢。"他一努嘴，货车旁的小妹交挽着司机的手臂，二人情侣般亲昵。

"怎样？你要是送，我就买你的。"

说罢冲她痴痴地笑。

她没懂他的意思，但从这笑容中体味到一种污秽。

男人见她不言语，便当作了默认，上来伸手去揽她的肩。

吴细妹慌乱后退，打翻了试吃的盘子，一屁股跌翻在地上，引得路人朝这边张望。

"青瓜蛋子没有劲儿。"男人攒眉咕哝了一句，甩着膀子，晃晃悠悠踱到下个摊位。

两人老熟人样儿地耳语，不知说了什么，小妹满面春风，扭着肩膀，颠颠笑着捶他两下。

吴细妹蹲下身子，默默捡起打翻在地的槟榔。一股挫败感油然而生,像丝袜上钩起的丝,从小腿肚子凉冰冰地向上蔓延。她瞧不起自己这样子,既不干净,又无法堕落到底,就这么戳在黑白之间,过着灰漆漆的阴冷日子。

这段日子她学会了堆笑,也学会了讨好,却始终不会打情骂俏。过往的一切让她害怕男人,她知道看起来再文弱的男人,心底也卧着一匹随时会暴起的兽。平时敬而远之,不得不遇见时,也总免不了像看见了仇敌般紧绷僵硬。

其他槟榔小妹都打趣说她白瞎了这张娇脸。

她也觉出这样拧巴的生活像一出苦戏,可就是不肯闭着眼错到底。

每天傍晚,道哥都会来店里一趟,听她们各自汇报当天的销售额。

业绩不好是要挨骂的。

虽然道哥还未冲她发过火,但她也知道这并非他性情温良——她是见过他怎样殴打另一个不听话的女人的。

道哥话少却也慷慨,不动气的时候,算得上是个好老板。店里别的小妹闲暇时常拿他打趣,说谁要是攀附上了他,下半辈子便是衣食无忧。吴细妹从来没动过这心思,待他礼貌且淡漠,温顺里透着股不可冒犯。在别人开玩笑闹着要他请吃夜宵时,她也离得远远的,从不去招惹。

轮到她汇报时,吴细妹垂着眸子,缓慢摇了摇头。

今天还没有开张。

她立在那里等待着惩罚,睫毛因恐惧而翕动不止。

冗长的沉默后,道哥吸口气,捻灭了烟:"干多久了?"

"半年多。"

"最近生意都不怎么样吧?"

"嗯。"

"这样下去可不行,我不要闲人的,"他用食指点了两下桌子,"晚上通宵吧,再不行,就只能换个活儿给你干了。"

吴细妹知道,他对她的耐性也快耗到头了。

南国的日子是漫长的,白昼拉得久,夜晚的热闹也迟迟不肯谢幕。夏夜8点左右,黄昏刚沉淀下来,暑气散尽,是做生意的好时机。她沿着喧闹的夜市叫卖,一路下来也挣了不少,正思忖着再去转两圈就打道回府,忽地有谁攥住她胳膊,强行将她拉进了昏暗小巷。

那人将她朝墙上狠狠一掼,一柄冰凉的硬物紧接着贴在她脸上。

是刀。

她慢慢适应了眼前的黑,模糊看见五个小地痞,一身酒气,年纪比她大不了多少。

"钱交出来。"

"还没开张。"

一双手在她身上粗暴地摸索,有意无意地触碰,很快就搜出了钱包,越过她头顶,抛给了小头目。

"发你狗瘟!"男人一脚踹在吴细妹的小腹上,"敢骗老子,嗯?"

"求你们给我留一点儿吧,"她抖起来,"回去要挨揍的。"

"老子先揍你一顿!"

一拳捣在胸口,另一拳砸中太阳穴。

男人抓起她后脑的头发，强迫她抬头，可还未及说出什么，一只啤酒瓶子便从天而降，正捶在混混儿头顶。吴细妹看着他身体一震，黑红浓厚的液体缓慢地流下来。下一秒，刚才还耀武扬威的男人便惨叫着，在地上来回翻滚。

"鸡杂[1]，在我地盘搞事情，找死咧！"

一高一矮两个人大吼一声，杀进人群。

耳边嘶吼着乱成一片，有人呻吟，有人叫嚣，有人落荒而逃。吴细妹抱头缩在墙角，没有尖叫。她习惯了这种械斗，经验告诉她，闭上嘴才能苟活。

小头目已经彻底失去战斗力，在小弟的掩护下逃之夭夭。剩下三人被那不知从哪儿冒出的两人缠住了腿，厮打成一片。

大概是亮了刀，狭小的巷子里弥漫着血腥与汗酸。

她捂住耳朵，不去听惨叫，祈祷着闹剧早点儿结束。

尽管她知道，这世间的神从未回应过她的哀求。

乍然间，一只手伸到她面前，将她一把提溜起来。那人力大无穷，吴细妹被扯得脚步趔趄，她认出他是两人里的那个瘦高个儿，啤酒瓶子就是他丢的。

"不关你事，快走。"

她愣在原地，没有离开。

吴细妹看着那个人重新奔回乱斗，一脚踢开混混儿，替矮个子兄弟解了围。他的拳脚没有章法，不成套路地乱打一气，却胜在敏捷迅猛，像只刚长成的虎豹，拥有猎食者的天赋。一路下来挨得不多，挥出去的，拳拳到肉。他身边另一个小个子也是打架

---

[1] 方言，骂人的话。——编者注

好手,话不多,下手黑,被打中了也绝不吭声,死咬着一个对手不放,直将人按在地上猛揍。

她看见那个推搡她的男人被一拳捣在地上,像是替她报了仇。

第一次,拳头是为她而出,而不是打在她身上。

她心中泛起一股异样。

胜负很快有了分晓。她跨过遍地呻吟的混混儿,跟着二人,重新走回灯火之中。

"跟着我们干吗?"

瘦高个儿停住脚,她这才发现两人年纪相当,都有一张稚气未脱的脸。

她懂得规矩,默默把钱包递给他。他拍开她的手:"老子有手有脚,不花女人的钱。"

吴细妹没来由地感觉到一股羞愧,下意识地往下拉裙角,两腿打战,脸皮却烫得很。

"疼吗?"

她没明白。

"流血了,"他指指她的膝盖,又指指她的脸,"记得处理下,女孩子不好留疤的。"

旁边那个满脸是血的小个子顺势也瞥了她一眼,很快又别过头去,假装去看摊位上的椰子,吓得老板直往后躲。

"以后别来这片儿了,不太平,总不会次次都遇见我。"

他转身要走,却被吴细妹再次拉住衣角,刺啦一声,不结实的汗衫撕成两半。

"哎哟,你到底要干吗——"他回头,撞见她伸出的细胳膊,在半空中抖抖的。汗津津的手掌摊开,上面卧着一小捧槟榔。

"给我的？"

"嗯。"

"不要钱吧？"

"嗯。"

他笑起来时眼睛亮闪闪的，两道月牙，又扯动伤口，疼得龇牙咧嘴。她这才看清他左脸眉间有道疤，但不知为何，安在他脸上却不似流氓，倒像个调皮的孩子。

"曹小军，我兄弟。"

小个子点点头，算是打过了招呼。

他骄傲地扬起下巴，等待着曹小军报上他的名字。然而，曹小军却没有接茬儿，只是扭过头去，继续红着脸盯着椰子，尽管老板已经开始手忙脚乱地收摊。

"你呢？"吴细妹发现自己的声音在抖。

"我叫倪向东。"

倪向东。

她在心中第一次默念这个名字。

看着二人相互搀扶，一瘸一拐地消失在霓虹灯里。

倪向东。

这次她更加勇敢，轻声唤出了口。

从未有过的悸动在她麻木的躯壳里跳跃，是苦尽甘来，是柳暗花明，是终于等到了命运的峰回路转，是十几年的忍气吞声终得酬谢。

她在人来人往的夜色中笑出了声。

她的世界从来没有神明。

她的世界从此有了个倪向东。

## 11  血证

"再说一遍,我跟倪向东不熟。"吴细妹用膀子抵住门,将孟朝和童浩挡在外面。

"我们真没别的意思,就是来看看孩子。"孟朝推开条缝儿,将果篮和补品抬到胸前,晃了两晃,"让我们进去吧,别堵着门了,也耽误别人走路不是?"

隔壁床家属一并被挡在走廊,正抱着个脸盆,不耐烦地咂嘴。

吴细妹没了办法,不情不愿地闪到一旁。

上次调查的时候,眼见着即将突破吴细妹的心理防线,可没承想,曹天保突然在里间发了病,送医院抢救了大半天才勉强脱险,连日来一直住院观察。此刻他深嵌在病床里,鼻下插着氧气管,两只眼睛似睁非睁,雾蒙蒙地放空。失去光泽的皮肤紧巴在骨架上,不像是生长期的孩子,倒像只被啃得干干净净的瘦长枣核。

男孩一动不动地躺着,却仍感觉筋疲力尽,瞥了他们一眼,两只眼便缓慢、疲惫地合了起来。

童浩有些难受，不由得走上前，握住他连着吊瓶的手。

小手凉冰冰的，像一块生铁。握了一会儿怎么都不见回暖，童浩嘴上也不知该说些什么，只在男孩手背上胡乱拍了两下，又怯怯地缩了回来。

按道理讲，他俩本是曹天保的救命恩人。要不是警车一路开路，可能人还没到医院就没了。可吴细妹不管那些，惶骇的神经承不住连日来的变故，整个人像是被木塞顶得紧绷绷的热水壶，急需一场宣泄。她顾不上什么身份、情境、得不得体，嘣地一下就炸开了，在急救室外冲两人结结实实闹了一场。

眼下天保脱了险，她也泄了气，旧皮球一般皱着脸，侧身坐着。

她心底也知道是自己过分了，可偏又拧巴着不愿意承认，别别扭扭地抿着嘴，不知生谁的闷气。

手机响起，单调回旋的铃声撕裂三人间的尴尬。

吴细妹低头瞥了眼屏幕，又快速瞄了眼孟朝，此刻后者正专心研究曹天保贴在床头的病历卡。

她急切却悄无声息地退出去，几分钟后，又脸色灰白地回来。

"谁？"孟朝从病历卡上收回目光，问得轻快，听上去好奇多于盘问。

"没谁。"

"希望你不要隐瞒，你有义务配合调查。"

吴细妹慌乱张望。

病房不大，几张床并在一起，隔壁陪床的家属忽然噤了声，边削苹果，边朝这边伸长耳朵。

"保险公司，商量理赔的事情。"

孟朝没有说话，等待她自己讲下去。

"说小军之前给自己买了份保险，"她哽住，"受益人是天保。"

"保险的事你知道吗？"

她倦怠地摇摇头，不像是撒谎。

"你们走吧，"是哀求，又是命令，"看也看了，让我们娘俩自己待会儿，行吗？"

走廊上，童浩刚递过瓶矿泉水，孟朝的电话就响了，是法医夏洁："孟哥，结果出来了，下水道里的头皮确实是曹小军的。"

"嗯，知道了，"刚要挂断，孟朝忽然想起什么，"对了，夏，帮我看看血型，对，再想办法查查吴细妹的血型。"

挂了电话，孟朝灌了口水，没再言语。

两人并身靠在窗口等待。

阳光在身后闪耀，医院的走廊阴冷苍白，一明一暗两个世界。

童浩盯着手里曹小军的照片。黝黑瘦削，面颊凹陷，一双眼睛木然空洞，直勾勾瞪着镜头，乱糟糟的头发灰白斑驳。

"哪里像三十几岁的人。"

"你要是每天只睡四小时，连轴打三份工，一连四五年，你也这样。"孟朝攥扁矿泉水瓶，"在这儿榨自己的血，给儿子续命呢。"

"头儿，你说那个保险——"

"估计他也怕自己哪天不行了，这是准备给孤儿寡母另留条活路。不管死活，他都要保他们一程。"

走廊深处响起哀号，曲曲折折，变成了哭。

没一会儿，罩着白布的病床被推了出来。一个中年人指头扒住栏杆，踉跄着哭，追在后面跑。他身上只穿了件秋衣，袜底破了个洞。

没人笑他的不体面。

他是他们的明天。

往来的人只是木然地望着，随后又低下头去，继续过自己的生活。打饭、打水、皱着眉头核对缴费单、吃力地帮病人翻身，得出空儿来，跟其他陪床的家属随便唠几句。

窗外阳光依然明媚。

人间的太阳是暖不透逝者身子的。

"曹小军有案底。"孟朝忽然冒出这么一句。

童浩诧异，这还是他第一次听说曹小军的过去。

"在南洋省犯过事，打架斗殴，当时才十来岁，没多久就被放了。他本名是君子的君。这小子想当兵，所以给自己改成军，自个儿这么写，也让别人这么写。日子久了，反倒没人记得原来那字了。"

童浩张了张嘴，发现自己寻不到合适的话，只得拧开矿泉水，猛灌了几口。

"可惜了，这辈子怕是当不了兵了。"

"队长，你说这曹小军现在到底——"

电话再次响起，孟朝条件反射般接起来："喂，你说。"

童浩屏住气看他。看他眉头攒紧，看他眉头舒展，看他嘴唇抿得毫无血色，最后长长呼出一口叹息，像是不得不相信一个早已知晓的答案。

孟朝挂了电话，望向地面，像是要说给走廊的地砖听："曹小军是AB型血，吴细妹是A型。"童浩还没来得及发问，就听见他接着说下去："你看曹天保病历卡了吗？"

"没有。"

孟朝用拇指和食指挤按睛明穴："O型。"

曹天保不是曹小军的孩子。

"那——"

"倪向东是O型血。"孟朝转向他，回答了他未出口的疑问，"不确定是不是父子，但是很有可能。"

倪向东很可能跟吴细妹有个儿子。

曹小军舍命保的，很可能是倪向东的儿子。

"队长，你说曹小军他自己知道吗？"

孟朝望向窗外，光秃秃的树枝在风中摇摆，答非所问："他原本有机会做个好爸爸。"他喃喃自语："不，他已经是个好爸爸了。"

二人踅回病房的时候，吴细妹正端着尿盆走出来，见着他们，老远住了脚。

孟朝没有再兜圈子，径自迎了上去："你担心孩子爸爸吗？"

"这是什么话，"吴细妹似怒似羞，面颊涨红，"那是自然。"

"哪一个爸爸？曹小军还是倪向东？"

"你——"

"我随时可以申请给曹小军和曹天保做亲子鉴定，"孟朝用指尖捏着几根细软的头发，"吴细妹，别再挤牙膏了，到底是我来揭穿，还是你自己说？"

## 12　夕照

　　男人驻足摊位前，假意挑着槟榔，不经意捉住了她的手。

　　吴细妹脸上赔笑，警觉地朝街角投去一瞥，只见两个身影，一站一蹲，一高一矮，也正朝自己的方向打量，心底这才安定了些。

　　过去一个月，三人成了朋友。如今吴细妹叫卖槟榔时，倪向东和曹小军也一并跟着，远远观望，像是风筝的线，定海的锚。

　　她曾想将过往和盘托出，换来两人不耐烦地摆手，戏称都是有爹生没爹养的野孩子，谁也不嫌弃谁。自此，无声的契约达成，他们未曾知晓她家乡的那场大火，而两人脸上的伤和口袋的钱从何而来，她也从不过问。

　　他们正处于人生中一段被特许的时光，生命之杯幸福满溢。

　　充沛的精力，敏感的神经，狂妄瑰丽的想象，紧绷张扬的肉身，蓬勃的壮志与无知，旺盛的爱与欲望，一切一切失而不再复得的宝贵，全都满得漾了出来，被他们四处泼洒，名正言顺地挥霍，仿佛取之不尽、用之不竭。

站在孩童与成人的交界处,残忍与错误是可以当作虚荣谈资的。

他们第一次感谢自己生于泥淖,在肮脏不堪中遇见可以惺惺相惜的同类,日渐熟悉,直至形影不离。他们没日没夜地腻在一起,大叫、大笑、斗鸡般昂头叫嚣、在歌厅里蹦跳、喝得天旋地转,又沿着霓虹一路东倒西歪地嘶吼着,引得街头的狗吠了整一夜。

倪向东和曹小军是她的胆色与兜底,吴细妹卸下防御的铠甲,重新蜕成一个孩子。

一朵花,一阵风,一口鲜水果,一件纱裙子,眼见的一寸寸都让她怦然心动。她从未如此热爱过活着,每一日都是新生,每一日都是从未有过的圣洁与满足。

然而,三人游终究是一场不公的拔河,总有一方被偏袒,总有一方要输。

吴细妹嘴上不说,心底早有了答案。

对她而言,曹小军不过是一组附赠,就像花圃里的绿叶,麻将里的色子,汤锅里的香料,虽总是一并出席,却做不了主角,是随时可以被替掉的。

可倪向东不同,他是她的福祉,也是她的诅咒。

她时常没来由地就回忆起那只扶她起身的手,沾着血污的手臂,炽热坚定,烫得像一截刚锻出来的铁。

倪向东的出场似乎总伴着一阵风,惹得她心中花海喧嚣,理智随波漾荡,沉入海底。

所以,当两人同时将喝了一半的酒递过来时,吴细妹毫不迟疑,接过倪向东的杯,一饮而尽。

倪向东呆了呆,咻咻笑,红着脸偷瞥曹小军。

曹小军也在笑，依然笑，眉梢眼角却向下挂，仿佛笑变了质，发酸泛苦，有毒。

曹小军常自嘲是倪向东的小弟，这下倒好了，一语成谶，果真成了别人感情里的跟班。眼下酒杯攥在手里，喝也不是，放也不是，就这么直愣愣地擎着，干巴巴地丢人。

倪向东擂了他肩膀一拳，曹小军这才趁机回过神来，端起杯夸张地高呼："我干了！敬大哥大嫂！"

声音大得出奇，引得邻桌纷纷侧目。

一个礼拜后，吴细妹退了六人间的出租屋，搬来与倪向东同住。房子也是倪、曹两人合租的，在县城边的老街上。不大，拢共一间，帘子挂起，自欺欺人地隔出个套间来。每次吴细妹和倪向东腻腻歪歪的时候，曹小军总识时务地去街尾的网吧，一玩一个通宵。

就这么优哉游哉了一年多，吴细妹发现了身体的异样。

她有了秘密，一个与倪向东有关的秘密。

她盘算着做槟榔妹并非长久之计，等攒够了钱，就另谋个营生。倪向东也是这么想的，吴细妹总归是自己的女人，就这么搁在街上任凭别的男人当下酒菜，他是不愿意的，因而吴细妹跟道哥摊牌那天，他和曹小军也陪着去了。

昏昏欲睡的夏日午后，三人在狭小闷热的门头店等了半天，道哥也没有露面。

"不是哪个小喽啰都能见的，"道哥的手下吐出口烟，"得按规矩来，看诚意。"

"什么规矩？"

男人没接话，从后腰摸出水果刀。

零星几个没活计的姑娘知道有热闹可看，打着哈欠围上来，抱着膀子，立在一旁观望。

男人左手撑在桌上，五指分开，刀尖从指缝里咚咚咚地一路刺过去，满脸无所谓的样子，全程没低过头，眼皮眨都没眨一下。然后他将刀一横，递给倪向东。

倪向东笑着，并没急着接刀，反倒是曹小军一下子冲上去，夺过刀就开始扎。

吴细妹提着气，看刀刃噌噌噌地在他指缝间跳跃。

中间出了差错，噗的一声，直扎中无名指。最末一节指骨，皮肉先是泛白，猩红接着就涌出来了。

她惊呼，店里姑娘也跟着倒吸气，可曹小军一声没吭，努着腮将刀拔出来，没事人一般继续往下刺，直刺到五根手指都轮了一遍，才猛地使劲，朝下一掼，将刀尖狠插进桌子。

"够了吗？"他仰起脸，就那么直勾勾地瞪着男人，多余的话一句没有。

"嗳，好聚好散的事，干吗非弄得见血呢。"

帘子一挑，道哥打暗处出来，边走边理衣服。脸上笑呵呵的，抬手却给了手下一耳光："不懂事的杂碎，也不知道挑个时间胡闹，扰我瞌睡。"

他跌坐进沙发，点起根烟，饶有兴趣地打量起曹小军。曹小军也毫不畏惧，一双牛眼鼓鼓地瞪回去，手上的血还在滴，滴到地上，他懒得去看。

道哥先收回了目光，转而乜斜着吴细妹。"想好了吗？我可是一直很照顾你的，分账也公道，你去外面扫听，谁能给到这个待遇？"他掸掸烟灰，"你这样突然撂挑子，是让我为难。你也不想想，当初是谁收留了你。"

"谢谢道哥，但我确实不能再做了。"

"为什么？给我个理由。"目光顺着她的脸，向下游走，像一只手，"是嫌钱少还是——"眼和嘴同时滑到微突的小腹，一并停住。

吴细妹向后躲闪，下意识遮住肚子。

她知道，自己瞒得了倪向东，却瞒不过这个阅人无数的老狐狸。

果然，道哥点点头，摁灭了手里的烟，也松了口："明白了，人各有志，我不强留。这样，你给我点儿时间，培养新人接你班。"

"多久？"

"三个月，你免费干活儿，其间收益全部归我，然后你走人。"

不是商议，是通知，谁都知道，道哥说出口的话，没有讨价还价的余地。

"三个月，"吴细妹算着时间，"道哥，我怕我——"

道哥若有所思，手托下巴，望着她那张依然孩子气的脸，最终投降般挥挥手："行吧行吧，就一个月，谁让我喜欢你呢。"

就在三人千恩万谢转身出门的时候，一直望着天花板的道哥忽然又叫住了她："我会看相，你信吗？"

倪向东哼出声来，道哥并不理会，只顾盯着吴细妹："小妹，女人家赌不得，错一时累一世，万要小心。"

今日便是约定的最后一天。

时间一到，吴细妹抓起钞票和剩下的槟榔，一股脑儿塞进接班的姑娘手里。

她颠着脚步，笑着奔出去，跳向倪向东，扑了个满怀，一旁的曹小军也跟着乐，只是一别过头去，那笑便没了踪影。

三个人，两辆摩托，唱着叫着，一路到了海滩。

吴细妹穿着细高跟在堤坝上走得歪歪扭扭，几近跌倒，曹小军下意识伸出手，又手肘一弯，装作挠头。他看着倪向东自然地环住她的膀子，两人并着胯，你顶我，我顶你，嬉闹着向前走。

他跟在后面，越走越慢，直至停了脚，也无人发现。

正是日落时分，倪向东沐着晚霞的金粉，点了根烟，默默盯着海浪，不知在想些什么。

火光跳动，映着远处灯塔。

吴细妹昂起头，注视着爱人金黄色的面庞，迷醉地望向他瞳仁里的倒影。

他在笑，她便笃定自己也是快乐的。

怎么会不快乐呢？

那个秘密正在体内跳动、生长，将他与她的命运联结在一起。

海面波光粼粼，海鸟盘旋着嘶鸣。夕阳爆发出最后一道耀眼的光，纷纷扬扬地飘洒。橙红色的世界，像是家乡的大火无声落地。

她突然伸手夺走了烟，而后闭上眼睛，任凭那个秘密脱口而出：

"你要当爸爸了。"

## 13 圈

倪向东不想要这个孩子。

吴细妹开口之前,心底已然有了答案。

正是日落时分,黄昏停在对面的白墙上,满目橙红。她停下手中活计,偏着头,目光如笔,勾勒着眼前男人的后影。倪向东斜躺在沙发上,专注地看着电视里的香港武打电影。左手撑住脑袋,右手打着扇子,不时扬扬手,驱赶嗡嗡作响的蚊虫。

"拉下窗帘,"大脚趾翘起来,挠蹭小腿上的蚊子包,"晃得看不清了。"

吴细妹坐着没动,任凭夕照刺痛双目。

开口之前,她迫切地需要这束光,需要捉住今天最后的一丝暖。

"那个没来。"

"什么?"倪向东回头,眯起眼睛,牵动左眉的疤。

"就是那个,"她喃喃道,"拖了两个多月了。"

"哦,"他扭过头去,"你找陈伯看看嘛。"

陈伯是个开黑诊所的。店就开在城北民房里,没有招牌,得熟人引路才能找到。当面叫一声叔伯,背后都笑他半吊子。医科没毕业,只懂些皮毛,但照看他们打架留下的皮肉伤还是足够的。因着价格公道,又懒得盘问,附近的混混儿一个带一个,渐渐混成了熟客。

据说只要给足钱,没有做不了的。

妇科他也略懂些,吴细妹前几个孩子,就是他帮忙打掉的。

眼下听到这个名字,吴细妹又想起诊所里脏污的床单,一个个人躺上去,换都不换一下,心底莫名恶心起来。

"不用他看,这种事我知道的。"她睁开眼,垂着脖颈,将手里的旧背心折了两折,"又不是第一次了。"

已经是第四次了。

她依稀记得,第一个孩子的到来,是在海边宣布的。

那年在堤坝上,迎着万丈霞光,他不可置信地笑,笑着扔掉烟,笑着奔过来紧紧拥住她,摩挲着她的小腹,发誓说他会成为一个好爸爸。可一个月后,他也是这么抱着她,同样的力度,拥得紧紧的,告诉她深思熟虑之后,觉得这不是一个好时机。第二天,他骑摩托载她去找陈伯。路上她一直在想,吴阿弟一心想要的,倪向东却不在乎,男人还真是奇怪。

第二次流产,纯属意外。

她挺着肚子,正坐在床边吃米粉,忽然一群人冲进来,七八个混混儿,闹哄哄的一片,把家里砸了个稀烂。临走的时候,带头的寻见了她,冲着肚子就是一脚,连人带粉,都踢倒在地上。

后来她才知道,怀孕期间,倪向东在外面招惹了别的女人。

对方是个大姐头，动情之后倪向东才告诉她，家里还有个女人，并且怀了孕，分不掉的。一怒之下，大姐头发了话，打，打到他断子绝孙。

一通闹腾下来，那两人虽是断了情，可吴细妹肚里的孩子也是没了。

哭闹之后，倪向东抱着她，赌咒说他会改邪归正，孩子也还会再有的。

第三次的时候，他已经不怎么伤心了。

他在床上翻了个身，背对着她，声音嗡嗡的，怒斥她的幼稚："咱俩活着就很累了，怎么再带个崽子？"

那时的吴细妹瞒住别人，还坚持着在橡胶厂里打工。厂子比她住的地方还偏，吴细妹不肯住宿舍，每日往返，其中原因就算不说，倪向东心里也明白。可这依旧管不住他，他越来越忙，翻着花样地找借口。渐渐地，就连每日接送也都让曹小军去，反正小军总是闲的，整日间待在家里。

五年来，三个人还是住在一起，小军也没寻个婆娘，独自来独自去的。这人话少事也少，给的房租又足，平时动不动打酒请客，倪向东也没有赶他走的理由。

最重要的是，小军对外人狠，对倪向东却是言听计从，难得的小弟。

他言语一声，曹小军便承担起接送吴细妹的活儿来。骑着摩托车，寒来暑往的，一日日地载着她，颠簸在乡间小路上。

直到最后，堕孩子也是他让曹小军带着去的。

如今已经是第四个了。

倪向东听完吴细妹的话，没有回头，仍盯着电视，手却没闲着。捏起细长的槟榔，咔咔削成三瓣，取一片塞进三角形的荖叶卷，娴熟利落，一并扔进嘴里，咀嚼。

吴细妹看着他翕动的嘴，等待着腹中孩子的命运。

"你去搞一下吧。"他搓搓鼻子，啐出口槟榔汁，血一般的红，"不是时候。"

吴细妹低下头，没再说什么。

倪向东依然盯着电视，眼不错珠，其实什么都看不进去。

过去五年，吴细妹越发温顺依赖，这种溢出来的热情只让他觉得厌烦。

对，吴细妹是个好女人，乖巧、懂事、从不逆他的意，更没什么对不住他的地方，可这些事实只会让他更加想要逃离。

他是浪子，爱的是海，一瓢海水算得了什么？又能新鲜多久？

遇见有劲儿的女人，撩拨下，处一段，在她身体和灵魂上都盖个章。

然后？

没有然后了，对他而言已经是完成了，结局一般。

不想什么责任，不要规矩，道上的人只讲个利落，图个快活。

如今的吴细妹变了，老了、疲了、不新鲜了。她不想再跟他冒险，她只图个安稳，老人一般，要的是一眼能望到头的平静日子。她也知道他的心还没定，于是试图用道德和回忆制成枷锁，拴住他。

她一次次地谈起过去，说起自己的付出与隐忍。她的诉衷肠在他眼里沦为丑表功，一种无休止的唠叨，越是反复强调，越衬得她心虚自卑。

可是，他也没想过要甩了她。

倪向东从未设想过没有吴细妹的日子。

倒不是出于感情与厚道，他所谓的爱，说白了，只是一股孩子样的占有欲。

我的，不管要不要，也是我的，就算扔在一旁落灰，别人也是不许碰的。

他享受着她的柔顺与便利，却又懒得为她经营一个家。

倪向东正胡思乱想着，身后响起抽泣，怕他听不见一般，哼哼唧唧，越来越响。

哭，又哭，每次都是这一套。

心底躁郁起来，他关了电视，遥控器摔在一旁。

"不吃饭了，出去趟。"他吐出槟榔，起身将手机塞进裤兜，"晚上不回来了，不用等我。"

"去哪儿？"

倪向东没有回答，衬衫搭在肩头，径自出了门。

帘子一挑，身子一闪，不见了。

吴细妹收住哭，独坐在黄昏里。

屋里静悄悄的，铺着橙色的光。细小颗粒在半空中上下飘浮，某种小飞虫围着她蓬乱的发，绕来绕去。她看着自己的影子投在墙上，瘦长贫瘠，像一棵即将死去的树。

吴细妹觉得冷，从头到脚寒冰冰的，像是躺在大水缸的缸底，像是活在永无黎明的长夜里。

终于，她从一个泥淖，跌入另一个泥淖。

她应该明白的，那只扶她起身的手，自然也会拉起别人。

引良家下水，劝失足从良，他颠来倒去的，不也就这点儿爱好吗?

吴细妹忽然难过起来,她以为自己得到的是心,到头来却是另一个器官。

他终于还是长大了,从一个男孩,变成一个让她胆寒的男人。

女人的幸福是需要被看见的,独自一人时,她不知道自己是否快乐。

倪向东混出了名堂。县城的男人恨他、怕他,女人窥他、逗他。她是他名正言顺的老婆,尽管没领过证,但他亲口承认过的媳妇,还只有她一个,她应当觉得知足。可另一股声音又警告她,一切不过是他的承诺。他那两片嘴,今天这样,明日那样的,没个准头。

让吴细妹更加恐慌的是,她发现自己未来的人生,能依仗的竟也只剩下这句靠不住的承诺。

她站在镜子前,剥去汗津津的上衣,看着里面那个满是泪痕的女人。

变形的身体,松垮的皮肤,肚皮和大腿上,一层层的纹。

女人也望向她,眼眶深陷,眼角生出细纹,嘴角下撇,习惯性地苦笑。

吴细妹吃惊地触摸着脸颊,自己竟老了这么多。

她想起十七岁那年,那个炎热的午后,三人前去槟榔店摊牌,临别之际,道哥坐在昏暗的房间里,幽幽地说:"错一时累一世,万要小心。"

她错了吗?

没受过什么教育,也没读过书,她所向往的完美人生不过是嫁个好丈夫,生儿育女,这错了吗?从吴阿弟到倪向东,她一次次地试图捧出真心,到底错了吗?

原来这么多年来,她从未彻底逃出过家乡。

吴细妹深陷一个巨大的圆圈,在起点再次遭遇了自己。

一个圈,圈住了灵魂。

她捧着肚皮,轻轻摩挲,想象着它一点点膨大,像是一朵待开的花蕾。

她是很能忍受委屈的,这份能力是漫长的、寄人篱下的日子赠予她的恶毒礼物。就像游泳,一旦学会便无法忘记,深深烙进本能里。她的本能就是逆来顺受,委曲求全。

可泪还是落了下来。

吴细妹没来得及告诉倪向东,这可能是他们最后一个孩子了。

打掉第三个孩子的时候,陈伯告诫过她,身子弱,不能再瞎折腾了。

她看着镜中尚未隆起的肚皮,呜呜哭着,哭孩子,哭自己,哭穷途末路。

院中响起急促的脚步声,一道黑影猛冲了进来。

"你怎么了?"曹小军手中提棍,四下张望,"出什么事了?"

紧接着,他看见她急于遮挡身体,连忙别过脸去。他慌乱地退出门外,打翻了摞在一起的洗衣盆。

待她整理好衣服走出来时,曹小军坐在门槛上抽烟。

两人都没说话,认识这么多年,她早已习惯这个男人的沉默。她勾勾手,问他要一支烟。

"你就别了。"

她不言语,伸手抢了根过去。

"反正要打掉的,无所谓。"

天光黯淡下来,门外响起孩童的嬉笑声,随脚步渐远。

"你想要这个崽,就留下吧。"

"他说——"

"不管他,"曹小军摁熄烟头,"肚皮是你的,看你怎么想。"

"我一个女人家,又没读过书,也赚不了大钱,拿什么养?"

他站起来,夺走她嘴边的烟,第一次直视她的眼睛。

"生下来,我养。"

## 14  逆影

"再后面的,你们也知道了。"

吴细妹扭头看向窗外,两三只麻雀立在枝上,相互倚靠,避着北风。

"我踹了倪向东,跟小军好了。我们一路往北走,一路打零工。只要给钱、合法,什么活儿都接。脏的,累的,丢人现眼的,接,都接。体面和讲究是给有钱人的,我们不要脸,只要钱,为了天保,多一分钱,他就多活一秒。"

她住了嘴,探身朝病房瞧了瞧,枯黄色的曹天保被裹在医疗仪器的塑胶管里,紧闭双目,像颗茧。

"曹小军为人怎样?"孟朝递过张纸巾,"这些年跟谁结过仇吗?"

"小军是个好男人,说得少,做得多,疼人,顾家,这么些年,也没招惹过谁,男的,女的,都不招惹。"她揩去腮上的泪,"对天保也好,当自己的崽么疼,跟我也扯了证,给了我们娘俩一个家。"

"那倪向东是什么时候找上门的？"

她揉搓着湿漉漉的卫生纸，团成个球，再展开，皱巴巴的，然后说道："大概，大概是两年前，2020年的时候。他俩突然在工地上碰见了，回家说的时候，我也吓了一跳。"

"你和曹小军是2019年到的琴岛？"

"对，2019年来的，"她倚靠在走廊的瓷砖墙上，仰着头，仿佛望向过去，"他白天在工地，我就去附近托管班帮忙，也干保洁的活儿。"

"倪向东呢？"童浩在笔记本上画画写写，"你知道他什么时候来的吗？"

"好像也是2019年。"

"追着你们来的？"

"不知道，他说是巧合，"吴细妹鼻子哼一声，"谁知道呢。"

"你们没想过搬家吗？"童浩抻长脑袋，"你们仨这关系——"

"喀——"

孟朝清了清嗓子，童浩赶忙换了话头："之前一路往北走不就为了躲开吗？"他盯住吴细妹："这次怎么没走呢？"

"想过，没走成。"吴细妹继续搓着纸球，"在我俩商量好之前，他先寻上门来，脸上笑嘻嘻的，不像是要报复的样子。每天有事没事就来找小军，兄弟长兄弟短的，全不提我的事情。男人嘛，都要面子，小军这人重情义，最怕人讲他重色轻友，再个，看倪向东也没那个意思，两人的关系慢慢也就缓和了。"

"你怎么想的？"

"我自然别扭，但小军告诉我，有旧日情分在，怎么着面上也得好好处,毕竟,"她顿了顿,"我们也有对不住他的地方。"

"之后你们三人关系怎么样?"

"开始也别扭,后来慢慢地,也就那样了。奇怪,像是以前的日子又回来了,只是调了个个儿。"吴细妹自嘲地笑笑,"哼,倪向东他有什么好不满的,别人替他养儿子。"

"什么时候闹翻的?"

"今年,哦,去年了,"讲到这里,她第一次蹙起眉头,"2021年说起儿子的事,非说天保是他的,不知道在外面听谁说的,我从来没提过,反正发邪疯,忽然闹着要跟我好。"

"曹小军知道吗?"

"我没敢说,害怕他生事。"

"怕谁?曹小军?"

吴细妹摇摇头:"怕倪向东,他这人,心眼儿多,下手黑,以前还——"

"什么?"

吴细妹却没有顺着说下去,而是自顾自地另开了一支话:"后来瞒不过,小军也知道了,然后就吵起来了。你们说得对,去年国庆节的时候,两人在家喝了顿酒,打起来了。"

"你当时为什么不说?"

"我没想着他真敢干,我以为他不会再杀——"

又一次戛然而止。

像戏台上突然中断的锣鼓,留一段引人入胜的空白,是高潮的引子,好戏的开端,台下的观众都知道,角儿要上场了。

孟朝遂了她的意,顺水推舟:"你的意思是,倪向东以前犯过事?"

窗外风吹云走，遮住了日头，吴细妹的侧脸逆着光，隐在暗中。

"算了，如今没什么可瞒的，我全告诉你们。"

那是十多年前，南洋省某个潮湿闷热的深夜。吴细妹从睡梦中惊醒，披衣坐起，听见院子里传来隆隆声响。月光下，她看见倪向东跌跌撞撞地进门，身上喷着酒气，湿漉漉的，像是披了一层夜色。

他笑着推开她搀扶的手，把一只皮革手提包朝地上一丢，咚的一声。

咚的一声，泼天富贵。

满满一包钱，沾着血。

吴细妹这才看清他身上浸湿的不是露水，而是冒腥气的血。

他让她闩好门，又打来水，洗净之后将钱藏起，不要跟任何人提及此事。

又过了三四天，镇上沸沸扬扬传起劫财案，一个姓包的被人杀死在荒郊。吴细妹心底起疑，但又不敢细问，只见着倪向东少有的定了性，一天天地猫在家里不出去。后来又过了几日，说是凶手锁定了，一个姓徐的。

吴细妹悬着的心这才落地，倪向东也重新活泛起来，当夜就揣着钞票出去了，一夜未归。

陡然而富后，倪向东骨子里的道德枷锁掉落，做事越发出格，交往的人也越来越凶险，一撮人行踪不定，常常在消失几天后，又突然在镇上出现，大把花钱胡闹。倪向东也完全变了个人，性情乖戾、脾气火暴，醉酒后常在家摔摔打打，直叫曹小军也看不下去，三人最终分道扬镳。

待吴细妹讲完后，窗外落了雨，星星点点飘在玻璃上。

走廊里荒凉无声，只有苍白的白炽灯闪烁着，在头顶刺啦作响。

"我总觉着，他身上不止一条人命。"

吴细妹望着对过儿，成排的蓝色塑料板凳空荡荡的。

孟朝抬眼："为什么？"

"这种事情，停不了的。"她低头看向自己的手，"只要杀了第一个，后面就简单了。其实，也就那么回事，一个和一百个没有区别的，结局不过是一颗枪子，都一样。我算是活明白了，这每个人的人生，就是小孩手团的元宵，有的个儿大，有的个儿小，没有道理可讲，全凭心情。

"团的时候也不洗手，连着手里灰一起裹进去，哪里有白，哪里有黑，最后不都是灰突突的一个球？谁就敢拍胸脯保证自己干干净净，经得住掰开揉碎地查看？"

孟朝一言不发，只是听着。

"甜是真甜，脏也是真脏。"她起身，抚平屁股后面的褶子，"不说了，我得给天保打饭去了。"

她走了两步，忽又立住了脚："你们有倪向东的消息了吗？"

孟朝自然不会给她回答。

"不好找的，他太会藏了。"

她继续往前走，径直走进漫天风雨中。

"等你们找到时，他早就死透了。"

当然，这后半句话谁都没有听见。

雨水打湿她的肩，吴细妹却再也没有回过头。

## 15　祟

有人要杀他。

倪向东褪去保安服，换回藏在树下的黑棉衣，转身于夜色中狂奔。

山路崎岖，树影丛丛，嶙峋怪石潜藏恶意。

忽然，一道黑影自柏树后闪出，紧接着一拳扑面，直捣他右眼。倪向东跌坐在地，天旋地转，还没看清来人，墨绿色尼龙绳便从天而降，套住他的脖颈。黑影立在他身后，一手绷紧绳子，一手抵住他后脑，绳索收紧，渐渐勒进皮肉，锁得他眼球凸起，泪不住地往外淌。

他舞着手去抓，可指头抠不进缝隙，只剩徒劳的挣扎与悲鸣。

就在他以为自己要交待在这儿的时候，黑影忽地停了手。

绳索一松，那人慌张地攥他下巴，堵他的嘴。

下一瞬，树丛外响起杂沓的脚步声，掺杂着断断续续的对话。

"人呢？"

"里边呢,怎么了?"

熟悉的声音。

"这里几个出口?"

"就这一个。"

倪向东意识复苏,辨出是那个警察的声音,也估算出此刻的位置——大抵是在公厕附近的密林,而身后那个黑影正屏住呼吸,像是也在观望什么。

他瞅准时机,顺势抓起石头,铆足力气,反手朝身后大力掼去。那人吃痛,却并不松手,只微微一顿,更是加紧手上力道,绳索再次箍紧咽喉,死命将他向草丛深处拖行。

两人在黑夜中无声较量,赌注是人命。

赢了是对方,输了是自己。

"没跑远,四处查看。"

警察的声音登时逼近,手电的白光四下照射。黑影低吼一声,似怒似恨,接着,倪向东感觉绳索一松,又能重新呼吸了。等他转头寻找时,黑影早已逃之夭夭,只剩下不远处的乔木,兀自晃动。

那人就是窗外的偷窥者吗?

可来不及细想,警察追踪的脚步便赶到近前。

手电在他头顶扫射,他捂嘴趴在地上,强压住想要咳嗽的冲动。

右膝底下有块小石子,硌得生疼,毛糙荒草戏弄般来回刺挠着他的脸,又痒得厉害。可他不敢动,生忍着不适,度秒如年。直到脚步渐行渐远,倪向东才踉跄着坐起身,在黑暗中大口呼吸。

有人要算计他。

他的大脑仍是一片混沌。

到底是谁呢？

先是杀了曹小军，现在又要干掉他。

为什么？

他不记得跟曹小军有什么共同的仇家，来琴岛之后，自己小心行事，也未曾得罪过任何人。

难道，以前的事被发现了？

他胡乱想着，北风呼啸，天上落了雪。

伤口疼得凶，手脚冰冷，额头却烫得很，许是发了烧。

眼下他没有钱，没有干净御寒的衣服，电话卡也早已取出，撅折后扔进了草丛。家是回不去了，附近定有警察蹲守，车也不能要了，旅馆也是去不得的。

思来想去，只有吴细妹。也许吴细妹念在旧日情分，愿意听他解释今晚的种种，帮他做证。

保险起见，倪向东猫在山坳，直等到夜半才动身，一路跌跌撞撞，走到安合里老街的时候，天已微微擦亮。时值跨年夜，街头处处游荡着微醺兴奋的庆祝者。他刚拐进大院，就注意到地上卧着个硕大的黑影，走过去细瞧，吓得跌坐在地。

一个死人，仰面朝天，一动不动。

他认出来，死的是二楼的李清福。

"短命仔，怎么都让我遇见了！"他连滚带爬地朝外冲，"老子到底沾了什么鬼祟，邪劲哟！"

奔出院子，一辆车打十字路口猛地窜了出来，刺耳的急刹后，又猛地停到了他跟前。

车灯耀眼，晃得倪向东看不清来人，只听见一声熟悉的呼唤："东子，是你吗？"

日出时分，油条铺的老板打着哈欠走出来，睡眼蒙眬地卸去门板。他没留意那辆穿街而过的面包车。那是辆普通得不能再普通的二手面包车。车身包着广告，后车厢载满新鲜蔬菜。

这些菜品本该送去早市的，而此刻，车却向着相反的方向飞驰。

开车的人沉默不语，时不时瞥一眼副驾上的人。

后视镜上悬着长短不齐的几个平安符，早已褪色，随着路途颠簸，来回晃动。

最终还是倪向东忍不住，先开了口："叔，咱这是上哪儿？"

"怎么，现在知道怕了？"开车的人哼了一声，"怕我带你去警局？"

"不是，"倪向东讪讪地笑，"你不能。"嘴上这么说着，手却偷偷摸向车内门把手。

"老实坐着，"老人目视前方的路，"我这条老命是你救的，无论你杀没杀人，我都得帮你一把，也算是还你的人情。"

车掉了个头，拐进小巷。

"去我家。"

倪向东搓搓手，别过脸去，看向窗外。

松弛下来后，身上的伤痛汩汩涌出，痛得他龇牙咧嘴。

"疼？疼就别干伤天害理的事！"

"我没干！"他忽然想起被自己扔在树下的小保安，心虚地补了一遍，像是壮胆一般，"真没干。"

老人乜了他一眼,继续闭嘴开车,半晌,又瓮声瓮气地追了一句:"真的?"

"真的。"

老人叹口气,脸上松弛下来,甚至有了一丝笑意:"你说没干我是信的,我知道你这人,老实肯干,不是杀人犯。"车停住等红灯,老人也借机扭过头来看他:"再说了,你跟小军俩那么好,还一块儿搭伙开了个什么搬家公司不是?怎么能下得去手呢。"

"是,都是兄弟——"倪向东忽然反应过来什么,直直地挺起身子,"你怎么知道小军出事了?"

老人咂咂嘴,慢悠悠地起步。"全市都知道了,现在网上铺天盖地都是你的照片,手机群里都传疯了。"他摇摇头,"你今天也就是遇见我,啧,到处都是摄像头,你自己怎么跑得掉。"

倪向东跌坐回去,看着灰秃秃的居民楼正雾蒙蒙地白起来:"叔,你信我吗?"

"唉,我信你有什么用,现在外面到处抓你呢。"

"你能帮我躲躲吗?"

"东子,帮你没问题——"老人停住车,熄了火,泊在一处偏僻院落,"但是,你得跟叔说实话。"

"我说的都是真话——"

"这事先不说——"老人摆摆手,"我问的是以前。"

混浊的眼珠,定定地望着他。

"跟叔交个底,你以前到底干了什么?为什么有人要往死里整你?"

## 16　凶年（一）

自砸下酒瓶的那刻起,他的人生就变了。

命运大抵如此,那些改变一生的关键拐点,总隐在看似琐碎的寻常日子里,叫人无可防备。

开始时,不过是一时的冲动,一瞬的义气,一眨眼的强撑面子。

然而,千枝万叶,却终落得个无可挽回的滔天大祸。事后回望,才知悔不当初。

可是,下坡路啊,从来是刹不住脚的。

他的出生,伴着阿妈的死亡。可怜的女子,刚满二十岁,去年才刚做的新嫁娘,而如今,就难产死在了榻上。一天一夜的折磨,哭喊回荡在山坳。整个村落的女人聚在他家门前,却全都束手无策。即将成为他阿爸的那个男人也没了主见,只是窝在门槛,蜷着腿,一袋一袋地抽着烟。

他是横生,邻村年迈的稳婆忙得满身血和汗,也只能看着虚弱的产妇,一寸寸地软下去。

回光返照之际,女人怒吼一声,拼死用力,他终是落了地。

众人大喜,是健康的男婴。人们忙不迭地包裹、传看,在他们的嬉笑声里,年轻的母亲望向众人的背影,似是心愿达成,寂寞地扯了下嘴角,合眼死去。

阿爸恨他,不仅因为没日没夜的哭闹,还因为他带走了家里唯一的女人。

说来讽刺,娶妻欠下的债务还未还清,又新增了一笔丧葬费用。

他的阿爸名叫财增,可一连五代,一贫如洗。从祖辈那里代代相传的,也只有苦熬穷日子的本事。

在未来的几十年里,阿爸始终没有再娶,倒不是因为长情,只因日子过得潦倒不堪。当年娶亲是卖了分家得来的部分田地的,如今大哥断不肯再帮他,手里剩下的几亩薄田糊口都难,绝无挥霍的余地。

万幸,传香火的子嗣好歹是有了。

尽管家中一穷二白,并没什么可继承的。

他的家乡在南洋省的北部,一个偏远古老的村落,叠嶂群山,遮住了眼界与出路。村子不大,拢共只有十来户人家,连鸡带狗的全算上,活物也不超过一百三十口。这里的人世代靠种橡胶与甘蔗为生,常年勤苦,却入不敷出。一层层的收购商盘剥下来,到手的,也只是个温饱。

他一日日地长了起来——阿爸尽管厌弃,却终舍不得他死,毕竟是用老婆的命换来的。

读书的地方在邻村,要翻过一座山。每日不到5点,他便利落起身,搓搓眼睛,呵欠着烧水、煮饭,希望伺候周全,以换取阿爸一天的好脸色。

当然,也不是时常能换来的。

他知道阿爸脾气不好,自小便躲着走,但总也有躲不过的时候。

其实阿爸也不全是看他不顺眼,常年独居,免不了一股子邪火,冲上头来,眼瞅着什么都没个顺眼。砸家里物事吧,终究要自己承担,免不了另花一笔,思来想去,还是揍儿子划算。

好在儿子不记仇,打完了照旧给他煮饭,也愿意陪他一桌吃。挂着泪痕的小脸,怯怯地冲他笑,讨好似的两手捧着缺口的碗,看得阿爸心里也是拧得难受。但终又是管不住火气,几日一轮,反复循环,像是早操一般有了规律。

他怕阿爸揍他,更怕阿爸不让他读书。

尽管所谓的学校里只有一位老师,校舍也简陋得像个笑话,可眼下的痛苦总得有个宣泄的去处。铃声一响,他的思绪便随老师的板书飘去远方,暂时遗忘了屁股上的钝痛。

他爱读书,时常缩在教室一角,捧着大城市里好心人捐来的旧书,一页页地轻轻翻。小脏手总是怕污了字纸,习惯性地先在汗衫上蹭两下,再一行行地比着读,嘴唇噘着,像只小鸟。

然而,在学校里也逃不过被欺负。

奇怪,生事的人总是能在人堆里,一眼挑出最软的那一个。

可他并不发作,只忍耐着。

他极擅长忍耐。他知道,只要忍得够久,总会得到想要的结果,就像他哄着阿爸,愣是让他读到了初中,而那些欺负过他的孩子却早早辍学,回家耕田去了。忍着忍着,他就忍成了大小伙子。

刮骨脸，丹凤眼，不笑时凶狠，咧开嘴便又成了天真。

长手长脚，瘦长一条，吃得不好，偏又比村里其他男孩要高些，渐渐地，便没人敢欺负他了。

因他读了初中，在村子里也算是个文化人了。老校长年迈之后，便放心地将学校交到了他手里，那些欺侮他的人，如今对他可都尊重起来了。就连他阿爸背着竹篓路过田埂时，心里也是带着几分得意的，干瘪的脑壳高高昂起来，像只赢了的斗鸡。

对了，阿爸许久不曾动手了，不只因疼爱，更因为想明白了——毕竟是独苗，总要指着他养老送终的。

他的日子顺遂起来，像是雨过天晴。天天夹着课本，穿着顶文明的短衬衫，哼着山歌，嚼着槟榔，踱步于校舍与家之间，过得朴实安逸。

只有一人能撩动他心弦。

田家的小女，名叫宝珍，生得团团的，惹人怜爱，一笑两个小梨涡，他看见也止不住地跟着痴笑。

田宝珍娇小，却有主见，虽总甜甜笑着，那温顺不过是做做样子。她是不可驯服的，她表现出的所有柔软，不过是为了驯服别人的手段。可他不知这些，只当是自己有魅力，征服了这个女子。一来二去，两人对上了眼，时不时地约在黄昏后的椰林里碰面。

那天晚上，他在附近溜达了许久，才等到她的姗姗来迟。

他照旧憨笑着，递上新采摘的野花，可宝珍这次没有接，只是怏怏地踢着脚边的草，一脸失落。

"怎么？谁惹你了？"

她别过脸去，并不答话。

"说出来，我替你揍他去。"

不过是一句牛皮话，他从来没打过谁的。

"我家给我安排了门亲事，听说男方丑得很。"

他一下子蔫了，手里的花也跟着蔫了下来。

"我没答应。"

他又活了过来，连同手里的花，又一次擎上去，颠颠地献殷勤："宝珍，那么你跟我——"

她仰起脸，黑眸子映着月色，泛起一层柔波，深不见底。

他从未见过她这副样子，看得心惊肉跳。

"阿哥，我准备去县城闯闯，你敢陪我吗？"

不问愿不愿，只问敢不敢。

他十几年的闷气一下子被激发起来，血气上涌，定要强装出一副大丈夫的样子。再一个，心底也有按捺不住的兴奋，他还从没想过要去村庄以外的地方瞧瞧，那只在书本上听说过的花花世界，看样子终要触手可及了。

辗转了一夜，他下定了决心。

走！

凭他的本事，还怕闯不出一番名堂吗？

他没跟阿爸商量，只留下一张字条——激越之下，他竟忘了阿爸不识字。

第二天，天还没亮，他便跟着田宝珍，踏上了去定安县的路。

他瞅着尚悬在天边的月牙儿，满心是来日的衣锦还乡。

却不料，命运躲在长路尽头，候着他的，是有去无回。

## 17　凶年（二）

钱，是人的底气。

他蔫了。

刚来的几天，眼见的新鲜着实让他兴奋。

川流的车，不灭的灯，生吃的洋菜，唇瓣鲜红的女子，乃至穿着衣服招摇过市的宠物狗。一切的一切，真真现在眼前，让他啧啧称奇，对这座城满意极了，似乎配得上他的奔赴。

可过了几天，繁华的城，倒衬出他的不足来了，眼界、见识、穿衣、谈吐、为人处世，就连口音都不对头，成了惹人招笑的把柄。多读的那几本书足以让他在村里耀武扬威，可城里并不缺这些。

初中生、高中生，甚至大学生，遍地都是。

体面的工作是寻不到的，老师自然再做不成，就算是幼儿园，也不会要一个初中肄业的男子。兜兜转转了半个月，一份像样的工作都没找见，随身的钱也花得只剩三三两两，他一下子失了自信，散了底气。

宝珍倒混得比他好些。人俏、嘴甜，话也说得漂亮，加上肯吃苦，一来二去，混成了服装厂车间里的小主管。业余时间还报了什么补习班，听说铁了心要谋个文凭。她的朋友也比他多，她很快站住了脚，学她们的样子，散开头发，抹白脸皮，穿高跟，搽香水，耳朵上短坠子多得不重样，跟城里女子并无二致。

他后来的工作还是田宝珍托人给介绍的。在橡胶厂做配料工，住宿舍，管吃饭，除了累点儿、苦点儿、无聊点儿，其他都让他满意，至少挣得是比家乡多的。想起家中祖辈靠种橡胶树谋生，而他靠橡胶加工混口饭吃，终是子承了父业，没逃出这个圈子。

但多少高级了些，有技术含量，他总是这么安慰自己。

忍吧，只要忍得够久，终会有出头之日。

再个，忍耐是他的长处，他最是知道该怎么忍的。

憨厚地笑，帮别人顶班，从不跟人拌嘴，聚餐时第一个结账，日久天长，人人都开始称道他老实、义气，身边的哥们儿、朋友也多了起来。至多两年下来，混个小组长是不成问题的，他如此忖着。

只是宝珍越来越难约，打电话总推说忙，声音也懒懒的，他只以为她是备考累了，也并不多想。

休班时就跟着工友们去喝酒、上网、打游戏，当然，也是去过几次按摩房的，他不想的，推不过工友们热情，半推半就，也就成了。

再后来，听说宝珍如愿考上了成人大学，他欢喜极了。

是时候结亲了，他将要娶个大学生，村里第一个女大学生，这是光耀门楣的事，显得他极有本事，这么多年的隐忍也算是有了回报。

说起宝珍,这几年两人并没什么逾矩的,在外人面前也只说是同乡,相互照应,从未以其他身份相称。

他知道,她那是害羞。

如今他也攒够了钱,足以回乡盖间新屋子,娶她,生一堆孩子。

等回乡以后,他摇身一变又是那个受人尊敬的老师,不仅如此,他还亲眼见识过大山外面的花花世界,这足以为他的身份更添上几分金贵。

想到这里,他欢欣鼓舞,买了一屉肉包子,骑上电动车,直奔宝珍宿舍楼下。

宝珍听说他要来,早早在楼下等着,一袭吊带连衣裙,两条膀子露在外面,光洁如玉,卷发散在肩头,人逢喜事,更是媚眼含春。

他一下子厌了,忸怩着,半天不知如何开口,倒是田宝珍先开了腔。

"我也正有事要跟阿哥说呢,"她甜甜地笑,"我寻着爱人了,马上定亲了。"

这招儿倒是新鲜,想不到宝珍如此有情调,竟先撩拨起他来。

"阿哥你不仅认识,还熟悉得很呢。"

他心潮澎湃,强忍下激动,想继续这恋爱游戏,故意顺着她追问:"哦?是谁?"

她拨开发丝,笑得天真无邪:"包德盛。"

他愣住。

包德盛他是知道的,之前吃过几次饭。他极不喜欢这人,好酒、好吹牛。当然，他是有吹牛的资本的。家里承包了一整片甘蔗林，还有个叔叔在定城里开厂子，一家人嚣张跋扈，字不识得几个，钱却挣得不少。

"他这人俗得很，"他急得转圈，嘴上却不肯露怯，"你喜欢他？"

"重要吗？"宝珍歪头，圆溜溜的眼睛盯着他，这单纯劲儿倒给他问住了。

"怎么不重要？怎么能跟个全不爱的——"

"感情总可以培养的，"她哼一声，"之前劝女子结婚时，不都这么说？现在又反口？"

他张张嘴，却全无活气，像砧板上等死的鱼。

"阿哥，你是比我明白的，结婚好比合伙开买卖，讲好价格、规矩、底线，然后各负其责，那这桩生意就总能做得下去。单凭爱？"她收起笑，这是他从未见过的神情，"你看看那些一心谋爱的，几个有好下场？"

"田宝珍，你怎么能这么想？世俗、势利，你读书就学了这个？简直掉进钱眼儿去了！"

"那我来问你，若是厂长女儿跟我同时追求你，你要谁？"

"自然是——"

"不许扯谎，否则天打雷劈！"

他丧气了，因不知这天上是否真有神灵，不敢违背心意赌咒发誓，只得像败下阵一般弯腰驼背，讷讷不语。

"你想可以，怎么到我这儿就不行了？只怕到那时候，你又是另一套大道理，反过来劝我了。"她将碎发挽回耳后，露出削尖的下颌，"阿哥，结亲只求爱的女子，才是真赌徒。爱这玩意儿,远比真金白银还珍贵、奢侈,就算今日有,明日也不一定在,谁又能够保证得了一辈子呢?

"若我只求爱,他日男人变了心,我又找谁哭去?"

"我可以保证,我赌咒发誓,一辈子待你好——"

他急切地想要揽住她,可田宝珍退后一步,望向他。

"你连明日落不落雨都说不准,怎么敢在这儿拍胸脯说一辈子的事呢?"她笑笑,"再说了,我也不能保证一辈子爱你呀。"

"这是哪门子荒唐话——"

"爱,本就是两个人的事,女人也有变心的权利呀。"

"宝珍啊宝珍,"他摇摇头,"你到底是跟不三不四的人学坏了。"

"什么是好,什么是坏?"她气极反笑,"我为自己筹谋打算就是坏?非得白白付出无所图才算好?若天底下到处都是这种舍己为人的好女人,那你肯定乐开了花,反正便宜和好处都是你的。"

她略略提高嗓门儿,全然不顾往来张望的人:"人本来就是动物,今天爱这个,明天稀罕那个,新鲜劲儿人人都有,权衡利弊也是本能,你用不着解释,就算你选厂长女儿,我也理解,全理解——"

她抬手打断他本想说出口的争辩。"没贬损你的意思,人人都有私欲,谁的道德也不是天生的。但我也想跟你撂句实话,不只是你这样,我也这样,男男女女都这样,都有私欲的。"她脸上挂着几分无奈,"世间肯定有伴侣能做到情比金坚,可咱俩都做不到。承认吧,真的,要你对我从一而终,你做不到,也别来要求我,总得一视同仁。"

"你这些歪理邪说哪有个好女人的样子,简直是——"后半句他咽了回去,自以为给她留足了面子,愿她见好就收。

"简直是什么?说呀。"她一笑,露出两个浅浅的梨涡,"好女人?我告诉你,许多女人一生就困在个'好'字上了。活得比谁都累,付出比谁都多,上上下下操劳一大家子,还怨不得,恨不得,只能咬牙切齿地挨日子,挨,生挨,挨到死。死了旁人夸句贤良、贞洁、温顺,就算蒙了大恩,得了大赦,获了大嘉奖,仿佛抵了一辈子的愁苦。

"我不行,我可不想为了'好女人'这不疼不痒的三个字,耽误了一辈子的热闹。"

"田宝珍,我瞎眼看上了你!"他红了眼,"你等着,你等着被人戳脊梁骨吧!这样胡闹,就不怕人嚼舌根?不怕后世唾弃?"

"有种到我面前讲,我自有我的道理。"她昂起头,毫不畏惧地瞪回去,"至于死了,碑上刻些什么字,我又看不见,管他做什么?"

他见说不过她,又重想起自己的法宝——忍,便强压着怒火,假意去拉她的手,做出一副和好的样子。可田宝珍不吃这一套,甩开他的手:"这么多年,我可是一点儿对不起你的地方也没有,能帮的也都帮了,给你的也足够了。至于你背着我,嘀咕、算计些什么,又做过什么腌臜事,要我在这儿扯明吗?"

"我做了什么?你讲清楚,别瞎扣帽子!"他强撑面子,赌她不知道。

"嘀,用不着什么厂长千金勾你,一个按摩女就足够收你了。"

他彻底败了。

红着眼眶,垂下头去,不再争辩什么。

田宝珍也静了下来,看见他手里的包子,看见他额上滴下的汗,看见他沁湿的汗衫,心也软了:"阿哥,我问你一句,若我不打算做个围着你转的好女人,你还会娶我吗?"

他苦兮兮地耷拉着眼,不作声。

"不能就别说了,以后也别再见了。"

田宝珍扭过身,重往宿舍楼走去。

身后忽地有谁叫住她,声里沾着泪。

"宝珍,那我怎么办?"他攥紧包子,"我以后的日子该怎么办呢?"

她立住脚,重新打量起这个男人,从头至脚。

曾经动过心,可只恨他自己不争气,不上进,成日里只惦记着裤裆里那点子事——他在外面胡搞的事情,她是知道的。他或许是个软弱的好人,可她不是,也不愿做,她自小有主见,很知道自己要些什么。她田宝珍这辈子要的,他给不了,包德盛也不见得给得全,都是跳板,都是台阶,都是向上爬的路。

她宁愿舍了好字招牌,只图活个痛快,只想成全自个儿。

是了,他俩本不是一路人,同行一程,已是缘分。如今二人已渐行渐远,剩下的路只能各奔东西,她也不愿再耽搁他的人生,不可强行挽留了。

因而田宝珍硬下心来,勾起嘴角,露出个顶漂亮的笑。

"阿哥,那是你的人生,跟我又有什么关系呢?"

## 18　凶年（三）

田宝珍与包德盛定亲那天，他也去了。

天上落着毛毛雨，他在门口转来转去。他还穿着那件短衬衣，这是他最体面的衣服，前后被雨水打湿，紧箍在身上，更显得孱弱可怜。他来回踱步，最终心一横，低头往里闯，刚迈上台阶，就被守在大堂门口的门童一伸手拦住。

"先生，请出示邀请函。"门童微微鞠躬，笑得亲切妥当。

"哦，吃饭，就吃个便饭。"他心里发虚，头也跟着低下去，声音没出息地打战。

门童照旧笑着，只是稍稍往前挪了几步，胸膛挡住去路："不好意思，今天喜宴包场了，暂不接散客。"

"我就进去找个人，很快就出来，真的，很快就——"

门童抓住他的肩，克制却决绝地将他轻推出去："先生，多多配合，别让我们为难。"

又一次被阻，他心底的倔劲儿上涌，脸上也有几分挂不住。他铆足气力，搡开门童，打算一股脑儿地往里冲。门童见状也上了脾气,两手一顶,将他推出门外。

脚下打滑,他一个趔趄,摔下台阶,正跌坐在泥水坑里,屁股后面污了一大片。再抬头时,只见几个保安闻声赶来,门神一般,双手环抱,挺胸抬头地立在大门两侧,威武地蔑视着他。

他胸口饱闷,却也深知寡不敌众,终是自己站了起来,嘴里碎碎念叨,抖搂着湿裤子,一步一步地挪远。

雨越下越大。

他买了张饼,蹲在饭店对过儿的小店门前,借着遮阳篷避雨。

风吹过,有些冷,他抱着膀子哆嗦,刚才跌伤的地方也隐隐痛着。

他啃几口就抬头看看,看宴席何时散,看包德盛何时落单。

他大口往嘴里塞饼,粗鲁地咀嚼,强迫自己和着怒气吞咽,一遍又一遍地自我劝诫着,定要攒足力气。可到底为何要攒足力气,自己也说不清楚了。

临近午夜,宴席才终散了。三三两两的宾客之间,他看到田宝珍搀着包德盛走出来。包德盛挺着大肚子,右腋下夹着只皮包,空出的左手不安分地游走,停在田宝珍的屁股上,狠狠抓了一把。田宝珍脸色僵硬,但也不过一刹的工夫,眨眼间就浮出半嗔半娇的小女人姿态,忸怩地绞着手,故作害羞,惹得包德盛越发狂放得意。

待送走了宝珍,包德盛又跟着狐朋狗友们去夜市上续摊子。

他一路跟着,直跟到大排档。

左不过半小时工夫,夜宵酒水全上齐了,几个人划拳、吹牛,笑声愈来愈响,嘴中浑话也越来越脏。

他终是听不下去，酝酿了半晌，心中打鼓，迈步走到几人跟前。

"兄弟，怎么？"包德盛虽狐疑，面上倒也是客气。

他愣了，发现并不知道自己到底想干什么。

是啊，他一心想着跟包德盛对峙，可走到跟前才想起，是田宝珍先甩了自己。

然而，连日来的怨怼终要有个去处。

对，他跟田宝珍绝交断然不会是自己的缘故，他并没做错什么，思来想去，一定是包德盛从中作梗，于是再次定了心："你不能娶宝珍。"

包德盛喝得脸色酡红，手里还抓着杯子，困惑不已："为什么？"

他笃定包德盛在装傻，不由得怒从心起，劈手夺过酒杯。"你不配！"不知为何尖了嗓子，搞得气势全无，"你们根本不合适，你，你一点儿也不了解她！"

包德盛靠回座椅，眯起眼睛："嚄，你倒说说看，谁配？谁了解？"两指敲打着桌面。"我早知道你俩不简单，说吧，到底什么关系？"

"我们是同乡，一块儿出来打拼的。"

"懂了。"包德盛点点头，拉开手提包，抓出一把钱，拍在桌上，"补偿。"

"不是钱的问题！"

"就是钱的问题，"又是一摞，包德盛脸上的神情越发不屑，"还不够？"

"包德盛，你别太张狂，不过是仗着叔叔，单凭自己本事，你算什么?"

这几句着实戳到了包德盛的痛处。包德盛乜了一圈,发了狠,抓出所有钱,直摔到他脸上:"拿着滚!以后别再纠缠阿珍!"

他被兜头砸蒙了。缓缓神,看见邻桌一个男子停了酒,正朝这边张望,瘦长面庞,似笑非笑。他顿时变颜变色,想强行争口气:"你敢侮辱人!"

他冲上去就要抓包德盛的领口,可双方人数悬殊,对方的朋友围上来一推,他整个人便摔在地上,唯一的衬衣也脏了。

"你自己先动手的。"包德盛站起身来,腆着肚子,金链子沉甸甸地挂在胸口。

他左右张望,顺手抓起酒瓶,嘶叫着往前冲,可举到高处,却忽然悬住了。

"砸!"包德盛伸过头去,挑衅地指着头顶,"有种往这儿砸!"

他气得手抖,却也存着几分理性,不敢真打。

"你等着——"

环视了一圈,见邻座男子此时完全侧了身子,饶有兴致地上下打量他,眼一斜,左眉上的疤也跟着动,似是讥刺,似是跟自己打赌,赌他是个软蛋,是个孬包。

他的血登时沸腾起来。一咬牙,酒瓶掼在桌上,引得众人惊呼,后退。他顾不得手上的伤,用尖端对准包德盛,步步紧逼,扔下这辈子最后悔的一句话:"等着,夜路小心着!我一定宰了你!"

他睁开眼,头仍疼得很。

昨晚在大排档受辱之后,他将身上全部现钱都买了酒,悲悲切切地回到家,一个人锁在屋中,喝了吐,吐了喝,换得半宿安眠。

啪啪啪!

门被擂得震天。

他顶着蓬乱的发,打着赤脚过去,将门拉开条缝儿。

田宝珍立在门外,眼圈泛红,脸却冷白,身上还是昨日定亲时穿的那条裙子,此时皱巴巴的,似乎匆忙套上,就出了门。

"宝珍?"他瞪大眼,忽又想起自己该生气的,于是别过脸去,"你来干吗?"他手挠肚皮,踱回屋里,嘴上并不闲着:"还来找我,哼,不怕你包大哥不高兴吗?"

田宝珍牙齿咬得咯咯响,冲过来抬手就是一巴掌。

"你厉害了,"她整个人打摆子一般地抖,"敢杀人了!"

"什么?杀谁?"

"装!昨晚喝酒的都能做证!"

"什么跟什么?"他左手捂住红肿的脸,右手去倒水,脑子仍是云里雾里,"要是你俩吵嘴,你找他算账去,跟我这儿撒什么泼?"

"算哪门子账?去哪里算账?"田宝珍怨毒地剜了他一眼,"人都死透了。"

他攥杯的手停在半空,眨眨眼:"谁?"

"包德盛。"

"怎么就突然死了?"他摔下杯子,几步冲过来,抓她肩膀,"你好好说。"

这下轮到田宝珍愣了，定定望向他浮肿的眼皮："你当真不知道？"

他摇头，涌出一股子恶心。

"昨晚半夜，姓包的，被人打死在荒郊了。"

"报警了吗？"话一脱口，他忽地明白了自己的险境，"警察怎么说？"

"他家的刚刚报了警，还在等调查，不过，昨儿后半夜又下了场急雨，估计现场也留不下什么有用的玩意儿。"

"可有人证？"他急切辩白，"总有人看到什么吧？"

田宝珍肉乎乎的圆脸似是一张面具，两颗黑玻璃珠似的眼仁藏在后面，冷漠木然地瞪着他："看见了，看见你俩起了冲突。"

他仿佛知道她接下来要说些什么。

完了，全完了。

他感觉自己的人生、几十年忍耐的成果，连同整个花花世界，被绑住了，一起往下堕，堕，直堕到幽深漆黑的海底去，永无出头之日。

然而，他还是听见一个声音不甘心地追问，尖细得不成样子："他们可跟警察说了什么？"

"他们愿意做证，说是你杀的人。"

## 19　凶年（四）

那是兵荒马乱的几日，警察四处寻他，包德盛的狐朋狗友们也倾巢出动，提棍拿刀地满街转悠，嚷嚷着要他血债血偿。一夜之间，他在定安县结交的所有人脉，都失了作用，反成了负累。

如今走在街上，最怕的就是碰到熟面孔，昔日热切的熟人，眼下变成了威胁，相互扫听他的去处，好卖包家个大人情。

到底是田宝珍帮他打了掩护，逃了出来。

事到如今，也只有田宝珍还肯从中斡旋。她一面探着消息，一面替他筹钱、乔装、打点关系。她是机敏伶俐的，当着包家人的面，只顾着呜呜呜地哭，一副伤心惊惧的样子，断然不提她与他的关系，清清白白坐住了受害者的位子。人人皆知她刚一过门就成了寡妇，唏嘘感慨之间，倒也没人来得及刁难什么。

包德盛下葬的那日，他就是听着田宝珍的筹谋，改头换面，沿小路逃出了定安县，藏身在邻镇荒郊的一处小旅馆里。

这是个家庭旅馆，门面不大，招牌也不显眼，风吹日晒之下，早已变色斑驳。

负责前台登记的，是个满脸疙瘩的半大小伙儿。估计是这家的大儿子，成日间坐在柜台后面看电视，木着眼，呼哧呼哧地乐，对客人写了什么名字，身份证号码是真是假，并不在意。旅馆里洗衣做饭都是他妈张罗，那是个胖大敦实的妇人，低马尾，圆脸盘，一双吊眼倒是精明闪烁，表示只要给足菜钱，她愿意帮他照料一日三餐。

每顿自然都是最低等便宜的粉汤，有几次干脆直接拿临期的泡面来顶数。

当然，他自然是没的挑的，若争执起来招来警察，吃亏的是他。

店家老板娘也是吃准了这一点，见一个落魄男人孤身避在这儿，日日地不出门，料定心中必有亏，不是躲债，就是躲仇家，咬住他不敢闹腾这一死穴，在饭菜上是越发糊弄，床单被罩也不再换洗。

而田宝珍挑这个地方，也是自有她的道理。

这里地处公路边缘，三镇交界之处，进退皆可。地段虽偏，往来人流却密，许多见不得光的交易，都是在附近偷摸进行。龙蛇混杂的，店家见得多了，自然也不愿多问，怕惹麻烦，常睁一只眼，闭一只眼。这对他来说，再合适不过。

眼下他住在二楼，走廊尽头右手边的一间。每天傍晚四五点钟，楼下的小伙子会来送一次吃食，除此之外，他从不开门。

此刻，他斜倚在单人床上，背靠沾着脚印的破棉絮枕头。隔壁男女在欢愉调笑；临窗的街头，两个男人爆发出粗鲁的争执，骂声响亮；小贩沿街叫卖，吆喝声由南至北；头顶上不知名的禽鸟嘶鸣，振翅飞过屋顶。

这热腾腾、闹哄哄的人间，悲欢离合，各不相干。

他听着各种响动，一言不发，只是望着空荡荡的粉墙，眼神发直。他对着粉墙上沤出的点点霉渍，哀叹自己的穷途末路。

人生无望了。

原本想着红尘漫长，今后至少还有几十年的快活，几十年的荣光，几十年的风头无限，可现如今，转眼间全都灰飞烟灭，化作泡影。只因一句气话，当时是痛快了，可这后果又实在担不起。

他希望警察快些捉住凶手，可若是捉不住呢？

他知道最怕那种无缘无故的杀人。就比方说，两个路人，好端端走在街上，忽地掏出刀来，捅一下。持刀的跟受害的两个，之前见也没见过，更不提有什么恩怨情仇，简直没任何线索可循。这种随机杀人跳出情杀、仇杀的框架之外，往往最难侦破。

那可怎么是好？

难道他要背负一辈子的恶名？

咚咚，咚咚。

正心烦意乱着，房门有节奏地响了四声，是约定好的暗号。

他趿拉着拖鞋，怠懒地走过去，将门拉开条缝儿，却不见满脸痘子的小伙，立在走廊的，是田宝珍。

梦魇惊醒一般，他打了个激灵。眨眨眼，急匆匆地把田宝珍让了进来，又探出头去来回张望，而后再缩回脑袋，牢牢将门锁了个严实，屏着呼吸，等她先开口。

田宝珍并不着急，先在床脚寻了处干净地方坐下，又从提包里翻出帕子，有一下没一下地揩脖子后的汗，面颊潮粉，看不出喜悲。

"怎么？"还是他熬不住，先开了口。尽管房中只有他们二人，可他还是习惯性地压低了声音，耳语一般。

田宝珍似是没听见，皱着鼻子去听隔壁的声响，一手提着领口扇风："嚄，这才几点钟，就这样闹腾。"

他没心思管隔壁，慌忙又追了一句："到底怎么样了？外面现在怎么说？"

她这才拧过脸来，似是刚看见这么个人似的，幽幽叹口气："不行，怕是你得逃了。"

"警察那边——"

"主要是包家不肯放你，人命的事情，说不清楚的。"她摇摇头，"说清了又怎样？他们孩子死了，你却好好活着，依旧逍遥快活，包德盛父母哪里受得住，一定要你偿命才行。"

"这，这，这事情跟我没有关系啊！"他急得跺脚，"要么我去自首——"

"你前脚出去，他们后脚就敢打死你，信吗？"田宝珍板下脸来，"又没让你躲一辈子，起码等他们气消了再说。"她从包里掏出张票，还有一摞子钱，轻轻塞进他手里："你先逃到外面去，避一避。"

"那你呢？"

"我自有我的打算，"她理理裙子，捻去裙摆上的一颗泥点，"可能会去北方吧，到那里闯闯，眼下包家管不到我的。"

"你不跟我一起走吗？"

田宝珍停了手，抬起尖下颌，瞪圆两颗杏眼："什么？为什么我要跟你走？"

"宝珍，你不用瞒了，我知道你心里是有我的，不然，你也不会这样子帮我——"

　　田宝珍不耐烦地摆手，略略提高了音量："想多了，我只是帮自己，就冲你这性子，如果被捉住了，肯定会和盘托出，要是再牵连到我，到时候更麻烦——"话一出口，瞅见他脸色难堪，她又放软了语气，"再说了，你摊上这档子事，多少与我有关，我总得做些什么，心里才好受。"

　　听她这么说，他心底莫名升起一股子胜负欲，不想被她看扁，似是要证明什么一般，脱口而出："我性子你哪里知道，兴许人真是我杀的呢？"

　　田宝珍顿了顿理头发的手，又扫了他一眼。

　　"不会是你，"她笑着摇头，"经过这几天，我算是明白了，不会是你。"

　　这简短的一句听不出褒贬，他心中苦涩，却又说不清究竟为了什么，只觉得有些欣慰，又有些失落。

　　接下来的时间，两人就这么沉默地对坐着，干巴巴地等离别。窗帘没拉紧，随晚风一鼓一鼓地飘，露出一小方天空，忽隐忽现。薄暮降临，粉紫色的晚霞漫天，朦胧光晕将二人的身影一点点笼罩。

　　田宝珍抬腕瞄了眼时间，站起身来。"我先走，你不要出来送，等后半夜再悄悄走。"她抻了抻裙子，背上挎包，"房费我是提前付了的，你不必管，偷偷走就行，不要惊动店里的人。"

　　"好好好，"他跟在后面低声允诺，"谢谢你，宝珍。"

　　她拉开门，探出头去张望。

　　一想到这是此生最后一次见面，他还是鼻子一酸，不由捉住了她的手："宝珍，我——"

她在昏暗中缓慢地抽出手来。"也许，当时我就不该邀你走，如果你待在村里，也就不会有后来的事。"她勾起手指，抚平他脑后翘起的发，漾起一阵果香，"阿哥，忘了我吧，你要好好活。"

他闭上眼，强忍着不去看她的背影。

走廊的风灌进来，属于她的温软香气一缕缕消散。彻底闻不到的时候，他知道，她是真的离开了。

他坐在房间里等夜深。月色与蝉鸣一起冷下来，街角的热闹也渐渐消退，等楼下的母子陷入深眠时，他提着旅行包，悄步出了门。

宝珍让他逃，逃去异国他乡，不要再回村里，他满口答应，可一转眼还是上了回家乡的车——总要去看看阿爸，道声别。

然而，包家人来得比他更快。

等他翻山越岭、风尘仆仆地赶回家时，包德盛的家人正在拆他家的茅屋。

虽然警方说证据不足，可他们认定了，他就是杀害包德盛的凶手。

按说，包德盛的家族也算是人丁兴旺，可到了他这代，偏就这一个男子。包德盛一死，他家就算是彻底断了香火。在宗族观念浓厚的乡里，断子绝孙是最恶毒的诅咒，是釜底抽薪的怨恨。

找不到他，那总能找到他爸。养不教，父之过，子债父偿是天经地义。

整个包家庄的人全来了，乌泱泱的，将小村庄围个水泄不通。他们逢人就讲他的恶行，添油加醋，绘声绘色，好似目睹了一般。三人成虎，只半晌工夫，他就从温良厚道的孝子，变成了杀人越货的恶徒。

　　为了自保，也为了自证清白，村子里的人个个义愤填膺，加入了包家暴力的行列，甚至下手比他们更重些，表忠心一般冲在前面。故乡那些曾欺辱过他的孩子，时隔多年，重又寻得了报复的机会，砸得最狠，摔得最响，骂得最难听。

　　而他只能躲在密林之中，远远地观望。

　　他老去的父亲拦不住任何人，眼看着一辈子攒下的家什毁于一旦，只能跌坐在地，绝望地拍着巴掌，泪和鼻涕糊了一脸。他原想大喝一声冲过去，可看见人们手中的棍，看见整个村落翻腾着的业火，他知道敌不过，只能忍。

　　忍。

　　只能远远地，咬牙忍住，看父亲代自己受过。

　　他开始懊恼，后悔没有听宝珍的话。

　　为何要回来看这出苦戏呢？

　　更要命的是，眼下逃也逃不掉了。

　　他溜回村子没多久，包家就派人守住了进出村子的所有土路，向来往村民吆喝，抓住有赏，无论死活。好一个无论死活，是提醒，更是指示，村里的壮年男子受了激发，手持武器，也跟着四处找寻。

　　慌乱之间，他转身朝山林深处奔逃。他曾经无数次抱怨这闭塞难行的群山，不承想如今这里却成为他最后的避难所。

　　他爬上高树，藏进溶洞，到晚上才敢出来寻吃的。饿了吃野果、昆虫，渴了就喝雨水，运气好了，也能喝上几口山泉。自然是不敢生火的，就算偶尔觅到了动物的残尸，也只得像野人一般将其生吞活剥。不过一月光景，他便头发虬乱，衣不遮体。

发过烧，泄过肚子，但终究是活了下来。

这时候，各种谣传也跟着散开。有说他死了，有说他被捉了，有说他背后另有别人，可他仍不敢轻易露面，害怕这些话只是钓鱼的饵，等他信了，一露面就被人活捉了去。他忍耐着，只当是在听别人的故事。

忍。

他不知还要忍多久，命运才会给他翻身的机会。

就在他以为自己一生都要困在山坳、狼狈苟活的时候，在一个月色如水的夜里，他遇见了同类。

那是个同样失魂落魄的男人，双手染血，游荡在山林之间。

那个男人，便是曹小军。

## 20　照片

孟朝和童浩一前一后，打医院朝外走。二人谁也没开口，并着肩，共挤一把伞。雨敲在伞面上，滴答作响。

天光昏沉，北风打着旋儿呼啸，梧桐树的落叶被携裹着，卷上了天。

孟朝两手抄兜，思绪尚沉浸在吴细妹的讲述中，试图厘清三人间的关系。

案件明显朝着情杀方向发展：倪向东对吴细妹旧情复燃，要求复合未果，转而迁怒曹小军，一气之下，冲动杀人，逃窜至今，生死未卜。

而吴细妹呢？

怪不得吴细妹，在她的叙述里，她只是爱错了人，只是错误地陷入一段三角关系里。离开倪向东后，她真心实意地要跟曹小军过日子，也正是这份忠贞，彻底激怒了倪向东，招致了后来的杀祸。

倪向东的暴起是无法预料的，因而也算不得是她的错。

无论是道德上,还是法律上,她都是无可指摘的完美受害者。

迷雾散去,水落石出,真相似乎越发清晰。

可真就如此吗?

一桩桩往事虽拼凑得起来,可孟朝总隐隐觉得哪里不对劲,就好像刚逃出上一个陷阱,又步入了下一个圈套。

"没想到会这么顺利,"童浩没心没肺地乐,晃晃伞柄,甩了他半肩的雨,"这才几天时间,眼瞅着就要破案了。"

"你不觉得太顺了吗?"孟朝挪挪身子,自然地移到雨伞正中,试图将童浩顶去伞外,"吴细妹吐露的信息太多了,反倒有点儿假。再说了,她如果真害怕倪向东报复,不更应该早点儿寻求帮助吗?怎么还替他隐瞒呢?"

"吴细妹有问题?"童浩嘀咕着,浑然不觉自己的脑袋已经淋在雨里,"我倒是觉得,她说得挺实在啊,没什么大破绽。"

"真假参半,这样的谎言最难识破。"孟朝扭头,四下打量了一圈,伸手去摸烟,"而且,她把自己摘得太干净了,完全置身事外,挑不出一点儿毛病。"

"欸?"童浩忽地意识到了什么,"头儿,话说你什么时候取的曹天保的头发?我一直在旁边站着呢,愣是没发现。"

"头发是你的。"

"嗯?"

孟朝从裤兜掏出刚才用来威胁吴细妹的那几根头发,随手丢进风里:"我诈她呢,没想到,还真给套出来了,这说明——"

手机铃响,盖过了风声,也截住了孟朝的自我吹嘘。他瞥了眼屏幕,是副队长马驰华打来的:"喂,老马。"

"小孟,哪儿呢?"

雨声渐紧,孟朝立住脚,捂住半边耳朵:"我跟小童在追吴细妹这边呢,怎么?"

"回来吧,我们收到个包裹,里面这东西吧,得你过过眼。"

"什么玩意儿?"他伸手拎住童浩的后脖领,向后拉了几步,伞也跟着挪了回来,"危险吗?"

"倒是不危险,就几张照片。"

会议室里没人说话,个个低着头,来回传看那几张照片。

拍得匆忙,光线也不好,影影绰绰,像是恐怖片里的一瞬:斑驳的木窗框,脏污的墙,看着仿佛正是荒山上那座废弃小屋。照片里的倪向东,一脸错愕地望向镜头,在他脚边,依稀可见半敞的木箱,里面是曹小军的一截小腿。

几张照片大同小异,主角都是倪向东和箱子,似是连拍。

"谁寄的?"孟朝把照片递还给老马。

"不知道,"老马将照片一张张拢起来,"我猜是想寄给吴细妹的,但是弄错了地址,送到隔壁李老太太家去了。老太太打开一瞅,直接吓蒙了,赶紧打电话报警。这不,转了一圈,最后又到咱这儿了。"

"会是谁拍的呢?"童浩望向孟朝,孟朝仰头望向天花板,"难不成,倪向东抛尸现场,还有第三个人在?如果真有人目睹了全程,为什么不直接来找我们呢?"

"不好说,估计是怕打击报复吧。"孟朝敲着太阳穴,"谁呢?又认识倪向东,又知道曹小军和吴细妹是夫妻,有胆拍照,但又没胆报警——"

楚笑趴在桌上，两拳相叠，抵着下巴："不管怎么说，这案子定性了吧？眼下人证物证俱全，杀曹小军这事，倪向东可是赖不掉的。"

"不只是曹小军，"陈更生叹口气，递过来一叠资料，"我跟老陈，还有派出所其他弟兄，这几天就没合眼，转遍了大半个浮峰——"

"然后？"

他将材料拆开，依次排在桌面，示意众人看清："死者刘呈安，是浮峰当晚的值班保安。尸体找到了，在山坳里的一棵枯树底下。衣衫凌乱，只穿着秋衣秋裤，外面的保安服应该是被倪向东剥走了。手脚折断，整个人被塞进木箱里，不过，致命伤在头部。我们找到他时，面部残缺严重，估计是被山上的野生动物啃食造成的。"

陈更生搓搓脸，声音也跟着坠下去："刘呈安是家中独子，父亲中风，常年瘫痪在床。"他深吸一口气："今早，已经通知他妈来认领了，这会儿应该已经，唉，应该已经见着了。"

"才二十二岁，"老马摇摇头，"无妄之灾。"

孟朝将材料盖在脸上，一言不发。

桌上摊着几组刘呈安的证件照，极精神的一个小伙子，笑容灿烂，生着两颗不齐整的虎牙，显得稚气。

"没完呢，还有李清福。"老马晃晃孟朝的肩膀，"夏洁刚才来过了，说已经进行过酒精、毒物、病理筛查，发现事发当晚，李清福既没有喝酒，也没有中毒，更不是死于心脏病。"

孟朝将材料移开，张眼望着他。

"他死于脑出血。"

"脑出血？"

"颅底骨折，初步判断，是大力撞击石头所致，而且——"老马清清嗓子，"而且不止一次，后脑多处损伤，至少撞击了三次。"

"手法跟刘呈安有点儿像啊，都是头部撞击，"童浩分析，"会不会是倪向东晚上想来杀吴细妹灭口，结果撞到了李清福。为了不暴露行踪，直接下了死手？头儿，咱要不要并案处理？"

"这也只是我们的推断，还得继续搜集实打实的证据才行。"孟朝扭向楚笑，"你那边呢？"

楚笑一连几日也没有回家，吃喝拉撒都在局里，人憔悴了一圈，此刻强打精神，坐直了身子："孟队，按你说的，这两天我跟南洋省定安县的派出所联系过，也详细调查过三个人的底细。跟吴细妹交代的基本一致，倪向东和曹小军是当地有名的混混儿，从少年时代起，就靠坑蒙拐骗为生，偷鸡摸狗的事没少做。特别是倪向东，口碑极差，心狠、手黑。成年以后，曹小军逐渐收敛，但倪向东却越来越过分，交往牵扯的人也是越来越危险，当地人对他又恨又怕，敢怒不敢言。"

"这么招人烦吗？"

"何止是招人烦，很多人直言，说他干的那些伤天害理事，挨十次枪子儿都不够。"

"但是——"孟朝低头翻找，"我在资料里，没看到倪向东的案底——"

"对，这个也是我要说的重点，"楚笑提高了音量，"倪向东不容小觑，绝对是个狠角色。他非常狡猾，善于揣度人性，也极其擅长钻法律空子。虽然他跟曹小军一起混社会，可每次犯事被抓的都是曹小军，他反倒是干干净净，一点儿案底也没留。当地警方说，很多事情怀疑是他做的，苦于没有证据，愣是拿他没办法，让他屡次逃脱。"

孟朝又想起在浮峰的那次交战，想起夜色中大开着的窗。

倪向东居然敢在他眼皮子底下演戏。

"这次，不会再让他逃了，"他下意识地折断手里的烟，"绝对要抓住他。"

会议室大门被猛地推开，队员小张气喘吁吁地冲进来。

"接到群众报警，说是在城郊发现了倪向东。"

## 21　恩惠

报警人说,看见倪向东进了院,再没有出来。

杂院在城郊,红砖砌的围墙后面,连着一片田。时值隆冬,土地荒芜,几个低矮的大棚软塌塌地趴着,破损的棚布用胶带缠绕,在风中猎猎作响。

一马平川,想要藏人不容易。可孟朝宁愿谨小慎微,因为他知道,自己要对付的,不是普通人。

行动小组的成员们围成一个圆,将院落裹在中间,包围式逼近,渐渐收拢。

孟朝带着四个人,疾步进了大院。左侧是仓库,墙上挂着耙子,地上堆着苞米,右侧一株枯树,几只散养鸡围着打转,咕咕低鸣,忽扇着翅膀逃窜。院子中央靠后,落着长方形的水泥平房,门上倒贴着个缺了角的菱形福字。

屋内悄然无声。

孟朝和童浩快步上前,分立房门两侧,眼神交流,心领神会。

深呼吸，抬手正待叩击，门却径自开了。

可走出来的人，并不是倪向东，而是个陌生老汉。藏蓝色中山装洗得泛白，敞着怀，露出里面油亮的黑棉袄。皴裂大手扶住门框，强撑住身子，趿拉着解放鞋的脚，艰难迈过门槛。

"是我报的警。"老人头发灰白，黝黑瘦削，似一截枯木，面颊上皱纹堆叠，看不出具体年纪，唯有两颗浅褐色眼珠，间或一转，泛着一丝热乎的活人气。

"你们不用找了，"童浩抬脚要往屋里冲，老人一把薅住他胳膊，"他不在这儿，不在屋里。"

"人往哪儿逃了？"

老人愣了一刹，眨眨眼，半晌才抬手，颤巍巍指向东边："呃，好像是往那块儿——"

"别追了，假的。"孟朝瞥了眼老人，强压住火气，别过头去，打着手势，示意众人收队，"从我们接到电话开始，倪向东已经不在这儿了。"他转脸看向老人："你故意把我们引过来，就是要帮他分散警力，拖延时间，对吧？"

他大步走开，在院子四周环视，这才发现泥地上尚留有新鲜车辙，而此刻，院子里却并没有泊着任何一辆车。

站起身，孟朝略略提高了嗓门儿："车呢？也借给倪向东跑路了？"

老人张嘴欲辩，可也只是吧嗒了两下嘴而已，垂着头，呼哧呼哧地喘粗气。

"你这是犯罪，帮凶，"童浩急了，"他是杀人犯，你知道他手上多少条人命吗？你会害死多少人，你知道吗？"

孟朝摆摆手："先带回局里——"

"抓我，抓我吧，"老人忽然激动起来，扯开嗓子，舞着两只手，几乎杵到了孟朝鼻尖底下，"抓我，我一把年纪了，我代他坐牢，代他受过，枪毙我吧。"

孟朝往后躲了几步，给老马递个眼色，后者见状几步跑上来，伸手扒拉开童浩，箍住老人肩膀，半搀半推地将他拉回屋里。

"大爷，你告诉我们，为什么要报假警？"

"警察同志，我叫你们上这儿来就是想讲清楚，误会，肯定有误会，"老人拍打着板凳，"不会是东子，绝对不是，我知道他这个人——"

"是不是他威胁你？"童浩也跟了进来，重新掏出他那本笔记本，"逼你帮他撒谎？"

"不是，不是，"老人慌得又站了起来，"不是这么回事。"

老马冲童浩摆摆手，再次将老人按回板凳："您也配合下我们，把您知道的，都告诉我们吧。"

老人搓着衣角，嘀嘀地倒着气，好半天才终于开了口："报恩，我是要报他的恩。"

老人名叫孙传海，年近七十岁，在乡下种了一辈子的田。

人生第一次进城，是替儿子收尸。

他有两个儿子，可对外承认的，只有小儿子。

用他的话说，大儿子是上辈子的冤孽，从小不学好，长大了更是没出息。跑出去学人赌，欠了一屁股烂账，连夜跑了，这些年来一直杳无音信，不知是死是活。债主天天上门，连哄带吓，家里但凡值点儿钱的，大大小小都给诓走了。后来追债的眼见再没什么可拿的，就又变了副嘴脸，派人来闹、来砸，整日跟在他们屁股后面谩骂，搅得鸡犬不宁，一家人在村子里面抬不起头来。

孙传海老伴儿的身体本就不好，面皮又薄，这连气带急的，憋出了大病。咽不下饭，睡不着觉，后来连炕也下不去。连着几个月打针吃药，又横添了一笔费用。

"只有小儿子好。"老人从记忆中抽出身来，哀求般冲着众人点头，渴望得到陌生人的认同与信任，"我小儿子是真好，真的，孩儿他娘常说，这孩子托生在我家，可惜了，这么好个娃子，生在了我家，白瞎了。"

小儿子名叫孙小飞，打小乖巧听话，十来岁的时候，更是越发懂事孝顺。

提起小儿子，孙传海的脸上难得泛起光，仿佛枯朽的生命再次鲜活。他骄傲地宣称，小儿子脑子灵光，又刻苦，读书好得很，学校里很多老师都认识他，说他是考重点大学的好料子。

"可孬就孬在他哥身上，"想起大儿子，他脸上的光又迅速黯淡下去，"小飞这辈子，就是让他那个不争气的大哥给活活耽误了。"

孙小飞心疼他一大把岁数了，还要觍着脸四处借钱收拾烂摊子，高中毕业后，说什么都不肯再读了，闹着要出去打工，去城里工地上干活儿。孙传海自然心疼得不行，他知道工地上搬砖，挣的都是血汗钱，用命换铜子儿。可小儿子却笑着说没事，累是累，但挣得多，他年轻，睡一觉力气就回来了。多跑几个工地，用不了多久，他哥的账就能还清了，到时候一家人团聚，好好过日子。等生活安顿好了，他再出去考学、读书。

"他爱看书，这个娃文静，好学着呢，"孙传海笑着笑着，嘴角忽然一撇,恸哭起来,"儿哟,我的儿。"

他的泪困在皱纹里。

"我的儿从楼上掉下来,钢筋插进肚子,疼哦,怎么能不疼,肚子呀,五脏六腑都在里面。那天大雨,车跑不通,管事的又躲了,听他们说,是东子抱着跑到医院的。他俩原来不熟,东子那人话少,跟谁都不爱多说。我儿平时也是有些交好的,可遇事都尿了,就东子出来帮忙,生生抱着跑到了医院,做手术钱不够,也是他给垫的。"

老人大手蒙住脸,泪从指缝往外涌。

"我的儿,送去时,人已经不行了,血流光了,活活流死了,我儿是活活疼死的。"

窗外的风停了,屋里只剩下老人的痛哭,他的悲伤是一片汪洋,潮起潮落,无边无际。

孙小飞在听众的想象里又一次坠落,又一次倒在血泊中,又一次死去。

旁观者的安慰无关痛痒,孟朝低头抽着烟,不知该说些什么,此刻他能给予的,也只有一声声叹息。

孙传海渐渐止了哭,抽噎着,打了个响亮的嗝儿。他抹把鼻涕,顿了顿,重新拾起话头,只是这次讲得硬邦邦,像是故意掺了些坚强:"后事也是东子帮忙处理的,我瞒着他娘,她本来就躺在炕上,就算知道了,也是干着急,也帮不上什么忙。可是就有嘴贱的,跑来嚼舌根子,一来二去,他娘也知道了。哭,哭了一天一夜,哭着哭着没劲了,捂着心口喊疼,卫生所大夫还没来,她两眼睁着,人就死了。

"人死了,债没还完呀,我老孙头一辈子不愿欠人什么。

说实话,也不是没想过死,但我要脸,不能让村里人瞧不起我,死之前,怎么的也得把债还上。六十多岁的人了,没办法,又出去找活计,可是哪里有人要我呢?后来还是东子可怜我,给担的保,介绍我跟他晚上一块儿去做什么场工。

"你们知道场工吗?叫这么个花头,其实还是体力活儿,当驴当牛马那样使唤,哪里搞活动、搭台子,我们人肉驮着钢筋和板子去。这活儿白天不好干,耽误人生意,得晚上黑灯瞎火的时候去,等干完了,也都是后半夜了。

"没人愿意跟我一组,嫌我老,都怕吃亏,只有东子。给我带酒,给我分烟,唉,那时候,我俩窝在车上,半盒烟,分着抽一宿。"

老人沉默下来,众人也跟着沉默下来,只有彼此的呼吸,近在耳畔。

"我这辈子命苦,唯一碰上的好人,就是东子。"

老人挂着泪笑了,用掌根抹了把脸:"警察同志,你们缓两天抓我吧,我等地里这波菜卖出去,钱就还得差不多了,你们到时候来,我跟你们走,真的,我不跑,这账还上,我也就放心了。"

"老人家,我们不会抓你的,"老马递过张纸巾,"但是倪向东确实有杀人嫌疑,现在死者三人,希望您能配合我们——"

"不可能是他,警察同志,不可能,"孙传海拍着大腿,"你们去调查调查,但凡共事的,哪个不说他好?你们去他家看看,过得那个苦,比我这儿还不如,什么都是便宜的,吃的喝的都是便宜的,抽的烟也是最便宜的。媳妇也不舍得娶,省吃俭用图啥呢?省的钱都捐给别人,有瘾似的,捐给个孤寡老头,你们说说,这么个老好人,能杀人?不可能,真的。"

他扯住孟朝的手不肯撒开:"而且,他跟小军那么好,亲兄弟一样。你们去问问,真的,去问问,谁不说两人好得跟亲兄弟一样?"

正辩白着,院外忽然闹哄哄地乱起来,童浩起身朝外瞅,看见七八个人推搡着,一齐涌进了院子。屋门豁然大开,众人争先冲进屋里,连同着屋外的北风,将孟朝他们团团围住。

来人并不说话,手里攥着什么,脸上红扑扑的,嘴里往外哈着白气。

"你们干吗?"

"我们是工友,接到老孙头的电话就来了,愿意做证——"

"我们都愿意做证——"

"东子是好人,他每个月给我这寡老头子送猪肉。"

"他跳过海里救我儿子。"

"我住院的时候他也捐过钱——"

他们的话语同时炸响,七嘴八舌乱成粥,听不清说些什么。人群躁动起来,还有人把手里的什么玩意儿高高举着,使劲往前递。

"警察同志,我一个人的话你们可以不信,可这么些人,这些人都受过他的恩惠,不可能扯谎,"孙传海说着就要往下跪,"我愿意以这条老命担保——"

其他人也跟着跪下去。孟朝这才看清,那人举在头顶的是张红纸,黑色中性笔反复描边,加粗"担保书"三个大字,再下面,是七扭八歪的名字。

"警察同志,我们都愿意作保,东子是好人,曹小军绝对不是他杀的。"

## 22　瘢痕

车疾驰在高架上，两侧是林立的高楼，万家灯火璀璨闪耀，人造的群星。

孟朝敞开车窗，闷不吭声，一根连一根地猛抽烟。倪向东那张遍布疤痕的脸，也跟着堕入云山雾罩，若隐若现的，看不分明。

下午的抓捕行动扑了个空，可孟朝的思绪却被塞得满满当当。如果说吴细妹的讲述让案件渐渐清晰，那孙传海的话则让案子又一次陷入迷途。

老人的泪水和哀求不像是作假，可那些话越是真实，整个案件就越是荒诞。下跪求情的人们勾勒出一个全新的倪向东，与吴细妹先前的表白截然相反。

一个人真的会有全然不同的两张面孔吗？

夜深之后，他嘱咐队员们回去短暂休憩，自己则打算再去倪向东的住处转转，探探新线索，希望能寻到一个突破口，而童浩则嚷嚷着不累，也一并跟着来了。

"啧，短短几年，变化这么大。"此刻他靠坐在副驾，食指一下下地敲打车窗，"以前十恶不赦，眼下又成了活圣人，这中间到底发生了什么？"

"嗬，浪子回头，"孟朝冷哼一声，瞥了他一眼，"这说法你信吗？"

童浩想了想，点点头，脸上是万分诚恳："我信。"

孟朝被这回答噎了个半死，呛得一阵猛咳。

"头儿，你年纪也不小了，人到中年，少抽点儿吧。"童浩大力捶打他的背，"话说，这事你怎么看？你信吗？"

孟朝眨掉咳出的泪，喀了几声清清嗓子，半晌才开口："我只信人性。"他一打方向盘，车下了高架，向老城区的方向开去："我只信本性难移。"

"也是，人再怎么变，也不会彻底背弃自己的本性。就像我吧，从小废话就多，调皮捣蛋的，也不怎么长眼色，我妈念叨了我二十多年也改不过来，现在也老因为毛毛躁躁，说错话、办错事挨骂呢。那你说这倪向东怎么回事？难不成是受什么大刺激了？人家怎么就说变就变呢？"童浩两手交叠在脑后，仰着脖子，冲着车顶眨巴眨巴眼，忽然一拍大腿，"除非——"

"嗯？"

"除非他借尸还魂了。"童浩一下来了精神，猛拍他胳膊，"头儿，你听我分析，这案子可能沾点儿玄学，很有可能是这样的——"

孟朝深吸一口气，憋住了嘴边的脏话："小童，你要是累了，就睡会儿吧。"

"我不累啊——"

133

"省点劲儿，"孟朝剜了他一眼，"一会儿到了地方，好好找线索。"

"头儿，你甭担心我，咱俩不一样，我年轻，精力旺盛——"

"闭嘴。"

倪向东住的地方，离着曹小军和吴细妹的出租房不远，也在老街上，斜对面，直线距离不超过二百米。

只不过他租住的是平房，向阳里院的一间，价格更便宜些，条件自然也更差些。位置不算好，一拐进里院门洞，右手边第一间便是，传达室门卫一般显眼。再往前面走两步就是院子里的公厕，直冲着，夏天免不了阵阵扑鼻的臭气。户型是扁扁的一条，不大，拢共一间，若是三五个人进去，几乎再无转身的余地。

前后两道门，后门被封死，堆着杂物和煤炉子，前门也不怎么讲究，单薄简陋，左不过是五六条木板钉在一起，刷上白漆，生拼出一扇门板的样子。如今油漆斑驳脱落，门轴也是锈迹斑斑，风一吹，咯吱咯吱，颤巍巍地回旋着响，似怨鬼在哭。

两扇门之间，有一面窗子，占了大半堵墙。因不实用，便常年锁住。玻璃上糊着老式窗花，五彩菱形格，是20世纪90年代的时髦。眼下也被岁月褪了色、泛了黄、起了泡，可依旧尽忠职守，挡得也还算严实，将主人家的秘密一并关在屋里，不被门洞里往来的外人窥去。

再余下还有些什么呢？

孟朝套上鞋套踏进去，拨亮开关，悬在头顶的长条形日光灯嗡了几声，忽闪着亮起来，晕出一屋子的冷白。

目光所及，不外是日常必用的玩意儿。进门便是铁制脸盆架，上面有一只掉了瓷的脸盆，半块得其利香皂，灰白色破毛巾胡乱搭着，任其自生自灭，烂出大大小小的洞。冰箱和燃气灶都是老式的，一看便知是房东的施舍。除此之外，还能称得上是家具的，也只有一桌、两椅、一张板床和一只床头柜了。

孙传海所言不虚，倪向东的日子过得确实比他还苦。

"其实倪向东挣得不少，怎么家里这么破？"童浩翻看着笔记本上的数字，"他把钱都花哪儿去了？"

孟朝没有搭茬儿。他感觉谜底呼之欲出，却又不敢断言，生怕话一出口，自己误导了自己。

"当季的衣服都在，"童浩从衣橱缩回脑袋，又去拨拉桌上剩下的半个馒头，"这豆腐乳还开着盖呢，不像是蓄谋已久的逃跑，更像是吃饭吃了一半，临时被人拉出去了。"

孟朝没言语，戴着手套，继续四下查看。这廉租房里一贫如洗，也确实没什么躲藏的空间。一路查下来，他俩并没有发现什么日记、字条类的东西。

"没什么不对劲的，"童浩咂咂嘴，"除了穷点儿，这就是个普通单身汉的家。"

但是却感觉缺少了什么。

缺了什么呢？

"这地方冷清清的，"童浩吸吸鼻子，两手叉腰，"连个全家福都不挂。"

对，没有照片。

孟朝拉开抽屉细细翻找，确实没有，一张都没有。准确地说，是没有任何能证明倪向东过往的东西。

照片、信件、纪念品，通通没有。

仿佛这个人凭空出现一般，只活在当下，只拥有眼前这一秒。

"倪向东自己住了这么多年，都不带想家的吗？心挺硬啊！"童浩还在那儿碎碎念，但孟朝却顺着他的话，摸到了一条纤细的线索。

他忽然觉得带童浩来是对的。办案这么多年，自己偶尔也会陷入惯性思维，可眼前这"半个外行"却什么都敢说，什么都敢假设。当局者迷，也许童浩还真能启发他悟出点儿什么。

住在这间屋的人没有过往，或者说，他有着不愿被别人看见的过往。

他将曾经的一切刻意隐藏了起来。

可是为什么呢？

差一点儿，就差一点儿了。

"还有什么？"他追问着童浩，"你感觉还少了什么？通通说出来。"

"少的东西那可多了，电视机、茶几、沙发——"

"不不不，"孟朝打断他，"必需品，你往日常必需品上说。"

童浩弓下身子，在床头柜上仔细翻找。

"嗯，"他蹙起眉头，"奇怪，你看这里有梳子，有摩丝，还有瓶大宝，这说明倪向东这人，挺在乎自己的外表——"

"接着说。"

"但是，"他直起身子，四下环顾，"没有镜子。"

没有镜子。

整间屋里都没有一面镜子。

"这么在乎形象的人,家里怎么连个镜子都没有?"

没有镜子。

为什么没有镜子?

疤痕!

孟朝忽然想到了什么:"倪向东的脸是什么时候毁的?"

"啊?"童浩一愣,快速翻看笔记本。

"是小时候,还是长大后?是在南洋省,还是在琴岛?"

童浩摇摇头:"咱好像从来没问过。"

"我们忘了问,"孟朝苦笑,"这么明显的线索,我居然忽略了。"

"头儿,什么意思?"

"不知道为什么,我总感觉他的变化跟脸有关。"

"确实,因为毁容性情大变的我听过,"童浩若有所思,"但因为毁容,开始积德行善的,倒是第一回见。"

左脸的疤痕是关键,疤痕是他的面具。

倪向东,疤痕之下,你隐藏的究竟是什么呢?

两人想破头也没想出个所以然来,一小时后,齐刷刷地蹲在大门洞里抽烟。

夜深了,老街静谧无声,空空荡荡。街边的小店早早上了门板,低矮的建筑伏在暗处沉睡,唯有一盏盏橙色街灯尚且醒着,孤独地守望,照亮一场陈年旧梦。

"头儿,你觉得谁在撒谎?"童浩强压下嘴边的哈欠,"是孙传海,还是吴细妹?"

"他们说那些话,各有各的目的。"孟朝立起身来,跺跺脚,试图驱散寒意,"也许都在撒谎,也许都没撒谎。"

他回头望去,院落黝黑,家家户户门窗紧闭,只有倪向东家的窗口点着灯。晃晃的光打在彩色的玻璃窗花上,梦幻般的缤纷色彩投在一小方地面,像是舞台上的布景,美得并不真实,好像那盏灯也只是摆设,演戏一般,而它们是今夜唯一的观众。

倪向东,这些年你演的又是哪一出呢?

浪子回头?改邪归正?孟朝摇摇头,不,他有他的目的。

电话响起,吓了两人一跳,楚笑打来的:"孟队,还没睡吧,说话方便?"

"嗯,方便,怎么了?"

"你让我追的账目查到了,十年来,倪向东确实在给一个账户打钱,而且每个月都有大额转账,差不多——"电话那头传来窸窸窣窣的声音,"我粗略算了下,差不多占了他收入的五分之四。"

"收款人是?"

楚笑在电话那头报出一个完全陌生的名字。

"行,我知道了,你也早点儿休息吧。"孟朝挂上电话,闷头嘬烟。

头顶上,一架飞机划过夜空,消失在云层之后。

"头儿,下一步怎么办?往哪儿追?"

"订票,"孟朝摁灭烟头,"去南岭村。"

## 23　南洋

到底是低估了南洋省的气候。才走了大半个山头，童浩便觉得腮颊滚烫，眼前昏黑，似是中了暑。脖颈儿早被毒日烤得通红蜕皮，如今汗水一泡，不由得锐痛起来。他把外套褪下来，举过头顶去遮阴凉，汩汩的汗便顺着两条胳膊往回倒灌。

前天还在北方的寒夜里抽烟，今天就到了祖国大好河山的最南边，天不亮就开始一路的翻山越岭。童浩觉得自己像是戏台上的人物，背景一扯，灯光一变，便换了一种人生，踩在红土地上的每一步都不真切，恍若踏着一场梦。

那晚搜查完倪向东的住处后，孟朝便觉得事有蹊跷，而楚笑的电话，更是为本就复杂的案件平添上重重迷雾。

倪向东的转账记录牵扯出一个全然陌生的人物：徐财增。

他调查过，这徐财增没什么特别，不过是南洋省南岭村的一个孤寡老人，丧子后常年独居。从明面上看，他与倪向东二人不仅年龄悬殊，素日也并无来往，近乎是并不相交的两条平行线。

那倪向东缘何要将他选为救济对象呢？

就算是他决心要做好人好事，可也不至于连着十多年，将所有积蓄雷打不动地奉献给同一个对象。

孟朝越想越不对，隐隐觉得倪向东性情大变的秘密，就埋藏在南岭村，沉睡在一桩桩的陈年往事里，而他与吴细妹、曹小军的情感纠葛，也并非传闻中那么简单，其中的千丝万缕、兜兜转转，必得他亲自跑一趟才探得清。

当天晚上，他一赶回局里便打好了申请报告，上司那边的善后工作也丢给老马处理，然后就拽着童浩，两人坐着最近的航班，直接飞到了南洋省。他们必须分秒必争，因为倪向东正蛰伏在暗处。这个性情阴晴不定的男人，下次露面时，扮演的角色究竟是善人还是恶霸，谁也无法保证。

下了飞机，二人马不停蹄，当天就赶到了派出所。琴岛那边早已打过招呼，这边的对接人员也提前做好了准备，众人开了个简短的碰头会，聊了聊倪向东以及徐财增的家庭情况，之后便就近寻了家旅店，稍作休息。

第二日，天还未亮，孟朝便拉着童浩继续赶路。

可万没想到，这一走就是大半天的脚程。

南岭村地处偏僻，群山环绕，公共汽车只肯将他们捎到附近稍大一点儿的镇上，再往山里走，柏油路就没了，只剩下粗粝颠簸的土路。二人只好搭乘当地的"三脚猫"——一种改装摩托车，跟跑去镇上买鸡仔的大姨，窝在同一个挎斗里。

四人加上一筐子小鸡，挤作一团，闹哄哄、汗津津地颠了一上午。

然而，就连这小摩托也坐不到底。

土路只修到了山脚下，南岭村偏在山坳深处，唯一的路径便是林间曲折蜿蜒的羊肠小道。无论他们如何游说，又将车费翻了多少倍，开"三脚猫"的司机愣是不肯再往上走，大姨也闹着要早点儿把鸡仔带回村，一会儿怕被山里的野物给叼了去，一会儿又怕山路震荡，不知多少鸡苗要死在晕车上。

没法子，两人只得下车，立在一棵榴梿树下，你瞅瞅我，我看看你，相顾无言，身后是连绵起伏的群山。

最终，还是孟朝撑开了地图，强打精神，领头踏上潮湿泥泞的红土地。

开始倒也新鲜。

童浩目光所及，皆是绵延无尽的青葱苍绿，是从未见过的新鲜与稀有，是与北方截然不同的南国风情。小路两侧植被繁茂，粗犷的枝叶遮天蔽日，肆意蓬勃，却又个个叫不上名字，只感到一股扑面而来的厚重与压迫，是人类渺小生命无法抗衡的原始力量之美。他边走边稀罕，就连路边的柚子树也会让他驻足观瞧，路过杧果树时，更是停下来晃动树干，试图吃点儿果子。

"这棵是海漆，那株是桫椤，再远些的，是丝葵和拉贡木。"孟朝边走边向他介绍，嘴里冒出一连串稀奇古怪的名字，还有什么角果木、瓶花木、龙血树与糖棕树，他一路念叨着，引得童浩啧啧称奇。

但更多奇异的植物，连孟朝也未曾见过，于是两人便停下脚步，一起抬头观赏，一起啧啧称奇。

可慢慢地，也就麻木了。到底是肉体的苦难占了上风。

烈日高悬，一连走了大半天，前后连个人影也没见到，似乎山外的整个文明世界早已灭绝，他俩是天地间最后的人类，逃难在这没有尽头的森林之中。

童浩即便再年轻，也扛不住这不眠不休、连轴转的工作量。等翻过两座山头，他嘴里的话越来越少，脚下的步子越迈越小，外套裹在头上，背包里的水早已喝光，整个人又困又渴，只剩下两条腿带着脑子机械性地往前挪。

"头儿，等等。"他靠定一棵棕榈树，再也不肯挪步，声音被正午的太阳烘得干瘪沙哑，"歇歇，求你，我谢谢了。"

孟朝正拄着棍儿，在他前面三五步的地方挣扎着往前移，闻声不由得停了脚。

"别停，就快到了，"他低头瞅瞅地图，伸手一指，"再翻过这个，不，至多两个山头，就到了。"

"翻刚才那座山之前，你也是这么说的。"

"刚才这地图看反了吗，"孟朝连哄带骗，"走吧，太阳落了更要命，谁知道这林子里藏着些什么鬼东西。"

童浩嘴上抱怨，但还是甩开步子跟了上去："头儿，你为什么不让他们送咱呢？"

当地派出所原本要送他们来的，可是孟朝谢绝了他们要求陪同的好意，执意坚持第一次上门不必劳师动众，只由他们两人便可。

"我也说不清，总感觉这案子枝蔓相连，没咱之前想的那么简单。"他折下一段树枝，小心地撸去枝叶，"还是低调点儿吧，我怕打草惊蛇。"

"谁是蛇？"

孟朝抬头，却并未回答童浩的发问，自顾自地又反问了一句："你还记得当地人是怎么评价倪向东的吗？"

"死不足惜。"

据当地警方介绍，倪向东确实是地方一霸，所以当他们听闻倪向东可能涉及人命官司时并不意外。用他们的话说，不只是曹小军，为了自保，倪向东连自己的亲老子都会动手灭口。可是这人偏又谨慎狡诈，屡屡逃脱，让当地警方也很头疼，想办他又总捉不住实打实的证据，直到听闻他去外地打工后，才勉强松了口气。

"依你看，他有改过自新的倾向吗？"孟朝抛出了自己的疑问。

"可能我们的身份不该这么讲，但是，呃，"小警察干笑了几下，"只能说，有的人，天生就是恶坯。"

可说起徐财增，与会的几人面面相觑，从来没听过这么个人。只有一个刚调过来没几年的老警察觉得这名字有点儿熟悉，他以前在基层干，专门负责镇子周边的村庄。他犹豫了半天，吞吞吐吐开了口："记起来了，好像跟包家命案有关。"

"包家？"孟朝警醒，忽然想起吴细妹对他说过，倪向东曾经杀死过一个姓包的人。

难道二者之间有所关联？

"对，据说是徐财增他儿子酒后失态，杀了包德盛，当时闹得挺大，包家庄的人把南岭村都围起来了，后来还是我们去调解的。"

"他儿子，"童浩瞪大眼，"姓什么？"

老警察笑笑："老子叫徐财增，儿子自然也姓徐啊。"

"他几个孩子？"

"我记得就一个，对，就一个。"

"那我们能见见这个徐——"

"见不着，早死了。"

"死了？"

"对，事发后半年多吧，自杀了。"

孟朝听着他们的对话，一言不发，暗自捋着底层的逻辑关系。

倪向东为何要给杀人犯的父亲打钱？难道是——

"头儿，你的意思是倪向东出于愧疚，要赡养这个老人？"

"不，我反倒是觉得——"孟朝住了口，"算了，现在咱们也只是假设阶段，还没有实质性的证据。这两天我也总担心，会不会是自己想多了。你知道，这行干久了，就容易疑神疑鬼的，凡事都持个怀疑态度。"

他把做好的登山杖递给童浩："走吧，坚持坚持，就快到了。"

这次孟朝倒是真没诓他。越往前走，树木越稀疏，地势也逐渐平缓下来，视线尽头终于有了人烟。大片大片的农田，种着油绿的稻谷，偶尔也夹着几片杧果种植地。对岸山腰上，散落着稀稀落落的茅屋，互不相碍，掩映在樟树与榕树之间。

一头瘦削的黄牛立在道旁，低头咀嚼着荒草，缓慢笨拙，尾巴迟滞地甩动，驱赶着成团的蚊虫。

此时的童浩早已没了知觉，只顾低着头，哼哧哼哧地往前走，还是孟朝一把拉住了他。

"嗯？"

孟朝也累得不愿多讲，甩甩头，示意他仔细看："喏。"

童浩搓了把眼里的汗，这才看清老牛俯身的灌木丛中，匿着块儿石头碑。

岁月侵蚀，红漆斑驳，但上面阴刻着的字迹依稀可见：南岭村。

## 24　荒村

曾经以为永远无法抵达的南岭村,如今近在眼前。

村子卧在群山峻岭之间,稀疏的茅屋是铺天盖地的绿意里唯一的异色,宛若星火落在了缎子上,烫出一个个洞。一条曲折泥泞的土路隐在石碑旁的灌木丛中,古老的南岭村像是一个谜底,静待在长路尽头。

孟朝向童浩递个眼色,二人重振起精神,大步向前。

村口是几亩薄田,却不见人来耕种,如今田野里稻谷枯萎,荒草蔓延,只剩下秃尾巴的公鸡,在田埂间蹦跳着啄食。四处可见郁郁葱葱的参天古木,房舍懒洋洋地散落其间。大多是老式茅屋,历经了上百年的风雨浸润,外墙霉渍斑驳,地基崩坍下陷,开裂的木门上,依稀可见脱色残毁的年画,供奉着遥远陌生的神明。不少人家门门闭户,锁眼生着铜锈,整座村落仿佛搁浅在了往昔,望不见一缕鲜活的炊烟。

二人停在一家老宅外,通过垮塌的围墙朝里张望。院子里草木齐膝,早已成为野兔的天堂,遍地鸡粪鸭屎。在腐臭的塑料袋之间，一只瘦得皮包骨的老黄狗趴在枯井旁边，眯缝着眼睛，在烈日下嘀嘀吐着舌头。

"走吧，"孟朝用手里的棍儿戳戳童浩，"咱找个会说话的去。"

二人继续在村子里晃悠，唇焦舌燥之际，终于遇到了第一个人类。

那是个四五岁的小男孩，站在一株枝繁叶茂的榕树下。身上只穿着件小背心，黄绿色，洗得松垮变形，长度刚好盖过屁股，两条小细腿黑黢黢的，从背心下缘露出来，一双赤脚，毫不在乎地踏在泥地上。男孩手里攥着个树杈做的弹弓，正准备瞄准枝丫上的鸟，听闻脚步声，转过脸来，向后退了两步，用手背抹去脸上的鼻涕。

"小朋友，你好呀。"孟朝手撑膝盖，俯下身来，尽量表现得和蔼可亲。

男孩忽闪着大眼睛，怯生生的，也不说话，左手攥紧弹弓，右手抠弄大腿上的蚊子包。

"你家大人呢？"孟朝的手刚要落在男孩头顶，一道人影，伴着一声呵斥，自道路尽头匆忙闪现。

来的是个妇人，腆着大肚子，左臂另揽着一个两三岁的小女孩，边跑边喊，不停地冲男孩招手。她说的是当地方言，语速极快，孟朝听不明白，但看样子应该是在训诫男孩，只见小孩蹙着眉，不情不愿地也用方言回嘴。

"那个，您好，"孟朝朝妇人微笑，试图释放善意，"请问——"

妇人却并不搭理，似是看不到两人一般，快步从孟朝面前走过，掀起一小股热风。她攥住男孩胳膊，一路拖着往回拽。小孩开始哼哼唧唧地假哭，赖在地上不肯走，妇人扬手就是一巴掌，男孩吃痛，这下倒真伤了心，号啕着哭闹起来，怀里的小女孩受惊，也跟着张嘴叽歪，哭得满脸是泪。

孟朝和童浩尴尬地立在原地，劝也不是，拦也不是。

妇人绷着脸，强撑出一副气势汹汹，扯着自己的孩子疾步离开。

男孩捂着脸哭，不时回头张望，妇人也跟着回头，见孟朝他们还朝这边看，又别回头去，一路小跑。

一大两小的身影，很快便消失在树影之后。

村落重新恢复静寂，只有目光无法触及的山谷，传来杳远的狗吠。

孟朝抹了把脸上的汗："走吧，接着找。"

很快，他们就遇见了第二个人。

在村落边缘，一栋破旧倾颓的茅屋旁，矮小枯瘦的老人正打着赤膊，在院子里低头翻找着什么，时不时弓下腰，吃力地捡起来，放到鼻尖闻嗅。随着动作，凸起的肋骨越发鲜明，似要刺破皮肤。

"大爷，"孟朝敲敲院门，"请问徐财增家怎么走？"

老人被他吓了一跳，回过身来，偏着脑袋，茫然地上下打量，接着搁下手中活计，颤悠悠地转身进了屋。正当二人戳在原地不知所措时，老人又扶着门框，探出头来，冲他们招招手。

孟朝松了口气，大步跟上去。

童浩略一迟疑，也跟了进去。

与户外明媚耀眼的光线不同，屋内晦暗潮湿，看不清楚。

等眼睛慢慢适应了室内的光线，他们才大致看清屋内的陈设。这是间极其简陋的屋子，避难所一般，稻草和着黄泥制成的墙，几件20世纪淘汰下来的旧家具，泥地上堆放着腐烂泛黑的稻谷，房梁下搁着几个木盆，里面盛着雨水。

老人驱赶着蚊虫，哆嗦着递上两个破碗，做出喝水的动作。

"老人家，"孟朝从脑海深处打捞曾经学过的南洋话，"您多大了？"

老人望着他，只是笑，又抬抬手，做了个喝水的动作。

水面上漂着死去的飞虫，童浩舔舔干裂的嘴唇，一饮而尽。

孟朝注意到老人眼睛的异样，一只眼睛是完全混浊的白色，应该是患有严重的白内障。他再次环顾茅屋，这么大年纪，又患有眼疾，难不成自己住吗？

"老人家，"他再次尝试用方言沟通，边说边比画，"您认识徐财增吗？"

听到这个名字，老人一愣，定在原地，然后缓慢起身，迈出门外。

"头儿，你行不行啊，"童浩又给自己续了碗水，挑出里面的草梗儿，"怎么还给人大爷聊走了呢？"

"是不是我发音不对头啊？"孟朝自己也有点儿犯嘀咕，"难不成哪句发音不准，别不小心再念叨出脏话了。"

二人正琢磨着，老人重新迈回门槛，后面还跟着个中年人。灰汗衫，大裤衩，脚上趿拉一双蓝拖鞋。中年男人一进门便立住脚，警惕地打量二人，大剌剌地扔了句方言。

孟朝赶忙起身，将证件递过去。

中年男人接过来，抓在手上翻来覆去地细看，再抬头时，脸上挂着笑,切换到了普通话,并不标准,但好歹能让人听懂。"两位警官,什么事情?"灰汗衫瞥了眼老人,"我阿爹[1]又怎么了?"

"这是你亲戚吗?"

老人立在一旁,孩子般垂着头,两只手搓着裤缝,不言语。

"我阿爸的娄弟[2]。"灰汗衫看上去有些局促,笑也有几分挂不住,一双细眼一挑一挑的,偷摸估量孟朝的脸色。

孟朝拍拍他的肩膀:"别紧张,我们就是路过,进来讨口水喝。"

男人的表情明显松弛下来,张罗着众人坐下,指挥老人来回翻找,凑齐四只板凳。

孟朝决定先绕绕圈子,让他彻底放下戒备,于是呷着水,有一搭没一搭地扯着闲话:"咱村里人口不多啊。"

"以前就不大,现在更不行了。"男人递过一根烟,是当地的土烟,劲儿大,呛得很,孟朝本抽不来,但为了拉近关系,还是衔进嘴里,低头跟男人借火。

"都去县城了。"男人喷了口烟,舒展开来,跷起了二郎腿。"村子本来就小,人口最多的时候,也才二十来户吧,现在,啧,"他掰着指头掐算,"也就剩下七到八户人家,还都是走不脱的老弱妇孺。"

他忽然想起什么:"对了,二位怎么称呼?"

"我,孟朝,这是童浩,叫小童就行。"

"孟警官好,我叫徐家栋,也是这村的村长,你叫我老徐就行。"说到村长,徐家栋脸上掩不住的得意,嘴上却还是故作忧

---

[1] 方言,叔父。
[2] 方言,亲弟。

愁地叹口气，"唉，要不是有村长这个名头牵着，我也不肯待了，出去多好，挣得多，又轻松。"

他抽口烟，一挥手，香烟在昏暗逼仄的屋中，划出一道浅白色的圆弧。

"没办法，我这人责任心强，"他挺挺胸，"村子需要我嘛，那我就牺牲个人，留下来，为大家服务。"

"你看看，人家这觉悟，"孟朝向童浩眨眨眼，"有能力，有担当，有眼界，要不名叫家栋呢，家国栋梁，这村子要不是有这样的村长顶住，绝对不行。"

徐家栋被他哄得开心，脸上收不住的笑意，连忙摆手，但嘴里的话明显多了起来："对了，孟警官，你们怎么来的？"

孟朝摇摇头，把一路的艰辛大致讲了讲。

"我们后山有路啊，南岭村虽然落后，但也不至于闭塞。"徐家栋熟人般地拍着他的膝盖，"前阵子，我们临近几个村子凑了凑钱，修了条水泥路，方便多了。嘿，你们下次再来，就寻个向导，比自己瞎转悠好得多，今天多走了多少冤枉路啊！"

"是啊，"童浩瞥了眼孟朝，"走了多少冤枉路。"

孟朝嘬口烟，赶紧岔开话题："徐村长，咱村里靠什么过活？"

"就百十棵槟榔树，以前还种点儿甘蔗，得罪包家人之后，人家就不肯收我们的了，自己送去外面又不方便，所以种的人也越来越少。"

"村里老人呢？"

"靠子女养活呗，纯凭良心，在外面打工的，每个月给寄一些钱。"

"唉，不容易。"

"是啊，都不容易。"

客套话也讲得差不多了，孟朝感觉是时候收网了："咱村里是不是有位叫徐财增的老人？"

徐家栋一愣，拍着巴掌哈哈大笑，指着僵坐在一旁的老人："这就是财增阿爹啊！"

孟朝和童浩不由得重新打量，居然鬼使神差地直接找到了关键人物——徐财增。

此刻老人端坐在小凳上，根雕一般，一动不动。脸上的笑也不动，仿若同样是雕上去的，毫无生气。

"我阿爹眼睛不好，人也老了，干不了活儿，平时都靠村里接济。"

"好像一直有人给打钱来？"

"对对，还是你们消息灵，连这个也知道。每月邮局都给送笔钱来，但是阿爹腿脚不方便，就把钱给邻居，给我这个村长，缺什么，我们去镇里的时候，帮忙带回来点儿。"

"你认识汇款人吗？"孟朝盯住他的眼，仔细观察他的表情，"倪向东。"

"不认识。"

非常自然，没有明显的破绽。

孟朝故作惊讶："欸？他不是咱周围村里的人？"

徐家栋又续了根烟，久久回忆着，摇摇头："嗯，没听说过。"

"那你知道他为什么一直打钱吗？"

"不知道，可能是看孤老头子可怜吧，人都说富长良心不是？"徐家栋吐出口烟,"可能有钱人就喜欢捐点儿什么,要我说,阿爹也是有福气,被大财主选中了。"

听着他的话,孟朝又想起倪向东在琴岛的廉租房。

啧,看上去可不像什么大财主。

他给童浩递个眼色,童浩从包里掏出张照片,递过去:"你看看,是否眼熟?"

这张照片是从那摞偷拍的照片里选出来的,特意截去了曹小军尸体的部分,只放大倪向东的脸,这也是他们手头上唯一能找到的倪向东的近照。

"哟哟,这脸怎么回事嘛,烫伤还是——"徐家栋接过照片,身子直往后躲,边看边龇牙花子,"好好个人,可惜咯。"他忙不迭地把照片又递了回来,看样子确实没撒谎,两人真不认识:"不过警察同志,你们到底什么事呀?"

徐家栋掸掸烟灰,眼睛冲他们狡黠一眨:"直接讲嘛,别兜圈子了,总不会翻过几座山,真的就为讨口水喝。"

童浩身子一颤,孟朝依旧气定神闲,不接他话茬儿,慢悠悠地反问:"进门时,你说'阿爹又怎么了'。"他故意装出茫然的样子:"怎么,你阿爹牵扯过什么事吗?"

"不是阿爹,是阿爹那个孽子。"徐家栋苦笑一下,"他干的缺德事,差点儿毁了我们整个村子哦。"

## 25　孽子

"都说乜种出乜础[1],但是我阿爹是好人哪,一辈子老实、守法,谁想到,老了老了,落到这么个下场。"徐家栋叹口气,旁边的徐财增也跟着应和点头。

"阿爹命苦哦,阿娘死得早,自己拉扯大儿子。都说三岁看老,这孩子从小属于那种闷葫芦,踢几脚也不哼声,还以为是个古废包[2],想不到,后面居然搞出这么大的祸灾来。"

"老人家儿子是?"

"冤亲债主哟,"徐家栋鼻子哼一声,"徐庆利。"

徐庆利。

一个全新的名字,孟朝和童浩对视一眼,感觉寻到了拼图缺失的那一块。

童浩递过本子,让徐家栋写下这三个字,而孟朝则趁机偷着发送消息,让琴岛那边帮忙调查下这个徐庆利的背景资料,越详

---

1 方言,什么样的爹养什么样的儿。
2 方言,古板迂腐的人。——编者注

细越好。

"家里有照片什么的吗？"他发完消息，抬眼环顾。

"都给砸了，这屋子也不是以前那间啦，"徐家栋摆摆手，"凑合着住，以前的茅屋，连同里面的家伙什儿全没了。"说话间，他也循着孟朝的视线打量起来，目光落在单薄破烂的床板上，似是找补一般喃喃道："就这些，还是全村凑出来给老人的，唉，家家都不容易。"

"被谁砸了？"童浩追问。

"还能有谁，包德盛家属呗，要说也怨不得人家，是阿爹自己儿子不争气。"

"欸？这包德盛不是被倪——"

童浩嘴边的话，被孟朝一肘子撑了回去。

孟朝面色如常，顺势递上根烟："怎么回事啊？里面听着有故事。"

"哎哟，也不是什么好事，家丑一桩。"徐家栋自然地点上烟，摇头晃脑地讲述起陈年往事，"按理说，徐庆利也算是我自家弟弟，要是老实待在村里种田，我看在亲戚面子上，也能帮忙争取几亩好地的。可他喜欢读书写字，也行，算是条正经出路。这不，后面老校长退下来，那个小学校就交给他管了，日子过得也算太平，读书人嘛，到底是体面，我阿爹那阵子也是精神奕奕的。"

孟朝忽然忆起来，倪向东略显寒碜的出租屋里，枕头旁摞着几本旧书。有金庸、古龙的武侠，也有几本旧杂志，甚至还有半拉老版的《罪与罚》，应该都是从别人扔的废品里拾回来的。当时他就觉得捡书这个行为，跟倪向东曾经的脾性很不搭调，如今再细忖起来,全通了。

徐家栋还沉浸在自己的叙述里,忽地一拍膝盖:"你说,是不是这么个理?"

"什么?"

"我刚才说,这小子搞谁不行,偏搞上田家小女。啧,你们是没见过田宝珍这个人精哟,嘴甜甜,心勾勾,明眼人一看就知道不是个良家女子嘛,徐庆利根本把不牢的,还偏不信邪。两人眉来眼去的,居然私奔了,一去好些年,不过也时不时寄信回来,他阿爸不识字,就来找我们念,所以这些事,我多少知道点儿。"

"徐庆利和田宝珍去了哪里?"

"定安县。"

定安县,吴细妹和曹小军也在那里生活过。

孟朝隐隐觉得,这四人的命运轨迹开始逐渐交叠。

"信上说,他是在橡胶厂打工,宝珍呢,在服装厂,好像这女娃还一直读书,后来搞成个大学生了。他还说,年底就准备跟宝珍回乡下结婚,那阵子我阿爹高兴得哟,不过高兴完了也担心,担心田宝珍吃不得苦,她身子娇,怕她干不了地里的活儿。后来有天,田家一大早地放鞭炮,震天动地的,说田宝珍定亲了。我阿爹一愣,我们怎么不知道哇,定亲是大事情,两家长辈要碰面的,我们老徐家总得忙活一番,可去了一问,说不是跟徐庆利结亲,是跟包德盛。"

"这包德盛又是谁?"孟朝决定装傻到底,"也是咱村里的?"

徐家栋摆摆手:"哪能,人家全家早搬去镇上啦。"

他蹀灭烟蒂,孟朝趁势给续上一根。

"这包德盛五大三粗的,有点儿半脑[1],但是命好啊,托生得好,他家是这片儿有名的富主,我们附近几个村的甘蔗都是他家收,人家自己家族里有厂子的。所以这包德盛虽然没读过几天书,人也粗野,可是家里有钱哇,出去吃喝应酬都色水[2]得很。我阿爹知道田家攀高枝后,整日乌面面的,村里有些看热闹不嫌事大的,就跑来笑阿爹车大炮[3],说他儿子是癞蛤蟆想吃天鹅肉。

"他气不过,也托人做媒,四处找儿媳,再怎么说徐庆利也是独子啊,总归是个读书人,回来还能继续办学校的,不可能打光棍儿,总得传香火的。"说到这里,徐家栋住了口,眯起眼睛,望向门外,两指间的香烟,兀自燃烧,"那天半夜吧,不,天快亮了,外面闹哄哄的,包家庄的人全来了,举着火把,把我们村子围个水泄不通,喊话要我们交出徐庆利,不然就放火烧了整个村子。

"我这个做村长的,脑壳疼死了,跑过去笑嘻嘻地赔脸色,问怎么回事。"他脸上的笑意消失,狠嘬了口烟,额上青筋跳动。

"原来徐庆利这乜吊[4]气不过,酒后杀了人,然后逃回村里,包家庄说我们要是敢包庇,就是跟他们全庄的人过不去。我们哪里见过这种阵仗,包家庄本来人就多,包家又肯砸钱,从镇上另雇了些混混儿来,阿爹一辈子攒下的家当,半天工夫给砸个稀烂,连带着村里的鸡鸭鹅狗,地里的甘蔗橡胶,也跟着遭了殃。

"要我说,就是有人借机生事,眼见我们村日子好了,眼红

---

[1] 方言,形容人笨。
[2] 方言,讲排面,神气。
[3] 方言,吹牛。
[4] 方言,对瞧不起的人表示蔑视。——编者注

呢,也不知是谁动的手,反正山火烧起来,就停不下了,后面还把大片果林也给烧了,造孽哟。"

坐在一旁的徐财增听到这里,呜呜地哭起来,皱裂的大手抹着泪。

徐家栋似是没有看见,板着脸,接着讲下去:"后来警察来调解,说证据不足,包家拍胸脯说有人亲耳听到,亲眼见到。反正这事情很麻烦,一下子说不清的。每次警察一走,他们就折回来,把路堵得严严实实,说一天不交出徐庆利,一天不让我们南岭村有好日子过。

"嗬,这徐庆利生得头尖耳薄,一看就不是个有福的相,害我们也跟着糟狗嘴[1],被人讲我们村风水不好,出不了什么正经人——"

孟朝打断了他的抱怨:"后来怎么解决的?"

"后来,死了呗。"

"谁死了?"

"徐庆利,后来被逼得走投无路,自杀了。"

"自杀?"

"对,没想到这小子还真就藏在村子附近的山里面,"徐家栋咂咂嘴,"你们来的时候应该能看见,山上有个小房子,就死在那里面了,自焚。"

谁自杀会选自焚这么痛苦的方式?童浩暗自嘀咕,瞥了眼孟朝,没说话。

孟朝没表现出任何质疑,反倒是若有所思地点点头:"哪一年

---

[1] 方言,被人说闲话。

157

的事了？"

"十多年了吧，"徐家栋挠挠头，"哟，徐庆利死了真快十多年啦。"

沉默良久的徐财增忽然开了口，磕磕绊绊的普通话："我儿是跟人学坏了，以前很乖的，读书好，又听话，孝顺——"

"阿爹，陈年往事你提这干吗，当时庆利去了城里，还以为他会咸鱼翻身，谁知道呢——"

孟朝伸手打断两人的车轱辘话，有件事情他一定要当场问清楚。"你怎么知道死的人是他？"他盯住徐家栋，"你亲眼见到徐庆利的尸体了吗？"

"尸体倒是有，但是烧死的嘛，黑黢黢的，烧成那个样子，怎么认哦，我是不敢看的，做噩梦。"徐家栋皱着脸直摆手，"要说怎么知道死的是他呢，因为他死前把手表摘下来了，那只表很金贵的，是以前老校长送的，轻易不脱的。

"还留了个信，你们怎么叫呢，哦，遗书，对，留了封遗书，用血写在烂汗衫上，表示他是冤枉的，但是为了平息包家人的怨恨，也愿意偿命，只求放过乡亲们，别再为难大家。唉，要说这小子到最后了，还算有点儿良心哦。"

孟朝刚要接着发问，院门外骤然响起骂街声。

"大男人的屁股长，要你管事，一天天的嘎吱噶哦[1]——"

徐家栋的脸色登时难看下来，冲孟朝和童浩二人讪讪地笑："我家婆娘，她不喜欢我掺和阿爹家的事。"

他走到门边，探出脑袋去，压低声音用方言跟门外的妇人理

---

[1] 方言，形容脑子不清楚。

论。没想到妇人非但没消停，反而骂声越来越响，似是故意要让屋里人听见一般："你真是脑袋缺一灶火，人家躲瘟神都来不及，你还往他家贴！"

"行了行了，你先回家，我这就回来了。"徐家栋转过身，换上一副笑脸，也换回一口普通话，"二位警官，不好意思，我家里还有点儿事要处理，先走一步。"

他抬脚就迈出了门槛，紧接着，又扶着门框，回过头来："你们可以去村头找我，新盖的那间茅屋就是我家，等你们办完正事，咱一起喝顿酒，村里没啥好货，就是吃个新鲜。"

徐家栋走了，他带来的鲜活热闹，随着他媳妇的怒骂声，一起渐渐远去。

老屋重新荒凉起来。

窗外天色渐晚，阴晦的房间里，只剩下老人呼哧呼哧的喘息。

这个窘迫的主人失去了外援，站起身来，在贫穷的茅屋里转了一圈又一圈，却找不到任何能够招待来客的东西。最终他从裤兜里掏出一团纸，献宝一般捧到二人面前，小心翼翼地展开。

那是一张旧照片，皱巴巴的，左下角印着烫金的字：

生日留念，一九九八，万年青照相馆

这是他与儿子的合影，也是他从包家的暴行中，留下的唯一一张照片。

上面定格着年轻时的徐财增，黑黄瘦削，可那时他的腰板还是挺直的，眼睛也还是乌漆漆的。整个人僵硬地坐在照相馆的椅子上，叉开两腿，脸上的表情不自然地绷着，像是在跟谁赌气一般。旁边站着他的儿子,那个死于烈焰的徐庆利。那时的他也还是个少年,十来岁的样子,冲着镜头笑容腼腆,长脸,细眼,左脸一块鲜明的胎记。

孟朝接过来瞟了一眼,定住,反手递给童浩。

童浩眨眨眼。

"长得好像,"他倒吸口气,把照片凑到眼前,"特别是下巴部分,还有这薄片嘴。"

"可是——"他点点少年的左脸,"徐庆利有胎记。"

孟朝重新接过照片,冷眼观瞧:"你别忘了,倪向东有疤。"

他忽然明白了,倪向东的疤痕之下想要隐藏的究竟是什么。

但是,他还需要更加严谨的证据。

他抬眼,老人正弓着身子,颤悠悠地立在旁边,焦黄的指头指着照片上的少年。

"我儿子,好人,"他卑怯地笑笑,"他是好人的。"

孟朝心底涌上一股悲哀。倪向东的救济,徐庆利的孝顺,眼前种种谎言,也许是老人如灰烬般的人生中最后一丝火光,最后一丝希望,最后一丝善意与温存。

徐财增拥有的只剩下回忆,而现在,他们却连这份回忆都要一起剥夺。

所谓的真相,会将他的暮年拖入彻底的黑暗。

然而,孟朝别无他法,他是警察,他有必须完成的职责。

为了曹小军,为了刘呈安,为了李清福。

"老人家,您慢点儿。"他强压下情绪,扶着徐财增重新坐回板凳,"您再给我们详细说说,您儿子徐庆利的事儿吧。"

说着,他偷偷捡了几根白发,悄无声息地揣进裤兜。

## 26 孤坟

"是你发现的尸体？"

对面的男人不说话，斜眼去瞥徐家栋。

从徐财增家出来后，当晚，孟朝和童浩便拐去了徐家栋家。

自然是一番把酒言欢，在孟朝的软磨硬泡下，酣醉的徐家栋拍着胸脯子保证，那件事包在他身上。

他倒也是说话算话，第二天一大早，当年的目击者便被他从被窝里揪出来，一路半拖半拽，生拉到了孟朝面前。此刻，这个外号唤作"麻仔"的男人被摁坐在板凳上，垂着脑袋，不住地打着哈欠。

"第一个发现徐庆利尸体的人是你，对吗？"孟朝又问了一次。

麻仔搓搓眼，偏着头，去向徐家栋递眼色。

"警官问你话哟，你瞄我做什么？"徐家栋坐在一旁，跷着二郎腿，满不在乎地挥挥手中烟，"配合人家工作嘛，有什么说什么，怕什么，又不是你杀的人。"

麻仔挪挪屁股，重新掉过脸来，点点头："嗯。"

"还记得当时的情景吗？"

"好久了哟——"

"装什么，镇上喝完酒，你不是天天跟麦仔[1]吹你见过死人吗？"徐家栋嗤笑，"怎么，还要跟警官讨酒喝哦？"

麻仔黑脸一红，挠挠头，也跟着笑："真是好久了，我就记得那天又燥又热，翻来覆去睡不着，噢耐[2]哦，心里也不踏实，就出去放水。当时天不亮，月亮还悬在山边边，我就看见，对面有股子烟，仔细一望，啧，像是着火了。"

"我们这边都是茅屋，林子又多，最怕着火，"徐家栋插进话来，"所以这方面警惕得很，小心着呢。"

"对，我赶紧喊人，自己也往那边跑。"记忆复苏，那团烈火在男人的眸底重新燃烧起来，"可是去了却发现，着火的是一间废弃的空房，我也奇怪哩，这里早没人住了，怎么会着火呢，然后——"

他打了个寒战，脸皱成一团："然后，我就看见了。"

"什么样子？"童浩从本子上抬起眼，"尸体什么样子，你还记得吗？"

"就是躺着嘛，直挺挺的，咦惹[3]，吓死个人。"

"舒展的？"孟朝追问，"不是蜷缩？"

他做出个双手护在前胸的姿势："确定不是这种？"

"不是啊，"麻仔大大咧咧地摊开手脚，"就是这么躺着，黑

---

1 方言，女孩。
2 方言，烦躁，难受。
3 方言，语气词。——编者注

漆漆，炭一样的。"

孟朝点点头，示意童浩记下来。

"我一扭身，看到衣服和手表，就放在门外土地上，可是我识的字也不多，就赶紧回去叫人来。"

"那些东西现在在哪儿？"

"手表在我这儿呢，"徐家栋嘿嘿一笑，向孟朝伸来手腕，视线却垂向地面，"怎么也是家弟留下的物件，想他的时候，我就看看表。"

孟朝无意辨别这话是真是假，紧赶着追问："那遗书呢？也在你那儿？"

"我留那个做什么，"徐家栋后倾身子，像是躲避着什么，"早埋了。"

"埋了？"

"嗯，跟人一起埋到山里去了。"


"在这附近了，很快就到。"

带路的民警虽然有些发福，但爬起山路却比他们两个更加灵活。

"两位，你们怎么忽然想起要查徐庆利的案子了？"说话的是民警老姜，负责周边村镇的治安，当年包家的事情他全程知晓，而且本就是邻村人，对这一带山路和丧葬习俗也熟，没人比他更适合做今天的向导。

早上跟麻仔谈完话后，他们提出要去开棺验尸，可徐家栋死活不肯，一会儿说影响风水，一会儿又说怕沾染邪气。孟朝好说歹说，他愣是不松口，最后没办法，两人只好向当地公安寻求帮助。

"小心脚下，"老姜用木棍拨弄着面前的灌木，"唉，这徐庆利的案子，当时闹得沸沸扬扬，这一转眼，也是十多年了。"

"局里有照片吗？"孟朝跟在后面，"存档什么的，我们能看看吗？"

"有是有，但是吧，怎么说呢——"老姜俯下身子，伸手将孟朝拉上石壁，"先接到信的是包家人，他们嫌不解气，对着尸首又是一通乱打，死都不愿给徐庆利留个全尸。等我们赶到的时候，第一现场已经被破坏了，尸体也给毁得不成样子。"

孟朝不知该接什么话，一下子愣在那儿，半晌没开口。

老姜见他不言语，絮絮叨叨的，算是自己给自己解了围："你们不干基层不知道，有些工作，真的不好开展。事是事，理是理，可你想想，这群山环绕的都是乡里乡亲，远的近的，多少沾点儿关系，人情债多，不好搞——

"反正这么一闹，一命抵一命，两家也算是无声和解了，从此包家庄的人再没来闹过。徐家这边呢，拾了几块骨头，连带着徐庆利以前的衣服，一块儿埋在这儿了，唉，这事慢慢也就都不提了。"他在山坡上立住脚，手搭凉棚，四处寻找，"翻过这半拉山头，前面就是了，南岭村祖祖辈辈，都埋在这片儿。"

童浩放缓脚步，刻意与前面带路的老姜拉开距离，趁他不注意，在孟朝身边附耳低语："头儿，你为什么觉得有问题？"

"想辨别是烧死还是死后焚尸，咱一般查看死者口鼻有无烟灰和炭末，但是现在错失第一现场，没法追查了，"孟朝也压低声音，"你还记得那个村民是怎么形容尸体的吗？舒展——"

童浩点点头："不是拳斗姿势。"

如果一个人死于烈火焚身，肢体被烧时，肌肉遇到高热会因凝固变形而收缩。由于屈肌比伸肌更发达，收缩力更强，所以会呈现双手蜷缩、双脚弯曲的四肢屈曲状，类似拳击手在比赛时的防守姿势，因此又称"拳斗姿势"。某些尸体在死后焚烧也会呈现拳斗姿势，所以不能作为判定的唯一标准，但是——

"如果麻仔看到的焦尸呈大字形，那足以说明，火烧起来的时候，人已经死了。"童浩若有所思，"头儿，你说他会不会是先自杀，再放的火？"

孟朝身子闪了一下，错愕地望向他。"童浩，没事吧你？"他兜头给了他一下子，"清醒一点儿，自己听听，这说的是人话吗？"

"不是，我的意思是，会不会是先点了火，然后在火烧过来之前，完成了自杀？"

"啧，没这个必要，"孟朝想了想，"如果当地人比较抵触火葬，他选自焚已经很奇怪了。再说了，如果只为平息包家的怨气，死都死了，又添一把火，不觉得多此一举吗？"

"除非，他有个非烧不可的理由。"

说话间，三人已站在南岭村的墓葬区。

与预想的不同，这里没有石碑，也没有任何祭祀供奉的痕迹。林荫葱郁，蓬草丛生，遍地是裸露在外的石棺。

"当地特有的入殓方式，不入墓坑，也不砌坟堆，就这样置在地上。"老姜边带路，边向两人介绍，"你们看这些石棺，看起来粗糙，其实石料都很讲究的，毕竟要一直睡在这里。活着时，大家就自己上山选好石料。有钱的呢，就找人来雕，没钱的呢，就农闲时候，自己雕点儿。至于这些石棺盖呢，有专门的人负责做，要运上山也很不容易的。"

童浩发现有些棺板光秃秃的，而有些则堆着一层层的小石子。

"棺板上摞着石头，盖着泥土的，说明里面埋着人。喏，像这种没有堆石头，光秃秃的棺盖，说明主人还活着。"

三人排成一纵，向墓园深处走去。

"到了，"老姜停在一处窄长的石棺前面，"这棺材原本是徐财增留给自己的，没想到，先给儿子用去了。"

"头儿，咱真要打开吗？"

孟朝停住挽袖子的手："不然呢，你等着受害者给你托梦破案吗？"

"不是，我的意思是，要不要先准备点儿什么，这么猛地一下子打开，会不会太过突然——"

"你是怕吓着里面的人，还是怕里面的人吓着你？"孟朝叉腰看着他，"我告诉你，这石棺里面的人，可比任何人都希望重见天日。"

"是啊，枉死可不算善终，"老姜冲着棺材拜了拜，"咱们也是为了让他死个明白，做好事的。"

"你多出几次现场，多见几回就习惯了，"孟朝向童浩扔了副手套，"少废话，赶紧干活儿，咱一人一头儿。"

三人握住棺盖，向上试了试，抬不动，又找来枝条作为杠杆去撬。几番下来，汗流浃背，棺盖终于有了些许松动。

"再来，一，二，三。"

三人合力，石棺敞开一条缝隙，埋于暗夜的冤魂，重新游荡回人间。

孟朝向里瞄了一眼，肌体与布料早已烂透，如今只剩下残缺凌乱的朽骨。

"尸检意义不大,"老姜也在旁边跟着咂嘴,"都碎成这样了。"

孟朝捡起这块看看,摇摇头放下,又拾起另外一块,情况比他想象的要糟,正憋着一肚子愁闷,童浩用胳膊顶顶他。

"你干吗?"

"你电话。"

他这才反应过来,自己裤兜里的电话一直响个不停。

是法医夏洁。

"喂,夏。"

"孟队,什么时候回来啊?"

"这边事快办好了,就这两天了。"

"行,我寻思先跟你说一声,你托我的事,我办了。"

他瞥了眼旁人,悄悄移到一旁。

"怎样?"

"曹天保和倪向东虽然血型一样,但是二人并没有血缘关系,所以,倪向东不是曹天保的父亲。"

关于这点,他早已料到,夏洁的电话不过是进一步验证了之前的推理。

"行,我知道了。"孟朝刚要挂电话,又瞥了眼石棺,"夏,我咨询你个事,想听听专家的意见。"

"别说过年话了,有事直接说。"

"就是说,如果是那种被火烧完,又被人砸碎,然后埋在石棺里十多年,这样的尸骨,好确认身份吗?"

"嗯,这么说吧,人死如灯灭,DNA也一样。"

"什么意思?"

"DNA也是有保质期的,细胞一死,DNA就会被酶分解,氧气、阳光、水分、微生物,很多因素都会加速这一过程。"

"那到底是行,还是不行?"

"这个我没法打包票,不同部位成功率也不一样,比如肋骨比指甲强,指甲比肌肉强,肌肉比头皮强。"

"肋骨啊,"孟朝示意童浩翻看,"呃,可能没有,我这边骨头不大全。"

"牙也行。"

"牙有,还剩几颗,"孟朝别过身子,压低声音,"要是十多年的碎骨头,你还能判断出死因吗?"

"我也不知道碎成什么样,也得见到才能说啊。"

"这样啊,"孟朝咂咂嘴,"夏,我给你寄个东西——"

电话那头明显顿了一下。

"等等,孟队,"夏洁叹口气,"你不会打算寄具尸体回来吧?"

## 27  月夜

他叫徐庆利。

因为包德盛的死,他被困在这群山之间,转眼已是数月。不敢见光,不敢生火,只能捡果子,吃生食,破衣烂衫,孤魂野鬼般残喘。

直到命运悲悯,赏了他个还魂的机会。

那是一个郁热的夜晚,古铜色的圆月蔽在椰树叶片之后。一草一木,皆宛若画布上的静物,一动不动,天地间没有一丝风,耳畔充斥着躁动的蛙鸣。

徐庆利藏在溶洞深处。他抱着膝,侧身卧在崎岖潮湿的石面上,钟乳石上的水,一滴滴落下来,滑过面颊,像是泪。

他腕上还戴着那块表。尽管表面蒙污,早已看不清指针上的时间;尽管在这广袤的原始丛林中,人类设定的二十四个小时完全失去了功用,可他仍旧戴着那块表。这只老校长赠予的手表,是他最后的尊严与体面,是他短暂的顺遂人生的见证,是他晦暗记忆里唯一的华光，每每站在疯癫的边缘摇摇欲坠，只消看见这只表，就仿佛重新看见了暖融喧闹的人世间。

终有一天会回去，他一次次地告诉自己，终有一天。

人是需要一些谎言的，唯有欺骗，才能让他活下去。

徐庆利换了个姿势，仰面躺着，听秒针嘀嗒，听洞穴深处暗河的奔腾，听林海间仓鸮沙哑断续的悲鸣。

月亮越升越高，村落里的灯，一盏盏暗下去。当四野的活人全部沉入梦乡时，他爬出洞口，披着月色，饿鬼般四处游荡觅食。饥火烧肠，树下散发着甜腻香气的腐败果子只会让他更加疯狂。

他渴望肉，渴望盐巴，渴望一点点的干粮。今夜他决定往远处走走，去相邻的村子碰碰运气，看能不能寻到些食物，哪怕是一丁点儿碎肉、一小袋孩童吃剩的零食，甚至是泔水桶里的残羹汤汁。

徐庆利扶着树干，蹑手蹑脚地前进，穿行在树影之间。

在一片灌木丛中，他听到低声嘀咕，一男一女。

徐庆利住了脚，这么长时间以来，第一次听到同类的话语，让他有些恍惚，不知是不是自己的错觉。他立起耳朵，却依旧听不真切，来人同样隐身于夜色之中，似是同样见不得光。

他移近了几步。空气凝滞的夏夜，只听得阵阵气喘吁吁。多半是撞上了荒野里的苟合——徐庆利当即心下了然——嘀，长夜漫漫，这也是常有的事情。他忽然起了兴致，循着声响，悄悄扒开一条缝，偷眼观瞧。

果然，男人赤裸着脊背，旁边是个娇小的女子，衣着单薄，正抓着男人的胳膊，慌乱地四下张望。他连忙躲回树丛，匆忙之下，只瞥见男人背上的刺青，是尊半身关公，怒目圆睁。

他觉得不吉利。

观音闭眼不救世，关羽睁眼必杀人。徐庆利虽然不文身，但多少也听说过这样的讲头。文身若是文了关老爷，那断然是不能文睁眼的，因为睁眼的关老爷是要大杀四方的，一般命格弱点儿的，根本扛不住，往往给自身招致血光之灾。他禁不住又多看了几眼，这一看才发现男女身后的地上，丢着一只黑色皮革包，大开着口子，像是某种诱惑。

他不愿偷，可如今他是一个饿疯了的野人。

徐庆利犹豫再三，还是伸出了手。只取一样，他告诫自己，不可以贪，无论抓到什么，只要是能果腹的东西，见好就收，绝不再伸第二次。

男女哼哧哼哧忙活得热火朝天，自然没人注意到树丛中伸出的那只手。

摸摸索索，手探进了敞开的口子，探入未知的漆黑。

徐庆利缩回来一看，掌上摊着张百元钞票，崭新的，右下角溅着几滴褐色污渍。他挪动屁股，换了个角度，抻长脖子再次朝皮包里张望，发现里面盛着满满一兜子的钞票。

仔细一听，发现声音也不太对劲，并非男女偷欢，更像是某种劳作，两个人咬着牙忍耐，强抑的静默，暗含着不可言喻的悲苦。

他壮着胆子探出脑袋，发现男人弓身立在那里，一铲子一铲子地往下锄，背上的肌肉裹着汗，在月色下泛起一层银光。女人也脱了外衣，苍白的身子，跪在旁边，两条长胳膊向前探，一捧捧地配合着男人的动作，麻利地朝外舀土。

二人脚底似乎还搁着什么，黑黝黝的，看不清楚。

"够了吗？"

沉默，女人前倾着身子朝里探，半晌，颤着声回答："够了。"

他们在挖坑。

徐庆利明白了，也许是二人得了笔不义之财，想要暂时埋在这深山之中。他转身想走，毕竟钞票填不饱肚皮，他要的是吃食，可转念一想，一个崭新的世界在眼前炸开：他可以用这笔钱买通村人，也可以改头换面，甚至远走他乡，将这笔钱用作投资的第一桶金，余生享受荣华富贵。

原本只想寻求一碗饭，如今面前却搁着座金山，徐庆利心脏咚咚擂着腔子，屏着呼吸往后退，不料，踩到了树枝。

咔嚓的脆响，在这惊心动魄的夜晚，显得格外清晰。

"谁？"

自然是没有回应。

心虚的三人同时僵在原地，乌云遮月，他们都没有看清彼此的脸。

男人撂下铲子，从裤兜掏出刀，一步步朝他逼近，徐庆利闻到了血与汗的腥气。男人沉重灼热的呼吸，晃动着他面前的叶片，他忘了跑，只闭着眼睛等死。

就在男人即将拨开树丛的一瞬，女人忽然伸手，拉住了他的腕子："也许是野物，这深山老林的，不会有别人。"

"我去看看——"

"别走，我不想自己在这儿——"女人的声音在抖，半是啜泣，半是哀求，"不知怎的，心里慌得厉害，咱赶紧埋上，走吧。"

男人抿着嘴，重将刀别回后腰："听你的。"

二人重新开始劳作，又是一阵翻动泥土的窸窣声，可徐庆利早已没了偷看的胆量，捂住嘴，连滚带爬地一路窜回远处的树上。

他趴在枝丫上等了许久，直看着两人打眼底下路过，匆匆忙忙朝山下奔，直等到脚步与喘息远得听不清楚，才提心吊胆地抱着树干，一点点蹭下来。

他在月色下寻找，鼻腔满灌青草与泥土的味道，远处蛙鸣轰响，更衬得眼前的静。

他找到了，那块土的底色，明显与别处不同。

徐庆利蹲下来，抖着手，拂去浅坑里的土。他满心期待着钱财，不料，却看见了一张脸。

一张男人的脸。

双目紧闭，泡在血渍里。

徐庆利吓了一跳，跌坐在地上，他想要号叫，想要报警，但又想起今时今日自己的身份，涌到嗓子眼儿的惊叫，又硬生生憋了回去。

他把手撑在屁股后面，张大眼睛瞪着尸体。

男尸僵直地躺在坑里，闭着眼，并不看他。

月色如水，旷野之中，他和这具无名男尸，共守着同一桩秘密。

十来分钟后，他终于缓过神来。怕什么，时至今日他与死人又有什么分别？找不到食物，下一个死的人就是他。这么想来，便对眼前的死人少了几分恐惧，多了几分好奇。

这个男人是谁？

他身上会不会有什么能吃的东西？

鬼使神差的，他伸手去掏男尸的裤兜，翻出了一盒压瘪的香烟、一只打火机、一只皮夹子。皮夹子里钱不多，零星不过百十块，还有一张身份证。打火机的火光之下，身份证上的男人阴郁地盯着他，似曾相识的刮骨脸、细长眼，只是男人的左眉有道疤，他下意识摸了摸自己的左脸，搓着脸上的胎记。

若没有这个印记，两人也算得上七八成的相似。

徐庆利定在原地，捏着身份证，久久地看着。

蛙鸣停歇，一个想法，落地生了根。

他被自己的大胆惊了一跳，咻咻笑起来，接着，又开始呜呜地哭。他突然意识到命运终于手下留情，而这张身份证，便是他重返人间的车票。

只是——

他瞥了眼男人，又抬起手腕，几个月来第一次看起时间。

天亮之前，他还有许多事情要做。

黎明前夕，万物静寂，天地间只剩下秒针的声响。

嘀嗒，嘀嗒。

属于徐庆利的时间，开始倒数。

他先是剥去男人的衣服，套在自己身上，又选中了一间空屋，将赤裸的男人拖了进去，临窗放着。如此一来，焦尸更容易被及时发现，是的，这具尸体必须被人发现。然后，他和着自己的血，在破汗衫上写下徐庆利此生最后的一封信。

他将手表摘下，小心翼翼地搁在最上面。他希望乡亲看在往日情分上，能将表交给阿爸，给他晚年留一个念想。

滴嗒，滴嗒。

天色逐渐明亮。

他并不抽烟，所以打火机用得也不算熟练，哆嗦着，将茅草靠近火焰。先是呛鼻的烟，接着是猩红的点，噼啪作响。天干物燥，火舌很快张狂起来，肆意吞噬，拂面的烘热。

他首先处理好男人的尸体，烧得焦黑，看不清面貌，然后，便轮到了自己。

他下不去手。

他必须下手。

他颤抖着，牙齿咬得咯咯响，发着狠，一头栽进烈焰。

"啊——"

惨叫响彻山谷。

在远处的南岭村，一个外号叫麻仔的男人，从睡梦中惊醒。他搓着眼睛踱到后院，远远望见一团白烟自对岸的空屋升起。而在他看不见的地方，一个名叫倪向东的男人，捂着烧伤的面颊，跌跌撞撞，重返人间。

## 28　偷生

他不擅撒谎，但他的余生，都变成了一场谎言。

麻仔的哀号，将"徐庆利"的死讯传遍了全村。在包家人举起刀棍砍向那具焦尸的瞬间，他沿着后山的小路，逃向远方的村庄。脸上烧灼过的地方，火辣辣地疼，有什么滴了下来，糊住了左眼的视线，他不敢去碰，任由血和着汗，汩汩地往下，顺着脖颈儿，晕染了衣衫。

此刻的折磨，更多来自腹中的饥饿。

天亮起，烟白色的天光，衬着漫山遍野蓝绿的树，掺杂其间的，是与南岭村同样贫瘠颓败的茅屋。他不敢贸然进村，只是绕着圈儿在周围游荡，终于在一株鸦胆子底下，寻到一只死去的鸡。这鸡不知被什么动物啃食过，只剩下半拉身子，内脏被掏了个干净，如今空着个腔子，密密麻麻盖着一层苍蝇。

徐庆利踉跄冲过去，不想两膝一软，径直扑在了地上。他也顾不得腿上的疼，连滚带爬，喘息着、颤抖着，将腐肉连着上面的虫，一股脑儿塞进嘴里，狼吞虎咽地咀嚼、吞咽，鸡毛卡在喉咙，哽出了泪。

　　填饱肚子，生命也得到暂时的延续，他这才缓出余力，去在乎脸上的伤。伤处酸胀难耐，疼痛越发剧烈，汗液刺激之下，仿佛炭火在皮下继续燃烧。他连泪也挤不出来了，只剩呼哧呼哧的生喘。日头越升越高，他扶着树，来到一处池塘，跪在岸边，将脑袋扎了进去。

　　徐庆利没读过什么医书，也没什么专业知识，只是模糊记得，以前村里谁做饭若是被热油溅到了，总是要放到冰凉的井水里去镇静的。

　　水是好的，水清洗万物，不会脏人。老辈人也总是如此念叨，他闭着眼沉在水里，暗自祈祷柔波可以带走细菌与伤痛。

　　清凉的水波暂时缓解了灼热，直到憋不住气了，他才抬起脑袋。水珠滚落，眼前重新清晰起来，徐庆利这才看清，池塘对面的石头上，蹲着个妇人。那个妇人原是端着木盆在浣洗衣裳，见他来了，便停了手，此刻也抬着头，怔怔地望向他。

　　徐庆利僵在原地，这个女人他认识，也是南岭村的，前几年嫁到这边。

　　完了，如果被她认出了，先前忍受的一切苦难，就都白白辜负了。他的思绪疯狂运转，想着怎样才能糊弄过去，可谁知，妇人却如同撞了鬼，尖叫着朝后躲闪，扔下衣裳奔回村里。

　　林间又恢复安谧，湖面若镜，映着他的面容。

　　徐庆利低下头，第一次看清自己如今的样貌。

　　那是全然陌生的一张脸，焦黑开裂，伤口渗着血珠，左边的头发、眉毛与睫毛全烧光了，光秃秃的，面颊上血与脓粘连在一起，大大小小的泡，也慢慢浮了上来。他又惊又惧，胃中一阵翻腾，将刚才吃下的，又全呕了出来。可他没有时间去哭，村子的方向有了响动，他晃悠悠地起身，擦擦嘴巴，再次踏上逃亡之路。

徐庆利没了办法，他没有钱，也没有胆子去治病。眼下他所拥有的全部，不过是一身从死人身上剥下来的旧衣服、一张假身份证和那晚偷来的一百块钱。他用这一百块钱，先是给自己买了碗粉，吃了顿像人样的饭菜，又去洗了个澡，在县城边上的小药店买了卷绷带，胡乱缠上。

吃饱喝足后，他嗅着自己身上的肥皂香气，心中充满希望。

是的，他曾落到了谷底，如今总会走上坡路的。

然而，事情并未如他期望的那般发展。

他找不到任何工作，没有老板想要雇用面目不清、来历也不明的怪人。一百块钱不经花，很快见了底。他没有多余的钱去买新绷带，天气炎热，伤口反复感染，久不愈合。几天之后，血与脓便结成了痂，粘在脏兮兮的绷带上，腥臭难闻，他走过之处，人人掩鼻，面露嫌弃。

在徐庆利付不起房费的第四天，旅店老板终于将他赶了出去。他低声下气地反复哀求，可老板不为所动，扬言再不走就将他扭送到派出所。听到这三个字，徐庆利闭上了嘴，点点头，默然转身，汇入人头攒动的陌生街头。

他无处可去，只得四处流浪。白天去翻垃圾桶找点儿吃食，晚上就睡在路边，偶尔也能捡几只矿泉水瓶，卖上点儿零钱，换一顿热饭。他感觉在山里的日子又回来了，只是一个游荡在山野，一个游荡在人群之中，他依旧是一个人，孤苦无依，被隔绝在人世的喜乐之外。

某天深夜,他照旧蜷缩在店铺门口的台阶上睡觉,身上盖着捡来的纸壳,蒙蒙眬眬的,被人一脚踢醒。他睁开眼,面前立着两个混混儿,神色慌张。

"这什么人?"其中的一个,边说边东张西望。

另一个瞥了他一眼,龇龇牙花子。"估计是流浪的疯汉,不打紧。"说完,抬腿又是一脚,"滚远去,莫挡老子路。"

徐庆利捡起纸壳,颠颠跑向远处,不时偷着朝二人的方向打量。只见他们一个望风,另一个从口袋里掏出什么,蹲下身子,戳进锁眼,专注地鼓捣。很快,卷帘门被拉开一条缝,两人身子一闪,滚了进去。等再出来,怀里满抱着烟酒。

撞上贼了。

徐庆利心里打鼓,二人很快抱着东西朝他走了过来。横竖躲不过去,他缩起脖子发抖,只得继续扮演疯汉的角色。

其中一人住了脚,上下打量着他。

"快走啊,磨叽什么?"另一人不耐烦地催促。

"啧,他这副鬼样子,活着也是遭罪。"那人顿了顿,丢下一盒烟,"算爷赏你的,拿去抽吧,快活一天是一天。"

徐庆利继续装疯卖傻,直到二人走远,消失在街道拐角。他捡起那盒烟,也捡起那截被二人丢弃的铁丝,反复把玩,若有所思。

从那天起,他有了一个新爱好,一边捡废品,一边四处踅摸合适的目标。

他时常钻到小巷深处,趁着四下无人,便找到合适的锁眼开始练习。关于撬锁,他已经见过很多次了。那些人先是用布把锁具表面擦干净，把油或者铅笔的铅末倒进锁眼，将一只铁丝弯成钩，捅进去，慢慢地试探。一边四处望风，一边注意听着声响，轻微的咔嗒，这说明铁丝和门锁卡扣刚好契合，此时只需要轻轻一转，房门就开了。

在试到第六户人家的时候，房门便开了。

徐庆利忽然发现自己有着犯罪的天赋，兴奋、羞愧、激动与慌乱，他不知该笑还是该哭，也不知这究竟是堕落，还是新生。他只知道，自那天起，他无比期待夜深。在白日之下，他是人人躲避的流浪汉，而在静寂的夜晚，他化身骄傲的国王，县城里的每一扇门都变成了供奉，是世人卑微的贺礼，等着他笑纳，等着他开启。

第一家得手的是个米粉店，他顺利地溜进去，把后厨的粉吃了个精光，连吃带拿，混了几天肚皮滚圆的好日子。之后他越发顺手，偷饭店，偷小卖铺。他跟自己说，绝不动钱，只偷吃食，这样一来，既不算太违背自己的原则，店家损失也不算多，根本不够报案金额，没人会去寻他麻烦。

可过了一段这样的日子之后，他便不再满足，既然都冒了险，何不寻求更大的利益呢？他开始偷自行车，偷电动车，甚至研究起汽车的锁，也在没有摄像头的黑巷里，砸过几次车玻璃，那些偷来的皮包都被他卖去换了钱。

慢慢地，他也有了固定的住处，在城郊的桥洞底下。虽然免不了蚊虫叮咬，但好歹能够遮风挡雨，他的要求不多，能活下去就行。

今天是个好日子，他的生日。

他偷了辆旧摩托车，卖给收废品的，卖了六十元钱，特意去买了份带肉的盒饭。回到桥洞下的"家"里，饭已经凉了。他坐在捡来的床垫上，盘腿坐下，刚掰开筷子，几只脚便停在他面前。他不想惹事，端起盒饭，低着头往旁边躲，不想却被人薅住头发生生扯回来，一把掼在墙上，盒饭被打翻在地。

"搞堆[1]，在我地盘搞事情。"那人强行拉起他的脸，看到绷带时一愣，但语气依旧强硬，手上的力道也没有减去半分，"跟谁混的？"

徐庆利不言语，他不想激怒对方，只想尽快平息纷争。

"谁让你来砸我场子的，嗯？"那人兜头甩了他一巴掌，"不知道这片地方是我罩的吗？"

"我没干什么——"

"还敢还嘴！殿经[2]，你这是什么眼神，不服气吗？"

另一人一板砖拍下来，正砸中他左脸的伤口："短命仔，我看你就是找死！"

他试图反抗，可终究敌不过对方人多势众，很快败下阵来。木棍与板砖砸在身上，他渐渐忘了呼痛，只是抱着头，弓身窝在地上。徐庆利的意识开始游离，他忽然想到，是不是在二十五年前，自己也是用着同样一个姿势，蜷缩在母亲的腹中，期待着即将来到的这个世界。

这个世界一直如此冷漠残忍吗？

是不是每个人都在咬牙活着？

还是只有他？

见他不再动弹，那些人也渐渐停了手。

昏暗的桥洞底下，只听到此起彼伏的喘息。

---

1 方言，骂人的话。
2 方言，骂人的话。

"干，碰上这种垃圾，真是晦气。"

"脏了老子手，一会儿喝酒去，驱驱晦气。"

有谁蹲下来，揪住他的头发向上拉。"脑白[1]，给我滚远些，"一口唾沫啐在他脸上，"再见到你一次，直接打死，丢去海里喂鱼。"

徐庆利跪在地上，一遍遍地道歉，不住地道歉，直到那些人走远，他依旧保持着这个姿势，额头点在地上，念叨着对不起。一次又一次，一次又一次。

一只瘦削的黄狗夹着尾巴，呜咽着跑过来，大口吞食地上的饭菜，他伸手要打，却又停住。

他与它之间，又有什么区别呢？

他蹲坐在狗旁边，用手抓起地上的饭，肉已经被踩进泥里，糊成一团。

他抽噎着将冷饭塞进嘴里，压着情绪，逼着自己吞咽，毕竟是今天的第一顿饭，毕竟今天是他的生日，总不能饿着肚子，下一顿饱餐还不知在哪里。

他尽量去往好处想。都结束了不是？虽然挨了拳头，但他撑了过去，依旧活下来了。他不断开解着自己，可泪还是滑了下来，他捂住嘴，悲伤与委屈涌了出来，抽泣变成悲鸣，他歇斯底里地痛哭，撕扯着脸上的绷带。

他不知道自己到底做错了什么，为什么人人都恨他？

他以为只要回了人间就能重新来过，可没想到，这才是炼狱的开始。

---

[1] 方言，笨蛋。

他这一生何曾享受过半点儿温暖，被父亲打，被同学欺辱，被工友蔑视，被人夺爱，被泼上莫须有的污水，为了苟活自毁容貌，在人生地不熟的街头吃垃圾，住桥洞。

他忽然想起离别那日，旅馆昏暗的二楼房间，宝珍身上漾起的果香。她曾伸出一只手，温柔地抚平他后脑翘起的发："阿哥，你要好好活。"

现在这半人半鬼的样子，算是好好活吗？

他一次次跪下去，以为只要足够卑微，别人就能赏他一条活路。可是他错了，原来弱者只会招致更多的屠戮。弱肉强食本就是铁律，懦夫的刀，也只会挥向赤手空拳的人。他本该早些明白的，就像那晚的山林之中，当他点燃烈火的时刻，就该明白的。

不要抱有任何希望，这个世界就是个大屠宰场，谁都别想干干净净，谁都别想活着离开，要么吃人，要么被吃，从来就没有第三种选择。

他早该明白的。

不过，如今也不算晚。

他撕下绷带，任由溃烂流血的伤口暴露在空气之中。

过往每一次受辱，他总是沉默，他感觉自己体内积攒压抑的沉默正在咆哮嘶吼，震耳欲聋。

汽车站里空无一人，橙黄的灯照着夜空，徐庆利找了个角落坐下来，两肘搭着膝盖，无所谓地搓着手上的血，吸着鼻涕，等天亮。就在刚才，他去了夜市，在大排档的摊位上，找到了那几个围殴他的混混儿。他抓起一只酒瓶，径直砸了下去。没有一句废话，在人们错愕的眼神中，又抓起第二只，砸下去。

那只未曾在包德盛头上砸下去的酒瓶，如今在他们的头顶爆裂。他攥着玻璃碎片，捅进第三个冲上来的人的下腹，那人哀号着倒地，抱着肚子打滚儿。

他浑身是血，红着眼，冷笑着蔑视众人，玻璃贯穿他的右手，他毫不在意。

他在等，等着其他人围上来，等着被捕，等着死在生日这天。

可是没有人再上前，混混儿的脸上满是惊恐，他靠前，他们便退后。

他试探着拿起桌上的钱包，居然无人阻拦，他居然全身而退。

此刻徐庆利安然无恙地坐在汽车站的角落，回想着刚才如梦的一切。

他感觉自己摸到了这个世界的一些规矩、一些法则，可到底是什么呢，他又说不清楚。他只知道一件事，眼下的每一天，都是他用命挣来的。

既然活了，那就活个痛快，快活一天是一天。

他要乘最早的一班汽车离开这里，他要去找田宝珍。

第二日清晨，睡眼蒙眬的售票员慢腾腾地挪进售票口，刚要打个哈欠，一只大手横过来，啪啪砸着他面前的玻璃："买票，要头班的车。"

"一大早闹哄哄的急什么，赶着去给你——"待看清他的脸，售票员咽下嘴边的脏话，抿着嘴，大力敲打着键盘，"你要上哪儿？"

徐庆利阴郁地扫过车次表，拍下一张沾着血的钞票，歪嘴一笑："朝北的。"

## 29　凡夫

他活下来了，代价是毁了大半张脸。肌肉萎缩，五官被牵扯着移了位，左眼下耷，鼻子和嘴角却向上扯，永远一副冷笑的样子。

徐庆利并不在乎，他已经想明白了，人生一贯如此，想要的总得用什么去换，当他明白了这个道理，人生蓦然顺遂起来。

是的，只要活下去，活着就是胜利。

他一路往北走，四处打听着田宝珍的消息。

没钱了，就停下来，打打零工。

如今他十分懂得谈条件了。只要包吃包住，工钱只要旁人的一半，有些老板听完后动了心，上下打量着他，那张脸确实是可怖，但又不是跟他结亲，也不是要他生儿子，一个打杂儿的下属，丑点儿又何妨？

因着价格实在便宜，试探性地先将些不打紧的脏活儿、杂活儿交给他做。一个月后，便渐渐知道了他的好，话少、嘴严，也肯吃苦，为人处世也算稳重，最重要的是从不生事。没活儿干时，其他伙计凑在一起，要么打牌赌钱，要么喝酒吹牛，他总是一个人坐在一旁，手里举着本什么，静静地看。有时候是张旧报纸，有时候是本去年的破杂志，捡到什么，他便看什么，从不挑剔，就像给他什么，他便吃什么一样，从不多嘴。

但是徐庆利也有一个问题，那就是在一个地方总待不久，做不过一年便会离开。

开始老板只当是加薪的由头，敷衍着加了几个钱，可慢慢地就发现了不对头，无论如何挽留，又开出怎样的条件，这个男人只是笑着摇头，似是打定主意，执意要走。

坊间开始传言，因着距离，连带着他整个人也跟着神秘起来。人人都说他是留不住的，说这男人的血里涌动着风，注定是漂泊无定，四海为家。

徐庆利对这种说法一笑而过，只有他自己知道为何不敢久留——因为他怕。虽然如今温饱有了保障，可每一日依然提心吊胆。他习惯了独来独往，外人对他的接纳或是抵触，全然不往心里去，自有着一份淡漠疏离。每每跟身边人熟稔起来，当那些人开始壮起胆子套他的话，追问他的过去，提起他脸上的伤疤，他便知道，是时候离开了。

毕竟是偷来的人生，总不能敲锣打鼓地活着。

对于那个男人，那个名叫倪向东的男人，他并不了解。他不知道那个死在泥坑里的男人该是什么样子。所有的揣测，都来自他临终那一天口袋里的东西——一盒皱巴巴的烟、一只打火机。

徐庆利自己是不抽烟的，但是为了靠近那个男人的影子，他硬逼着自己克服了对火的恐惧，将燃烧的香烟叼进嘴里。苦涩在舌尖弥漫，他深吸一口，呛住了嗓子，不住地咳嗽。白色的烟也熏得眼睛疼，让他不住地流泪。徐庆利实在搞不明白，为何有人要花钱找这份罪受。

但是他必须学，因为那个叫倪向东的男人是爱抽烟的。

他强迫自己又点上一根，慢慢吸着，多少摸出了点儿门道，这次没有再咳嗽，却也没寻到什么乐趣。

第三根的时候，他渐渐有些明白了，脑子活络起来，心跳得也越发有力气。

当抽完一整盒，他已然知道了香烟的好。如今，他算得上是一把好手了。

一路向北，他一路掩盖自己的痕迹，抽烟、喝酒、编故事。走南闯北，口音也混杂起来，谎话说多了，竟连自己也骗了过去。他渐渐忘记了遥远的童年，忘记了那些打在身上的棍棒，忘记了大山深处还有一个叫南岭村的小寨子。

他自然也忘记了原本的名字。

"倪向东"三个字，最初还是会有些绊口。被旁人询问姓名时，"徐"字多少次地徘徊在嘴边，几近脱口。可日子久了，"倪"反倒更像是亲生的姓氏，再起笔时，很自然地从双人旁的"彳"，变成了单人旁的"亻"，而骨子里的某一个部分，好像也跟着那隐去的一笔，消失不见了。

他开始做一些曾经绝不会做的事情。躲在倪向东的面具之下，他好像活成了真正的徐庆利。但是他依然记得阿爸，无论走到哪儿，总是按时给阿爸寄钱回去。他不用银行卡，打工也只要现钱，唯有每个月把钱和汇款单一同递进邮政柜台的瞬间，才恍惚想起这副残缺的皮囊之下，似乎还蛰伏着另一个灵魂。

2019年的夏末，徐庆利兜兜转转，来到了琴岛。身上所有的行李，只有一床薄被子。

原本只想待一宿，做个中转而已，可下了火车，他抬头便望见了那片海。正是傍晚时分，赤红的夕阳散在海面上，燃烧的瑰丽，橙红的光彩映入眼底，唤起某种早已褪了色的记忆。

他忽然想留在这里，或许，宝珍也会留恋这片海呢？

在家庭小旅馆醒来的第二天，徐庆利照旧是去找工作。

依然是力工的活儿。他对自己的认知已经十分清晰，没学历、没样貌、笨嘴拙舌，能够出卖的，左不过是这身腱子肉，以及小伙子的精气神。

他在话剧社做过一段时间的场工，工资不算多，一天只有六十块，基本上要待满十二个小时，随时待命，不过他也不在乎，本身也没别的地方可去。后来又经工友介绍，去外面接了些搭台、拆台的活计，更累，但是挣得也更多。

他们一行人常常蹲在商场外面，等衣着光鲜的男男女女走净了，等橱窗里的辉煌灯光熄灭了，才像牲口一样把重货扛上背，呼哧呼哧地搬进货梯。

空无一人的商场，他开缝的胶鞋，踩在光可鉴人的大理石砖上。

这座城市的繁华不是给他的，但是城市的繁华，却有一部分是他给的。

想到这里，徐庆利得意地笑了，左脸的疤痕也跟着扭，在对过儿的时装店的玻璃门上，那影子也冲着他笑。

在剧院干得久了，老板也十分赏识他的人品，想要给他转正，如此一来，待遇能更高些，听说还可以包住宿。徐庆利自然开心，可是当他听到要上交身份证、统一登记的时候，他蔫了，慌忙摆摆手，拒绝了好意。

转过脸来的周一，他结过工钱，没跟任何人打过招呼，跑了。

一个星期后，他寻到了一处工地。

城市蓬勃发展，林立高楼拔地而起，源源不断的新项目等着推进，一摞摞的绘图纸等着落地，大小工地眼下正是缺人的时候。所以，当徐庆利顶着脸上的疤站在那儿时，招工的没有多问。在这儿干活儿的，谁还没点儿过去？谁还没吃过生活的苦头呢？要是真细问起来，一个个的，都有故事，各有难处，他懒得去问。他无暇悯念众生皆苦，他脑子里只记得逼近的工期，于是咂咂嘴，上下扫量，好在这小伙子肌肉紧绷，一看就是干活儿的料。谈好价格，他便丢给他一顶黄帽，喊过来一个老工领着，带着四处转转，学学规矩。

徐庆利没什么技能，能做的也就是最苦最累的工种。

要么是钢筋工，肩扛人抬地搬运钢条，常常一整天蹲在日头底下，用手绑扎钢筋下料，脊背胳膊暴晒在外，通红开裂。这工作没有技术，只讲吃苦，同一个姿势，伏下腰，一蹲一天，腰疼腿麻早已是家常便饭。他最初干时，隔日便腰腿酸胀得下不了地，不过，慢慢也就习惯了。

有时候也做水泥搬运工。背上扛起水泥，两头运送，一包一百斤，只给五毛钱，挣多挣少，全看个人出不出息，能不能撑得住。徐庆利是最会把血汗换成钱的，一天下来，搬个六百到八百包不成问题。

人就是这样，没被逼到那份儿上，总以为自己扛不住，可要是苦难真兜头砸下来，打掉牙齿和血吞，自然也就忍住了。

早上6点开工,晚上7点收工,等熬过了第一个月,徐庆利渐渐也跟上了,甚至找到了一丝自由。毕竟干完一天的苦力,大多数人累得倒头便睡,没人会对他的伤疤感兴趣。更何况这里地广人杂,三教九流的都有,每个人自顾不暇,谁会去管他这个闷油瓶呢?

这天午后,在捆了几十条钢筋后,徐庆利忽然犯了烟瘾。他趁人不注意,找了个背阴的地方,想去来一根,结果刚绕到围墙根上,远远就看着个中年汉子,后背洇出汗渍,正蹲在地上,呜呜地哭。

这男人他见过几次,干活儿卖力,话也不多,几乎从不跟人打交道,每天只是低着头搬砖。不知为何,他从心底生出一股亲近,竟走上去搭话,连自己也吓了一跳:"兄弟,怎么了?"

那个男人并未理他,止了声,用手背揩去脸上的泪。

"活不下去了?"

男人依然不言语。

"嗨,谁不是呢。"他笑笑,抽出根烟递过去,男人一愣,伸手接过,叼在嘴上。

两人并排蹲着,各自吞云吐雾,谁也不再开口。

直到香烟燃尽,那个男人报上了名字,声音粗粝沙哑,就像他手上的茧。

"曹小军。"

徐庆利无声念叨着这个名字,然后在地上蹍灭烟头,眯起眼睛,笑了笑。

"我叫倪向东。"

## 30　疯长

　　两人面对面坐着,默不作声。中间的餐桌上搁着几瓶56度的牛栏山、一小碟五香花生米。谁也不开口,一杯接一杯地喝。

　　饭馆小老板倚着柜台,装作看电视,眼睛却不住地朝这边瞥,时刻注意着这两个喝闷酒的男人。靠里坐的那个,他认识,店里常客,一直是自己一个人来,每次也就点个拌海带、炸花生之类的下酒菜,几瓶酒,无论啤的还是白的,自斟自饮,一喝大半宿。他对面那个倒是脸生,这满脸的疤也不知怎么搞的,是先天残疾还是后来毁的?是烧伤还是烫伤?他搞不明白,只觉得怪吓人的,但又忍不住去看。

　　快一个小时了,这两人就这么干坐着,不说话,也不劝酒,你一杯,我一杯,各喝各的,倒也是默契。老板正想着,店里另一桌的客人开始撒酒疯,借着醉意,硬拉住老板娘不肯撒手,他赶紧跑过去打圆场,暂时放下了角落里的这对"哑汉"。

　　曹小军一边喝酒,心里一边嘀咕。

　　眼前这个男人居然也叫倪向东,他不知是巧合还是试探。如果是试探，那他又知道些什么呢？当年的事情，难道还有其他目击者？这人接近自己的目的又是什么呢？还有他脸上的伤，是一直如此，还是刻意遮掩？他与真正的倪向东又是什么关系？

他不得不小心，身上虽散着酒气，头脑却灵光得很。

对面这个男人刚来工地没多久，然而自己对他还是有些印象的。前阵子孙小飞从楼上掉下来，就是他给抱去医院的。可他今天跟自己搭话的目的是什么？只出于好心？名字呢？巧合而已？

曹小军想不通，只是闷头喝酒。

徐庆利端着杯，想着自己的心事。

他也不知道今天是怎么了，中了哪门子的邪，下了工居然稀里糊涂地跟着曹小军到了饭馆。他不敢喝太多，但也不能不喝，曹小军干一杯，他也跟着走一个，算是礼数。他心底警醒得很，绝对不能喝醉，也绝不能多说一个字，博弈一般，他等着对面的男人先开口。

可这个叫曹小军的男人，自打坐下起就没正眼看过自己，只是喝自己的。慢慢地，徐庆利在酒精的作用下，也逐渐松弛下来，不停倒着酒，喝得怡然自得。

几瓶牛栏山转眼见了底，曹小军的脖颈子也开始前后晃悠："还喝吗？"

徐庆利喝得脸盘子滚烫，赶紧摆手："不了。"

曹小军点点头，结了账，扭头推门出去，并没有招呼一句。徐庆利也不在意，自顾自地夹起盘里最后一颗花生米，一边咀嚼，一边踉跄着跟上去。

接下来的第二周、第三周，两人依旧准时来到店里，同样的桌子，同样的酒，同样的默不作声。

这种静默持续了一个多月,老板也习惯了,懒得去搭理。

入秋后的第一场雨落下来,气温骤降,街边的梧桐一夜衰老,曾经肥厚翠绿的叶片,如今干瘪枯黄,卷着边儿,一层层地铺在潮湿的柏油路上。

在那个天色阴晦的傍晚,两人挟着寒意进门。

徐庆利一坐下就开始骂。

今天工地上曹小军被人寻了麻烦,白干活儿不说,还被倒扣了钱。

这种事情时常发生,工头总有心情不好的时候,上边受了气,就朝下面发火。

"今天我请,"徐庆利冲着柜台嚷嚷,"服务员,把你们招牌菜都端上来,再来一箱子酒。"

曹小军木着脸,并不回应什么。可是白酒红人面,几杯下肚,血气上涌,他也跟着叱骂起来,等两人骂了个痛快,空气重新安静下来。

徐庆利低着头,装作去翻捡冷掉的茄子鱼。

"有个事,也许我不该问——"不知为何,今日的雨让他想起曹小军那天的泪,想起他蹲在地上时抽动的双肩,"小军,你是不是遇着什么难事了?"

曹小军呷了口酒,咂咂嘴,半晌才说话:"儿子病了。"

"严重吗?"

曹小军吸吸鼻子:"不好说,有钱人得了死不了,要是穷人得了——"

他眼圈一红,杯中的酒仰头灌下去。

"怪不得,你干活儿不要命似的,"徐庆利帮他斟满,"结的

193

工钱不够吗？"

"差远了，我今天找他们，就是问能不能提前支我些工钱，谁知那个鸡杂不光没同意，还找由头扣我钱。"

徐庆利一愣，这是他第一次听曹小军说南洋省的方言，他俩居然是老乡。但他强压下好奇，没有追问，万一曹小军也顺势问起他的过去呢？他食指不住地敲打着杯壁："找人借借？"

"干，跟谁借去，在这儿卖力气的，谁不是急等着用钱？再说，我人生地不熟，没根没靠的——"曹小军打了个酒嗝儿，"算了，不说糟心事，喝酒喝酒。"

徐庆利张张嘴，终是一碰杯，用酒把嘴边的话压了下去。

当天晚上，曹小军从睡梦中憋醒，刚想去放水，忽听得上铺的人辗转反侧，似乎并未入睡。

工地上的工人一般住二层铁皮房，八人一间，上下铺，徐庆利刚好就住在曹小军上面。床不结实，单薄得很，有点儿晃动，两人都睡不成，所以曹小军瞬间没了睡意，瞪大眼睛，手伸向枕头里面——那里常年放着刀。

上铺有了响动，似是要爬下来。他闭着眼假寐，感觉头顶的人踩着梯子下来，正立在自己床前，左顾右盼。

黑夜中，狭小的宿舍里鼾声震天，但他依然能听清那人近在咫尺的呼吸，似是又贴近了些，酸臭的汗味扑面而来。

这小子要干吗？

他刚要睁眼，感觉一只手伸到枕头下面，塞了些什么，然后那人长吁一口，又爬回上铺去了。

曹小军愣在那儿，一动不动，直到上铺响起轻微的鼾声，他才将手探进去，在枕头下面摸索。他摸到了厚厚的一摞纸，他知道那是什么。他什么都没有说，翻了个身，一夜无眠。

似是有约定一般，天亮之后，谁也没有提起。

日子还在继续，工地上的生活枯燥无趣，睁眼干，倒头睡，没有轮休。

外人总以为他们是一水儿的吃苦受累，其实不然，行业里面也有自己的门道，暗中早已划分好等级。就像那句顺口溜说的，黄帽子的干，蓝帽子的转，红帽子的看，白帽子的说了算。黄帽子是最基层的工人，干活儿最累，拿钱最少。蓝帽子是有一技之长的特殊工种，比如焊工、电工、塔吊、挖掘机，待遇稍好一些。红帽子的是项目负责人，或者客户。而白帽子的则是头儿或者工程监理，谁见了也得递根烟、点下头的。

其实就是在黄帽子之间，也分几个档次。

跟工头是亲戚，或属于核心团队的，派的活儿轻松，挣得也多。懂得巴结讨好的，捞不到太多油水，可也不会被为难。像曹小军和徐庆利这种，只知道低头干活儿，没技术也从不知阿谀奉承拉关系的"边缘人士"，每天分到的则是最脏最累、拿钱最少的活儿。

两人也从不去争，搭手拉钢筋、送水泥，或者一个递砖，一个砌砖，累了就避开众人，一起蹲在墙根上抽个烟，骂个娘，倒也算合拍。

工地上冬天一般不开工，眼下11月，马上就到停工期了。

这天气一冷，能参与的娱乐也少了，工人们等发钱等得心浮气躁，过剩的精力又无处宣泄，加上成天窝在一起，难免会起冲突。就算像徐庆利这样低调避人的主儿，前阵子也跟个叫王成的干了一仗。

这王成是工头的近亲，天天在工地上混日子，闲来无事就好赌个钱，输了就四处去借，可是从来没有还的时候，日子一长，自然没人搭理他，他就开始半偷半抢。

徐庆利给曹小军塞钱那晚，他看了个真切，暗中记下藏钱的地方。等徐庆利准备去邮局寄钱的时候，发现藏在被子里面的钱被人掉了包，又忽然想起，这几天常看到王成鬼鬼祟祟地在白天溜回来，便前去质问。王成自然不认，两人拉扯半天也没个结果。

可转天王成就告了黑状，添油加醋地一通胡诌，工头连着找了徐庆利半个月的碴儿。

这天晚上，外面飘着雪，王成在工地中间支起口锅，兴冲冲地煮着什么，嚷嚷着要请客，呼朋唤友地分。徐庆利知道没他的份儿，也不愿意去搭理，往远处躲，怀里揣着两个肉饼。

工地上经常有小流浪狗，一群一群的。别看徐庆利对人有防备，他对动物倒是真上心，知道它们冬天不好觅食，总时不时地带两口吃食回来。有一只黄身黑鼻的小土狗，被车碾过，总是跷着条后腿，一跳一跳的，因着跑得慢，抢不过其他野狗，骨瘦嶙峋的，肚子倒是大，像是怀了崽。徐庆利可怜它，总给它开小灶。喂过几次，也熟了，小狗只要听到他的动静，大老远的就从暗影里钻出来，笑得开心，咧着一嘴小白牙，摇着尾巴，一瘸一瘸地蹦过来。

可今晚无论他怎么喊，也没见到这只狗。

刚好一个工友端着碗路过："东子，你不去？"

"什么好东西?"

"王成这小子今天要给我们开荤,说是逮了只肥狗,找夜市上给处理好了,正煮着呢。"

见徐庆利脸色难看,那人还不断劝他:"吃狗肉好,天冷,大补,吃完通体暖和。"

徐庆利有些慌,不停地唤。天色暗下来,四周黑洞洞的,冷风呼啸,不见黄狗的踪影。背后叽叽喳喳的、压低声音的笑,他回过头去,见王成大口啃着肉,斜眼瞪他。

他忽有种不祥的预感。

徐庆利大步走过去,声音发颤:"你吃的什么?"

王成连头都没抬:"关你屁事。"

"是只小黄狗吗?大肚子那个?"

"狗都一个样,又不是我媳妇,谁关心大不大肚子。"

围在锅畔的众人哄笑。

"我问你,"徐庆利红了脸,也跟着提高了嗓门儿,"狗哪儿来的?"

"自己摇尾巴送上门的,怎么,你俩还真有一腿?"王成端着碗冷哼,"难怪,你长这个样子,也就母狗会看上——"

话音未落,铁锅掀翻,徐庆利一脚上去,踹倒他,翻身压住,骑在他身上猛揍。

旁人愣了一下,很快围上来帮手,自然是帮王成的多。

徐庆利被拉偏架的人束住胳膊,使不上劲,干打挺,王成趁机爬起来,抹去脸上的残渣,从地上捡起块狗腿,掰开徐庆利的嘴,硬塞进去:"给老子吃!"

徐庆利一口咬住他的指头,不撒口,血顺着嘴边流下来。

众人又帮着去掰嘴。

王成脸上挂不住，扬手正要揍徐庆利，远远看见曹小军黑着脸往这儿走。王成对这个男人有些畏惧，知道他打架手黑，但也强撑着气势大吼："姓曹的，你要干吗？我告诉你，这事跟你没关系，少掺和！"

曹小军并不理他，停下脚，捡起块砖头，在手上掂量了两下。

"你想不想干了，信不信我叔开了你！"

曹小军扔下砖头，转身去拾一条带钉的木板。

"老子跟你说话呢，你听见——"

话没说完，曹小军一棍子就抡上来了。

众人愣住，徐庆利见势也挣脱出来，拎起根钢管往下砸。

王成的帮手也加入混战，现场乱作一团。嘶吼的，骂街的，劝架的，惨叫的，乱哄哄的，徐庆利早已分不清楚，到底是挨得多，还是打得多，身上的血到底是别人的，还是自己的。

但他不在乎。

他心里痛快。

第一回如此痛快。

真好，他在这世上终于有了兄弟。

真好，这狗日的世界，他终于不再是孤身一人。

## 31　烛烬（一）

　　两个最缺钱的男人，在同一天失了业。

　　那天晚上，工地保安队的人匆忙赶到，将他们强行拉开。遍地狼藉，干仗的多少都挂了点儿彩，王成伤得最严重，倒在那儿，满脸是血，正抱着脑袋，不住地嗯哼。

　　徐庆利手里还攥着那根钢管，血一点点漫下来，星星点点，落在泥地上。他发了蒙，他不能进派出所，警察若真盘问起来，假身份很快就会被拆穿。他瞥了眼蹲在旁边的曹小军，只见他垂着头，青着脸，不知在想些什么。

　　然而，王成没有选择报警。并非出于仁义，后来他们才听说，这小子以前醉酒后捅过人，也是隐姓埋名地四处逃窜，同样经不起进局子过审。如此一来，反倒成全了徐庆利，赔了几个钱，事情也就算过去了。

　　只是三天后，工头随便寻了个由头，让他和曹小军一起滚蛋了。

　　冬日的太阳底下，两人身背行李，闷头走着，一前一后。

徐庆利正想着接下来去哪儿落脚,曹小军粗哑的声音从前面传来:"去哪儿?"

"不知道,"徐庆利笑笑,"这一下子,还真给我闪着了。你呢,什么打算?"

曹小军没搭茬儿。他总是这样,让人捉摸不透,徐庆利望着他的背影,思忖着此时此刻,这人到底在想些什么呢?是埋怨自己吗?毕竟他儿子生病,家里正是用钱的时候——

"上我那儿住两天吧。"说这话时,曹小军没回头,脚步也没有任何停歇,"等你找着新活儿再说。"

傍晚时分,曹小军的妻子,那个名叫吴细妹的女人,急急地打开门。还未及脱下鞋,曹天保就蹦跳着扑过来,她笑着把两手的菜挪到一堆,腾出只手来,用掌根蹭去他嘴角的零食渣儿。再抬头,这才看清面前站着的两个人,愣住了。

徐庆利戳在那儿,搓着手,哼哧了半天也没哼哧出一句囫囵话。他尴尬地望向曹小军,等着他介绍,可不知为何,他发现曹小军也绷着脸,似乎有些忐忑。

"细妹,这是我工地新认识的弟兄。"曹小军走过去,偷着攥住吴细妹的胳膊。"喀——"他清了清嗓子,"叫倪向东。"

徐庆利看得清楚,吴细妹的脸色登时难看起来,张嘴欲说什么,曹小军脸上还是笑,只是手上暗中使劲,又一次捏住她腕子:"先吃饭吧,有话咱晚上慢慢说。"

吴细妹蹙着眉,瞪了眼曹小军,最终点点头,转身进了厨房。

大概是自己的左脸吓到她了,当时的徐庆利只是如此想着。

晚饭平淡温馨,炒咸菜、腌咸鱼,还有一盘白菜豆腐,徐庆利拘谨地坐在那里,低头吃着白饭。吴细妹与曹小军用方言交谈着,不停地埋怨,徐庆利只是大口扒饭,不时腼腆憨笑,假装听不懂。

"你是哪里人?"吴细妹忽地发问。

"南方。"

"南方哪儿的?"

徐庆利停住筷,思来想去,决意不撒谎:"南洋那边的。"

吴细妹脸一红,估计是想到了自己刚才还用方言避人来着,斜了眼小军。曹小军没什么反应,正给儿子夹去一筷子白菜,让他不要挑食。

"这么巧哦,"吴细妹笑笑,"我们也是。"

"对,是有缘,我跟小军打一见面,就觉得亲切,好像早就认识一样。"

原本是讨好,可不知为何,话一出口,吴细妹身子一缩,抿紧了嘴。就连曹小军也不再言语,客厅里安静下来,只有曹天保还冲着电视机里的动画片嘿嘿傻乐。

"家里还有其他兄弟姐妹吗?"她接着问,"哥哥弟弟之类的?"

"没有,我阿妈去得早,阿爸没再娶,就我一个。"

"你哪年生人?"

糟了,他不记得那个男人的出生日期,情急之下,张嘴说了自己原本的月份:"1988年11月的。"

"1988年,"曹小军吁口气,重新夹起一筷子咸菜,扭头冲吴细妹乐,"我1987年的,这东子比我还小呢。"

吴细妹没理他,撅起块豆腐:"可能是我多嘴,可你脸上的伤——"

曹小军在桌底下轻踢了一下,她装作不知道,挪开身子,接着刚才的话头追问:"这左脸怎么回事呀?感觉还蛮严重的。"

曹小军欲接话,徐庆利把饭碗一放,大大咧咧地一挥手。"欸,你们待我如自家兄弟,我也没什么好瞒的了,这脸确实有段故事——"他笑得真诚坦荡,眼见着吴细妹和曹小军都停住了筷,"小时候帮我阿爸烧火,结果瞌睡了,一头栽进去,烫到了。村里缺医少药的,也不懂得调养,后来就留了疤,不然,我能这么大年纪还没讨到媳妇吗,哈哈哈。"

他自顾自地笑,却看见对面的夫妻对视了一眼。

怎么?难道他们不信?

因着心底发虚,徐庆利别过脸去,专心地看电视上播的广告,整顿饭没再开口言语。

当天晚上,他听到两人在厕所压低声音的争吵。

"你嫌不够乱吗?"吴细妹的声音,"还敢往家里带。"

"就几天,他现在没地落脚,"曹小军辩白,"别忘了,当时天保的钱还是人家给的。"

"这是两回事儿,要报恩也不能这样,你干脆直接告诉他——"

二人忽然噤了声。

吱呀,轻微的噪声,厕所门开了,似有人探出头来张望。

徐庆利躺在黑暗中,大气不敢出,紧紧闭着眼装睡。

过一会儿,他又听见了一声吱呀响,知道厕所门再次关上。里面又传来压抑的争吵,只是这次声音更低、更轻,嗡嗡的,他怎么竖起耳朵也听不真切。

徐庆利不明白，为何吴细妹对自己如此抵触。思来想去，只觉得大概是脸上的疤痕太过恐怖。再说了，曹小军家也不大，经济也好不到哪里去，虽说天保这阵子没犯病，可总归是要攒钱的。他怎么说也不能长时间赖在这儿，终究是给人添乱的事。所以第二天午饭之后，他便辞别了曹小军，转头就去了孙传海那里。

他跟老孙头商量好了，不要钱，免费帮他种菜收菜，只要给口饭吃、给个地方住就成，等他找到新活计就走。因为孙小飞的事，老孙头念着他的好，卖菜的钱硬是塞给他一半，每顿饭也都是有菜有酒地招待着，买不起外面的肉菜，就宰家里养的鸡。

然而，时值隆冬，活儿并不好找，他一住就是大半个月，眼见着一天天耽搁在这儿，徐庆利也焦烦起来。一天傍晚，他接到了曹小军的电话。小军说他寻到个帮人搬家的活儿，待遇不错，这几天刚好有个工人闪到了腰，缺人手，问他要不要来："你想想，我觉得挺合适的。"

徐庆利顿了几秒，睃了眼在灶台前忙活的老孙头，他正在宰家里最后的一只鸡，破棉袄的胳肢窝处，外露着棉絮。

徐庆利实在不忍，一口答应了。

就这样，两人又成了工友。

搬家也是桩苦力活儿，但相对于工地的工作量而言，轻松得多。这活儿没什么技巧门道，只要出大力就行。工钱是日结，一天天混下来，手头竟也宽裕了些，两人没事就去喝点儿小酒，扯扯闲天。

曹小军家，他时不时地也去，吴细妹并不多说什么，虽冷淡，却也算礼数周全。意外的是，曹天保倒是很喜欢他。这孩子的命是钱堆出来的，身子骨时好时坏，所以小军要打几份工，吴细妹也是。夫妻俩忙不过来的时候，徐庆利就帮着去接接送送，偶尔也做做饭，辅导下功课。

毕竟以前是语文老师，闲着无事也爱看看书，一肚子的奇闻逸事，总能变着花样地逗天保开心。也正是他对天保的耐性，让吴细妹渐渐宽了心。

有次她回来，屋里只点着一盏书桌灯。徐庆利弓着腰，侧着身，正跟天保挤在书桌前，小声嘀咕着什么，天保啃着笔，咯咯直乐。她悄步过去，发现他在教天保写作文，粗大的手指比着稿纸上的小绿格子，柔声细气地讲。旁边的草纸上，落着一行行的字，似是他自己写的诗。

那是一手娟秀的字体，全然不似印象中的倪向东。

他发现了她，回过身来，窘迫地站起身："嫂子回来了。"

她还不是很习惯这个称呼，扯扯嘴角，装出一个笑："字不错。"

"哈，这算什么，我以前是语文老师，板书更好——"

话一脱口，两人都愣住。

"你以前是老师？"

"嗯。"

"你真的——"

她停住，对于他的往事，她并不十分好奇。

如今也想明白了，无论这人的名字是真是假，无论他与真正的倪向东究竟认不认识，只要不挑事端，只要碍不到一家三口的安稳日子，那剩下的，便随他去吧，爱叫什么叫什么，刨根问底对谁都没好处。

204

她抬手拍了拍天保，嘱咐了两句，转身出去了。

自那以后，吴细妹对徐庆利的态度日渐好了起来，常邀请他来家里吃饭，给小军买衣裳时，也总帮他捎一件，家里炖肉添菜的，也老是打包一份给他送去。

他的日子，随着转年的春天，一点点生动鲜活起来。他跟曹小军决定单干，两人凑钱买了辆三轮车，挂着牌子，竖起喇叭，沿街一圈圈地转悠，接一些附近的小活儿。因着价格低，事也少，干起活儿来手脚干净，慢慢有了起色。

为了方便出工，他在曹小军家附近租了间小屋，两家的往来也越来越多，逢年过节，四个异乡人便凑在一起，吃吃喝喝，说说笑笑，家人般亲昵。

他第一次吃生日蛋糕，也是在曹小军家。那天正吃着饭，突然灭了灯，徐庆利正纳闷儿，就见着曹天保捧着个小蛋糕走出来："叔叔，生日快乐！"

曹小军一家子拍着巴掌，唱着走调的生日歌，情真意切。橙黄色的烛火跃动，映出三张金灿灿的笑脸，照进他的眼底。

徐庆利盯着那点光发愣。在他混沌黑暗的三十多年人生中，这家人就像是面前的烛火，纤细、微弱，只能照亮一小方天地，只能给予片刻的温暖，但对他来说，足够了，已然足够了。

第一次有人为他的出生欢呼。

第一次有人为他的快乐筹谋。

他的人生总是伴着泪与血，他今天才第一次知道，原来人生也有值得庆贺的事情。

他笑着笑着，泪就落下来了。

"叔叔，许愿啊，"天保催促着他，"怎么还哭啦？"

他有些难为情,孩子般捂住脸,扭曲的伤疤躲在粗糙的大手后面:"哪个哭了哦,我只是让烟迷了眼。"

　　"许愿,快许愿,"天保跺着脚撒娇,"我等着要吃蛋糕哩。"

　　"你这孩子,"吴细妹笑着嗔怪,"就敢冲你倪叔叔来劲。"

　　"许呗,"曹小军面庞也红红的,用胳膊肘撑撑他,"别矫情了,赶紧的,反正又不花钱,你爱许几个就许几个。"

　　徐庆利不好意思地擤去鼻涕,又在裤子上擦擦手,然后虔诚地双手合十,真心实意地向上苍祷告。

　　他一次又一次地重复着那个愿望,生怕老天爷听错了,末了,缓缓睁开眼睛。

　　"许完了?"

　　"嗯。"

　　"吹蜡烛。"

　　他盯着金色的火苗,心底有些不舍,可还是呼出了一口气。

　　烛火忽闪了两下,灭了。

　　四张笑脸,重又被黑暗笼罩。

## 32 烛烬（二）

打那以后，徐庆利更加倾尽所有地对他们好，曹小军自然也是等价回报。两个不善言辞的男人相逢于人生的路口，一个掏心，一个掏肺，肝胆两相照，尽在不言中。

日子平淡安稳，不知不觉间，徐庆利在这座名叫琴岛的海滨小城，已待了两个多年头。他逐渐学会了如何分辨潮起潮落，学会了趁着赶海去摸蛤蜊，自然也跟着热心肠的大爷大姨学会了几句当地的土话：潮巴是傻子，硌硬是厌恶，草鸡是无奈，舔摸则是溜须拍马。

他逐渐记得住那些拗口陌生的路名，逐渐开得惯上山下山的陡坡，逐渐接受了大雾迷蒙的冬春交替，也逐渐知道了原来在家乡的米粉之外，北方的锅贴和火烧也很美味。

直面是一种勇气，可有时候，逃避也未尝不是一剂妙法。谁又能想到，当年迫不得已的背井离乡，反成了他治愈苦痛的良药。

他站在北方的风雪里，看天高云阔，银装素裹，日渐忘记了溽热潮湿的南国秘密，忘记了层峦叠嶂间的那些九曲回肠。关于"徐庆利"的一切，都像是一场久远的噩梦。如今他醒了，他发现群山之外还有个更广阔的世界，他发现他也可以拥有大好人生。

躲在"倪向东"的名字之后，"徐庆利"真实的灵魂挣脱枷锁，舒展开来。

每一日都是馈赠，每一日都是新生，自由浪荡，百无禁忌。

他正在蜕变，蜕成另外一个人。

那年夏末，徐庆利考出了驾照。他买了台二手的五菱宏光面包车，载着小军一家去郊外游玩，一路上叽叽喳喳，四人激动地畅想着未来。那时候，他和曹小军两人已在附近扎稳了脚跟，添了这辆车，以后就可以接更大的生意，挣更多的钱，今后的日子，恰如眼前的公路一般，畅通无阻。

徐庆利衔着烟，探出头去，风拂过面颊，带来林间草木的清新。他心中雀跃，日光被树影切割，摇曳流动，细碎斑驳，他眼中闪着光。

他提议晚上去饭店撮一顿，由他请客，而曹小军坚持在他家吃。徐庆利知道，那是曹小军心疼他，怕他多花钱，心中一暖，便也不再多争。

那天是2021年10月2日，他这辈子不会忘记。

傍晚时候，吴细妹张罗了一大桌子的菜，曹小军也去楼下啤酒屋点了几十串烧烤。

徐庆利提着几袋子扎啤上了楼，一进门，刚好遇见住在隔壁的李老太太，正要往外走。她说今天是孙子的生日，孩子嚷嚷着要吃糖醋里脊,她来借点儿醋。徐庆利心情很好,甚至跟李老太太开起了玩笑。他指着醋瓶子说:"忌讳[1]。"李老太太笑着拍他胳膊,夸他发音准,简直是地道的琴岛人。

那天大家明明都很欢喜,吃得尽兴,聊得痛快,推杯换盏,说说笑笑,就连吴细妹也少见地喝了几杯,红了脸,捧着腮不住地笑。

到底是从哪一步开始不对劲了呢?

事后他忍不住地回想,那一晚,究竟是从什么时候开始,不对劲了呢?

想起来了,是从小军褪衣服开始的。

曹小军喝多了,身上冒了汗,干脆扯掉汗衫,露出后背。

徐庆利也喝高了,拍着他的脊梁,不住地感叹:"哟,看不出来,你小子还有文身哪,藏挺深的。"

他确实是第一次见。以前在工地的时候,曹小军再热也不肯脱去上衣,搬家的时候也是,任凭别的师傅都打赤膊,他总是穿戴整齐。况且,这几年来,两人从来没一起去大众浴池里洗过澡,他背上有什么,徐庆利自然是不知道的。

"年轻时候搞的,"曹小军摆摆手,"那时小,不懂事,瞎弄的。"

"我看看,你小子文了个什么?"徐庆利眯缝着眼,凑上脸去,不住地打着酒嗝儿,"关公,关老爷,还是睁眼的,啧,这睁眼关公可不简单哪,一般人镇不住,别说,我眼见着有点儿熟悉,好像以前在哪儿见过——"

---

[1] 方言,醋。

闭嘴,闭嘴,心底一个声音在警告。

可是在酒精作用下,他的嘴不听使唤,一张一吐,那些话语径自滚落。

"以前在南洋,好像见过,得十来年了吧,对,十多年了——"他脸色酡红,醉眼迷蒙,自顾自地沉浸在回忆中的那个月夜,"深山里面,一男一女,在野地里不干好事,我跟你们说,那男的身上就有这个,跟你这个差不多,也是个关公——"

闭嘴,闭嘴。

然而,酒精在血液中奔腾,大脑发麻,理性失控,他的嘴停不下来。

众人的屏息给了他更大的刺激,他越发得意起来,禁不住地往里添油加醋:"你们知道他俩在干吗?杀人!抛尸!我在树后面看得真真的,你们不知道,当时那个惨哟,遍地是血,那死人就在坑里——"

他忽地住了口。

他看见曹小军和吴细妹脸上的笑不见了,他们端着杯,愣愣地望着他。

酒瞬间醒了大半,他隐约明白了什么。

只有曹天保还闹着要听,仰着小脸不停地追问:"后面呢?叔叔你说啊,死人怎么样了?那两人呢?被警察抓了吗?"

"嘿,哪儿有后面,我吹牛呢,其实什么也没见着。"他堆着假笑,偷眼观瞧那两人的反应。

他俩没有笑。

徐庆利脸上火辣辣的,却也只能硬着头皮往下编。"我这人平时嘴很紧,就是一喝酒,就开始瞎说八道。"他咳了几声,"其实,这也不是我的事,是以前在工厂上,听别人瞎传的,估计也是乱编的。欸,咱今天高高兴兴的,不说这些晦气的,来,喝酒喝酒。"

他去碰曹小军的杯,曹小军没有动。

后面他们还说了些什么,他不记得了。

他只记得那晚他的话非常多,说了许多故意逗笑的话,曹小军听了也笑,若问曹小军什么事,他也接话茬儿,只是眼神完全变了,似乎退回了两年之前,像是他俩在工地第一次见面时的样子。

警惕,漠然。

磨磨叽叽的,转眼也到了10点多,曹天保打着哈欠喊困。尽管心底隐隐觉得不踏实,但他也不得不走了。

徐庆利扶着门框,觍着脸,笑着望向曹小军:"走了,明天还是老时间?"

"再说吧。"

"什么再说啊,"他推了他一下,故作轻松,"怎么了你?飘了?不干活儿了?"

"我想歇两天,有点儿累。"

他怔了怔:"小军,你没事吧?"

"没事。"

"真没事?"他面颊发烫,然而指尖冰凉,"咱俩可是兄弟,不带瞒人的。"

"嗯。"曹小军点头,没有看他。

徐庆利还想再找补句什么,可还没开口,曹小军便关上了门。

砰的一声，门在他面前闭合，掀起的风撩动额发，刺痛他左脸的疤。

他站在紧闭的门外，手抠着裤缝，抬手欲敲，却发现猫眼是黑的。

门里站着人。

门里的人也正在朝外望。

他知道曹小军正躲在门后，透过猫眼，观察他的一举一动。

他想了想，悬着的手，最终还是放下了。

声控灯暗下来，逼仄的走廊里堆砌着废旧家具，黑暗蔓延，将他一点点吞噬。

徐庆利从口袋里摸出烟来，衔在嘴上，点燃。橙红色的火光跳动，昏黑里唯一的亮。他吐出口烟，又看了眼紧闭的房门，转过身，沿着回旋的水泥楼梯，向下走去。

那一丁点儿的火光与温暖，一转眼，也消失不见。

声控灯在身后一盏盏暗淡，而他只是沿着楼梯，不断地向下，向下，向下。

## 33　藏舌

窗外是琴岛冬日少有的晴天，北风凛冽，吹散了天上浮云，也吹醒了南国的梦境。

童浩关上车窗，看了眼仪表盘，又看了眼孟朝，心底有些打怵。他第一次见队长这样，冷着脸，一言不发。就算他俩在山沟里迷了路，弹尽粮绝的时候，孟朝也是一边挪步，一边嘴不闲着地扯废话。可自打下了飞机，接了老马打来的电话之后，他就这样心事重重，从机场到高速，没说过一句话，只顾着闷头开车。

"下面有薄荷糖，给我扔几个。"孟朝忍住嘴边的哈欠，"困死，刚才差点儿睡过去了。"

童浩倒出八颗糖，一股脑儿塞给他："要不换换人，我来开？"

"你会开车？"

"不会。"

孟朝一愣，后槽牙咬碎了糖："要不是在高速上，我绝对给你一巴掌。"

"这不寻思跟你客气一下嘛，"童浩指挥着，"前面有个服务区，休息会儿吧，这几天咱都没怎么合眼，就飞机上眯了那一小会儿，不是我说，头儿，你这属于疲劳驾驶，犯法。"

"你懂个屁的疲劳驾驶，再胡说八道，我就给你调去交警大队，让你好好学学交通法规。"孟朝将车玻璃降到底，砭骨冷风直往脖领里钻，他打了个寒战，也登时清醒了不少，"眼下哪儿有时间休息，你刚才又不是没听见，老马电话里怎么说的。"

在他们离开的几天，队里乱了套。

一方面，刘呈安家属不知受了谁的教唆，天天在浮峰底下摆花圈拉横幅的闹事，哭着喊着讨要说法。另一方面，李清福的家属也找到媒体哭诉，说家里一夜之间失去了顶梁柱，呼吁社会各界施压，帮忙还原真相。

现在两个案件在网络上影响不断扩大，各种谣言、阴谋论飞传，上面急了，限队里两个礼拜内破案，不然就上交给支队处理。

"好不容易寻到的线索，眼看着就能顺藤摸瓜了，这一换人手，白瞎拉倒，八成又成悬案，给挂起来了。"孟朝一脚油门，时速逼近一百一，"这次，绝对不能让徐庆利这小子再跑了。"

他们已经破解了徐庆利的调包计。

二人在南洋省与当地警方对接包德盛案宗的同时，孟朝将徐财增的头发寄回了琴岛，夏洁将其与在"倪向东"家发现的头发进行化验比对，发现徐财增与"倪向东"存在血缘关系。

"所以倪向东就是徐庆利？等等，那杀曹小军的到底是倪向东，还是徐庆利？"童浩也喂了自己两颗糖，按揉着太阳穴，试图厘清混沌的思路，"头儿，你说这倪向东是什么时候被调包的?"

"在南洋省的倪向东是倪向东,等出了南洋,可就不一定了。"孟朝哼了一声,"如此一来,也就解释得通了,为什么倪向东前后风评差这么大,简直判若两人,因为根本就是两个人。"他打了个喷嚏,将车窗稍微关了一些,接着说道:"起码我们能够肯定,在琴岛的这个,绝对是假倪向东,真徐庆利。"

"这人真的狠,为了盖胎记,能把自己脸烧焦,"童浩突然反应过来,"等等,那尸体呢?如果焦尸不是徐庆利,又是谁?"

"不知道,这个得等抓住他,让他自己供出来。"

童浩靠在副驾座椅上,眼珠子转了转,忽又探过头来:"头儿,这不对啊,就算徐庆利和倪向东两人身高差不多,脸也毁了,可也不至于瞒过所有人啊,曹小军和倪向东以前一起混社会,他不可能认不出来。"

"你可算说到点儿上了,这就是矛盾所在。别人认不出尚能理解,曹小军和吴细妹不可能不知道,特别是吴细妹。别忘了,他俩以前可是情侣啊。"

"对啊,睡在一张床上,她可是比任何人都要了解倪向东的。"

"你不觉得可疑吗?"孟朝瞥了他一眼,"吴细妹自始至终,没跟我们提过一句。"

童浩咂咂嘴,焦躁地两手挠头:"想不通,她为什么要袒护徐庆利?"

"不,她不是袒护徐庆利,她是在保护自己。"孟朝降低速度,将车拐入匝道,"学着点儿吧,算我免费教你的,跟人说话时,不要听他说了什么,而要听他没说什么。"

"什么?"童浩皱眉,"什么什么?没说的我怎么听?"

"你脑子是不是落飞机上忘拿了?"孟朝摇头,"我的意思是,你要想清楚,那人为什么这么说,目的又是什么。"

车子进入市区。

"就拿这件事来说,吴细妹既然知道倪向东被调了包,为什么不说呢?原因有二:第一,她与假倪向东,也就是徐庆利有私情,想要包庇,但是——"孟朝苦笑,"她的戏太过了。"

"你是说,她与徐之间只是逢场作戏?"

"对,如果吴细妹真要出轨,以她的心思,不会让任何人捉到把柄。你从邻居那儿听到的风言风语,更像是她故意做给别人看的,就像她一直将我们向情杀方向上引一样,我们也差点儿着了道儿,被她牵着鼻子走。现在回头看看,她好像巴不得我们误会她与徐庆利有私情。从最初的半遮半掩,到后来的知无不言,都是演戏罢了。"

"可是,为什么呢?"

"那就要说第二个原因了,"车下了高架桥,拐进老城区,"为什么她不提倪向东被调包了呢?因为真相对她不利。"孟朝停住了车,伸手去解安全带:"我现在有一个大胆的猜测,真正的倪向东已经死了,而他的死,正跟吴细妹有关。"

童浩眨眨眼,望向窗外,发现车停在了安合里老街,吴细妹家楼下:"头儿,那咱现在是去——"

"抓人。"


门敲不开。

两人敲了大概五分钟,不时将耳朵贴上去,里面静悄悄的。

按照情报，曹天保已经度过了危险期，出院回家休养，而吴细妹最近也跟工作单位请了长假，说要在家照顾儿子，可是此刻她却不在家，去哪儿了呢？

伸手正欲再敲，门开了，只不过是隔壁的李老太太。老太太七十多岁，灰白头发用铁丝发卡箍住，棕色羊绒衫，外面套着个枣红色羽绒马甲，从半开的门缝探出头来："恁[1]找谁？"

孟朝笑笑，伸手亮出证件："大娘好，我们是警察，前阵子来过，咱应该见过面。我们想问问，这吴细妹去哪儿了？怎么家里没人呢？"

"我也好几天没见着了，"老太太皱着张脸，"恁白[2]敲了，她家里估计没人，晚上也不亮灯，我还寻思，是不是在医院没回来，她儿子身子也不太好不是，住院是经常的事。"

孟朝点点头，没多言语，留了个手机号，麻烦老太太如果看到吴细妹回来了，电话通知他一声："但不要惊动吴细妹，偷偷打电话跟我说就行，算是帮警察个忙。"

"怎么了？"李老太太身子缩回门后，眼神警惕起来，"是不是她犯什么事了？"

"那倒没有，"孟朝随口敷衍着，"就是跟她了解点儿情况，我们也怕来了她不在家，白跑一趟。"

"昂[3]，行吧。"

二人说完，正欲转身下楼，发现李老太太也锁门出来了，踮着脚跟在后面，手里提着烧纸、白酒，还有一根拨火棍。

---

[1] 方言，你们。
[2] 方言，别。
[3] 方言，语气词。——编者注

"大娘，这是要祭拜？"

"哦，送送。"

"怎么？"孟朝边走边聊，"这非年非节的，有什么讲究吗？"

"最近这块儿不是不太平吗，先是曹小军，又是李清福，俺家里孙子年龄小，八字软，估计被吓着了，一天天的发烧，说胡话。"

"我小时候也是，这玩意儿不信不行，"童浩来了兴致，转身跟李老太太攀谈起来，"有时候吧，小孩还真是能看见大人看不见的东西。"

"是吧，都说小孩子家眼睛干净，天眼没关，能看见些鬼啊神啊什么的。"

"可不是吗，我小时候就看见个红衣服小孩，天天站在我家楼下，白天晚上，刮风下雨，红衣服小孩都在那儿站着，一动不动，伸着两只手戳在那儿，吓得我都不敢出门，也不敢上幼儿园。"童浩连说带比画着，"不过吧，长大后才知道，我以为的红衣小鬼，其实是个消防栓。"

孟朝径自走在前面，听着身后童浩和李老太太的经验交流，暗自苦笑。

"俺家孙子倒不是的，他说得有板有眼，他说他看见——"

老太太后面的话却戛然而止，与此同时，一行三人也走到了楼底。

孟朝对于这些本不该在意的，可是直觉提醒他，李老太太未出口的话里隐藏了什么，那些被她堵在嘴边、吞回肚里的话语，也许就匿伏着破案的关键。

他身子堵着过道出口,笑问道:"咱家小孩看见什么了?"

"没什么,"李老太太眨巴着眼,别过头去,"小孩家家的,胡说八道的。"

"说什么了?"

"就是做噩梦,小孩分不清真的和假的。"李老太太边说边往外拱,"我赶紧找个十字路口,烧烧纸,送完了就没事了,恁白挡着我。"

孟朝使了个眼色,童浩心领神会,身子一挪,人高马大的体格,把出口堵了个严严实实。

"恁干吗?"李老太太提高了嗓门儿,拨火棍横在胸前,"不去抓坏蛋,堵我这个老太太干什么?"

孟朝依然挂着笑,语气平和,试图安抚她的惶恐:"大娘,别害怕,我们是警察,不可能害您。抓罪犯是我们的天职,但我们也是人,精力、时间有限,掌握的信息情况也有限,很多时候,需要大家,特别是您这样德高望重的老太太的配合,要是您愿意帮我们,案子很快就能破。"

"对,李奶奶,我实话实说,这个杀人犯还没抓着,正逃着呢,"童浩故意压低嗓门儿,神秘兮兮,"他在这块儿杀了两个人,很可能还会再犯案,早抓住,早安全。"

"是啊大娘,坏人抓不住,谁危险?孩子危险。"

孟朝看着她眼皮跳动,知道她内心也正在自我拉扯,便又顺势添了一把柴:"眼下能害您孙儿的,不是梦里的恶鬼,是现实里的坏人。"

"就是,坏人能把您孙子变成鬼——"孟朝给了他一肘子,童浩赶紧转变话头,"奶奶,我一见着您吧,心里就觉得特别亲切，让我想起自己奶奶了。我奶奶也疼我，为了我，她什么都能做。您对您小孙子，肯定也是这么想的。"

"可不就是，像我们这把岁数的，还图什么呢，不就为了小字辈的平平安安，"李老太太降下音调，也垂下了拨火棍，"不是我不愿意配合恁，主要是吧，我……哎哟，主要是小孩嘴上没个把门的，我也怕说错……"

"没事，说就行，剩下的交给我们去判断。"

李老太太不停地搓手，躲开二人目光，干瘪的嘴唇一噘一噘，像是要吐出一截难咽的刺："他说——"

"嗯？"

"唉，全是些乱七八糟的，我都不好意思的——"

没等孟朝和童浩做出反应，李老太太自己先摇起了头。

"他说，看见他曹叔叔，大半夜的不睡觉，在院子里面吃核桃。"

## 34  核桃

　　李老太太家不算大,除去厨房和厕所,拢共两间屋。儿子儿媳一间,住在里面,她和孙子住在客厅,桌子茶几电视机,沙发衣柜电冰箱。阳台旁边横亘着张老式木头床,加上平时舍不得扔的、一点点囤积下来的零碎物件,本就不大的空间,塞得满满当当。

　　童浩环顾四周,窗台上摆着五六盆多肉植物,圆形小玻璃缸里养着十来尾红绿灯鱼,冰箱上贴着儿童画,茶几中央搁着个用超市单页叠出来的垃圾纸盒,凡是金钱照顾不到的地方,李老太太都用心在弥补,整间屋子飘着淡淡的雪花膏的香气。

　　唯有视线扫到厨房时,他才微微皱眉。二十来岁的童浩尚不明白,为何奶奶辈的人,都喜欢偷偷地积攒塑料袋和包装盒。

　　此刻他和孟朝坐在沙发,对面的床边上则坐着李老太太和她孙子。那个名叫烁烁的男孩只穿着秋衣秋裤,光着脚丫,趴在李老太太后背上,小脑袋从肩头探出来,眨着眼打量他们。

　　"好好的,人叔叔笑话你呢,"李老太太佯装生气,在孙子屁股蛋儿上轻拍了一下,又扭过脸,冲他俩不好意思地点点头,"唉,要不都说七岁八岁讨人嫌,皮蛋一个,没有个正形。"

孟朝笑笑,也冲男孩眨眨眼:"小朋友,你上几年级啦?"

烁烁的脑袋又躲了回去,两手箍紧李老太太的脖子,身子扭来扭去。

"好好说话,人叔叔问你呢,大方地说。"

"二年级。"孩子声音囔囔的,奶声奶气。他又一次探出脑袋,斜眼瞅着沙发上孟朝他们带来的水果罐头和旺旺大礼包。

李老太太也瞥见了,又一次客气道:"恁说恁俩大小伙子,来就来吧,还带什么东西呢,走的时候记得带走昂,我不要。"

"都是些零食,给孩子的,"孟朝伸长胳膊,拉着烁烁的手摇晃了两下,"答应叔叔,吃完零食,快点儿好起来,好不好呀?"

"好。"男孩歪着脑袋,腼腆地笑,李老太太看见,也跟着绽出笑来。

童浩膝上摊着笔记本,有点儿拘谨,这是他第一次向小孩子问话,一时间不知从何开口。一旁的孟朝倒是比他舒展得多,跟李老太太唠家常一样随意闲扯,烁烁在旁边听着,后来也不怕人了,自顾自地坐在床上吃起雪饼。

老太太的话也渐渐密了起来。

老人家口中的故事总是太过漫长,有时候,一句话颠来倒去地说好几遍,然而有时候进展得又太快,往往大半辈子的心酸苦楚,一两句话的,也就捎带过去了。

孟朝听她讲着,不时点头附和,慢慢知道了她儿子在外面跟人合伙跑出租,为了多挣钱,拉的是夜车。儿媳呢,则在食品厂上班，干生产的，常常要三班倒，所以家里经常只有他们祖孙二人。她骄傲地宣布，烁烁这孩子是在她背上长大的，待她比待父母更加亲近。

李老太太一边给他们的茶杯续水，一边絮叨着日子的艰辛，不过自嘲着、数落着、抱怨着，到最后，终又是自己开解了自己："一家一个活法，穷有穷的过法，像我家吧，虽不富裕，也没缺着烁烁吃穿。挺好的了，比起我们小时候，享老福了。"

孟朝喝着茶，不断点头赞同，接着又瞥了眼墙上的石英钟，觉得是时候引入正题了："大娘，你说烁烁和曹天保是同学？"

"昂，他家小孩不是身体不好吗，上学晚，留了一级，转学过来就跟着二年级上，插班读。"

"原来你跟天保也认识呀，"孟朝看向男孩，做了个鬼脸，"听奶奶说，你怎么生病啦？"

烁烁早就钻回了被窝，只有两只眼睛露在外面，闪动着。"医生说我感冒了，"小男孩拖着长腔，"说我冻着了。"

"怎么会冻着了啊？"

"因为晚上不好好睡觉，不盖被子。"

"哪天晚上啊？"

"元旦晚上。"

孟朝和童浩对视一眼，关键的时间点，元旦。

"那天晚上下雪了，我想堆雪人，我妈不让，说天亮了再说，然后，"他吸吸鼻涕，"然后，我就一直趴在窗边，等天亮。"

"他妈在的时候，就让孩子去里间跟她睡，"李老太太插嘴道，"说什么培养感情，哼，平时接送孩子都是我，要说感情还是我俩——"

孟朝敷衍着,将李老太太跑偏的话题拉回轨道:"烁烁,你看见什么了吗?"

"我看见曹叔叔了。"男孩小心地瞥了眼奶奶,李老太太没说什么,可也是仔细观瞧着孟朝的脸色,眉心紧皱。

小孩子不知道,可是在场的大人都知道,12月31日的时候,曹小军已经死了。

童浩在本子上写写停停,欲言又止,在那儿托着下巴跟自己较劲。孟朝倒是非常自然,语调轻快地继续引导:"然后呢?你在哪里看见曹叔叔的?"

"我听见门响,去猫眼看,看见曹叔叔穿着黑衣服,从他家门里出来。"

做笔录时,吴细妹说曹小军穿了件蓝色面包服,怎么到这会儿,又变成黑衣服了?不过,晚上光线昏暗,藏蓝和黑色很容易搞混,孟朝暂时没有质疑,继续提问:"什么时候?"

男孩摇摇头,孩子太小,并没有明确的时间概念。

"这孩子就是那天吓着了,我一睁眼,看见他赤着脚站在板凳上,扒着个门朝外看,还说看见什么曹小军了,"李老太太咂咂嘴,"他妈倒好,在里面睡得死死的,自己孩子都不上心,要不说吧,现在的年轻人真是不行,我那时候——"

"烁烁认识曹小军?"孟朝打断她的抱怨,"会不会看错了?"

"怎么不认识,他跟曹天保是同学,两家又是邻居,肯定知道长什么样,别看烁烁年纪小,脑子可灵光,精着呢。"

孟朝示意,童浩在本子上又记了几笔。

"烁烁，你想想，你看的那个叔叔是不是有疤？"

"你说的是倪叔叔吧？"烁烁蒙着被，在里面咯咯乐，"带疤的是倪叔叔，这你都不知道？倪叔叔个子高，喜欢带我们玩，曹叔叔矮，也不爱说话，我们都怕他。"

李老太太还想说什么，孟朝没给她机会，直接看向烁烁发问。"然后呢？还有什么？"他鼓励着，"吃核桃是怎么回事？"

"奶奶把我赶回屋之后，我趴下装睡，等奶奶在外间打呼噜了，我又爬起来了，我想看看院子里的雪下得多大了，够不够堆雪人。"

"然后呢？"

"然后我看见曹叔叔蹲在院子中间，砸核桃吃，咔嚓咔嚓的。"

童浩靠回沙发，双手抱胸，抿着嘴不说话。

小男孩的话实在是让人无法理解。

"怎么砸？"孟朝倒是表现得饶有兴趣。

烁烁从被窝钻出来，蹲在床上，兴奋地演示起来。

"就这样，"他背对孟朝，两手举在胸前，一下下地朝下捶，"奶奶平时给我砸核桃，有时候用门夹，有时候夹不开，就那样用锤子砸，蹲着，咔嚓咔嚓地响。"

孟朝脸色一僵："你看见核桃了吗？什么样的核桃，能给叔叔说说吗？"

"没有，"男孩又笑起来，"我家在楼上，他蹲在下面，那么黑，怎么看得清，你真笨，这都不知道。"

"之后呢？"

"之后就没了，我妈醒了，揍了我几下，把我拉进被窝了，我迷迷糊糊就睡过去了。"说到这儿,男孩厌恶地尖起嘴来,"第二天也没堆成雪人,院子里都是人,把雪都踩坏弄脏了。"

"懂了。"孟朝点点头,若有所思。旁边的童浩一头雾水,他不知道孟朝到底懂了什么。

转眼到了晚饭时间,二人拒绝了李老太太的盛情邀请,坚持要回局里。李老太太将他们送到门口,不住地把他们带来的水果和零食往手里送。

孟朝一边推回去,一边悄声问道:"烁烁知道曹小军出事了吗?"

"小孩子,怕吓到他,没多说,"李老太太想了想,又补上一句,"就连李清福那事我们也没提,那么小,哪知道死人是怎么回事,我们也没讲,怕惊着。"

孟朝暗自记下,一旁的李老太太似是又想起了什么。"恁说这也没到头七,烁烁说看见曹小军,是不是睡迷瞪了?"她征求意见似的看看孟朝,又看看童浩,"恁说,我用不用找个大仙,给他看看?"

孟朝没接话,而是另外问道:"这件事跟楼下李清福家提过吗?"

"没有,他家现在那样,我们也不敢招惹,毕竟小孩说的话,谁知道真假,就谁也没提,"李老太太皱起鼻子,脸上堆笑,"警察同志,我们这个事——"

孟朝心领神会:"放心,不会外传,我们今天就是来看看孩子,没别的意思。"

"好嘞,谢谢谢谢,我们寻常人家不愿意掺和这些事,小老百姓的,就图个平平安安。"

"明白,我们也理解。"

"希望能帮上什么,"老人还在客气,"最好能帮上恁的忙——"

"大娘,你们帮大忙了。"孟朝这句说得认真,倒不像是客套。

直到二人走出了楼道,童浩回过头去,再三确认身后没人,才终于开了口:"头儿,你说这小孩是不是梦游了?"他把笔记本夹在胳肢窝底下:"这说得谁也不挨着谁啊,曹小军就算是还魂,也是去找倪向东,不是,找徐庆利算账,哪儿有跑回来吃核桃的,这都哪儿跟哪儿啊!"

"小孩跟大人眼中的世界是不一样的,可能同一件事,表达出来却完全是两码事。"孟朝低头查看院子中央的砖地,又抬头望向李老太太家窗户的位置,"小童,你给我念念本子上记的线索,我再捋一捋。"

童浩哗哗往前翻页,小声读道:"12月31日下午,下水道发现头皮,当天吴细妹报警称丈夫失踪,家中丢失一只木箱;当天在浮峰,倪向东,不,徐庆利抛尸;当晚,值班保安意外身亡;12月31日到1月1日之间,李清福死在楼下——"

孟朝点起根烟,深吸一口,在脑海中迅速过着线索。

12月31日,徐庆利山顶抛尸。

12月31日,吴细妹报警称曹小军失踪,同日下水道发现部分人体组织。

12月31日,李清福死了。

12月31日,曹小军蹲在楼下吃核桃。

核桃,是李清福的脑袋!

所谓的曹小军吃核桃，实际上是他在杀李清福。

烁烁无意间目睹了整个杀人过程。

"是曹小军，杀了李清福。"虽然早猜到了，但说这话时，孟朝还是激出了一身的鸡皮疙瘩。

"可是，怎么——"童浩结巴了，"他不是已经——"

"我们从来没找到他的尸体，"孟朝又叼起一根烟，"我们以为是徐庆利藏得好，可没想到，嚯，是啊，如果凶杀未曾发生，又哪里来的尸体呢？"

"种种证据——"

"种种证据都证明他死了，血迹、木箱、照片，他只是看上去死了，他只是想让我们以为他死了。"孟朝掸落烟灰，垂着头，并不看向谁。"这局真是越来越大了，"他提起一边嘴角，冷笑，"有种，居然算计到警察头上了。"

童浩合上本子："我们被利用了？"

"对，看来有人想借警察的手，除掉自己的眼中钉。"

薄暮降临，万物昏暗，老街暗沉沉的，不见一个人，也没有一辆车，视线所及，只有低矮破败的屋舍蛰伏在阴影里，静默无声，似一出不怀好意的黑白电影。

"不是徐庆利杀了曹小军——"

孟朝环顾四周，不自觉地压低了声音，像是怕被躲在暗处的人偷听了去。

"而是曹小军布好了局，要杀徐庆利。"

## 35　深渊

　　徐庆利藏在这废弃停车场，转眼已有三五日的光景了。这地方在地下，潮湿阴冷，四壁的白墙脏污，尚留着红色的"严禁烟火"的标语，歪歪扭扭，似鬼画符。细密水珠凝在墙角，生了层层的霉。白日采光全靠通风井，排气扇悬在头顶，因着断了电，早已不再转动，此刻晃晃月光映着，投下扇叶的影。

　　徐庆利掏出捡来的半瓶二锅头，猛灌几口，裹紧棉大衣，跺着脚取暖。嗒嗒嗒的声响，在寂寥空旷的停车场里一圈圈回荡，惊起一两只老鼠，从一处暗影，遁入另一处暗影。

　　自打从孙传海那儿出来以后，他便开着面包车一路乱窜。原本是想跑的，可一面担心警察四处设卡，慌乱之下，自投了罗网；另一面，心里不知为何，总是惦念着曹小军。但凡合上眼皮，眼前就浮现出他满身是血、蜷缩在箱子里的惨象。

　　他徐庆利颠沛流离了大半辈子，也就这么个过命的弟兄，实在是不愿，也不忍，眼睁睁看着他平白无故地死在了异乡，到头来连个尸首都找不见。况且还有吴细妹和曹天保，这孤儿寡母的，少了曹小军，今后的日子可怎么过。念及旧日情分，他更是觉得自己不闻不问地逃走，于情于理，都说不过去。

思来想去，徐庆利打算在琴岛再待段时间。一来避避风头，二来要是能出把力，暗中搜集点儿有用的线索给警方，让真凶落网，看兄弟沉冤得雪，那是最好不过的。

于是他弃了车，换上孙传海的棉大衣，穿过没有监控的小巷，口罩帽子遮着脸，一路走来了这里。

这几日他都是半夜出去翻垃圾桶，找些吃的，今天晚上也是。眼见着凛冬将至，气温骤降，他去捡了些纸壳铺在床上，又翻淘出一条夏天的毛巾被，一齐披在了身上。有个遛狗的姑娘见了他，误以为是流浪汉，送了些旧衣物，又给了些吃食，他千恩万谢地带回来，囤在这临时的家里。

这地方他是熟悉的，几年之前，他刚跟着曹小军干搬家，从老孙头那儿出来，一时间又没租到合适的屋子，为了省钱，就凑了些二手家具，在这地下停车场对付过一阵子。光秃秃的木板床还是当时留下的，没想到几年过去了，仍留在原处，没人动过。一并存下的，还有一张木头桌、一把断了背的椅子。

这块被世人遗忘的荒僻之处，成了他最后的避难所，没有旁人知道。

哦，不对，曹小军也知道。

那时候两人的搬家活计有了些起色，他手头也有了闲钱，便在曹小军家附近租了间平房。搬家那日，小军非要来帮忙，七扭八拐的，跟着他来到了这里，看到自己的兄弟竟长时间住在停车场，曹小军还长吁短叹着，埋怨他有困难不早说，拿自己当外人。他当时还跟曹小军开起了玩笑，说被他发现了自己的秘密基地,以后若是寻不到他时,就来这里,他一准儿在。

昔日两人有说有笑地抱着东西朝外走,可没想到如今,自己又单个儿回来了。

一提起曹小军,徐庆利止不住地叹气。他裹紧衣服,醉醺醺地斜倚在床头,一口口地灌酒。时至今日,他依然想不明白,到底是谁谋划了这一切呢?到底是谁恨他怨他至此,非要他身败名裂、含冤而死呢?

会不会是王成?也许是这孙子气不过,存心要报复?不对啊,事情转眼都过去两年多了,要报仇也不至于忍这么久。再说了,即便当年是他跟曹小军一起揍的他,可罪不至死,王成怎么说也不至于做到如此狠辣的地步。

难道是包家人?是不是他们知道他假死的事情,追到这里来了?那这么一来,岂不是自己害死了曹小军?可也不对,他们做事向来直接,要杀要剐也是单冲他来,万不会兜这么大个圈子。

是不是吴细妹外面有了人,要跟奸夫联手除掉他们兄弟两个?然而他不愿意这样想,思及从前两家人的亲密,回忆起她对他的万般照顾,他断定吴细妹不是那样的人。徐庆利抽了自己个嘴巴,怨自个儿怎么能凭空污人家清白呢。

他翻了个身,望着通风井口露出的点点寒星,又想到了远在家乡的阿爸。十多年了,他始终没敢再回南岭村,不知阿爸身体怎样了。临近年关,他这个月还没来得及给阿爸寄钱,不知他一个孤老头子,又要如何支撑生活……

各种思绪奔腾跳跃,徐庆利只觉得额头炙热,后脑一跳一跳的痛。眼皮一合,手一松,酒瓶子滚落,当啷一声,落在水泥地上。

他打着哈欠伸手去摸,摸到一只手。

床下有人?

登时醒了酒,全身血都凉了,僵在那里。

可再摸,手又没了,冰凉的地面上,只有几颗碎石渣儿。

大概是错觉,都说疑心生暗鬼,徐庆利自我安慰着。许是连日来多重变故,精神太过紧绷,也可能刚才只是场噩梦,喝了这么多酒,不知不觉睡过去,也是说得通的。可无论如何劝解,这酒是再也喝不进去,这觉也是再也睡不安稳了。

他在床上翻来覆去,怎么躺都躺不舒服,干脆爬起来,探出手去,拍亮桌上的小台灯。这充电台灯也是从垃圾箱里捡来的,廉价的蓝色塑料外壳,底座是吐着舌头的哈巴狗,顶部嵌着十来颗小灯泡,一拍就亮。只是用久了难免接触不良,时亮时灭,这大概也是别人丢弃的原因。

然而他却不嫌弃,眼下别人不要的垃圾,到他这里都成了难寻的宝贝。

既然接触不好,那就多拍几下。夜深的时候,眼前勉强有个亮,心里也就有了底,起码知道自己还在人间。

此刻徐庆利一手举灯,一手扳住床沿,抻长脖子,瞪大眼,将脑袋一鼓作气地探到了床底。

黑暗的床底,一双眼睛也正看着他。

手中的小灯,忽闪了两下,灭了。

偌大空旷的地下停车场,一片漆黑,只剩下各怀鬼胎的两个人。

心脏咚咚咚地擂动,他悄步下了床,打后腰摸出刀。随身带刀这一招儿还是小军教他的,说这叫防人之心不可无,没想到今日竟派上了用场。

眼睛一时间无法适应昏黑,他只能屏住呼吸,不敢轻易暴露自己的位置。忽然间,有人从后面蹬了一脚,他一个趔趄,扑倒在地,刚一翻身,那人便欺身压了上来,徐庆利赶忙抵挡,两人扭打作一团。他发现二人力气相当,然而,他多少有些保留,可对方却是处处下了死手。

一阵冷风自面前滑过,他伸手去挡,冰凉铁器划过手掌,转眼皮开肉绽,火辣辣地疼。有什么顺着掌心汩汩地往下淌,滴在脸上。

鼻腔里灌满腥气,他知道见了红,瞬间也发了狠,鼓着腮帮挥刀乱刺,身上的人匆忙躲闪,给了他起身的机会。

没跑两步,又被身后人一个扫堂腿绊倒,他就地一滚,滚入了床底,而那人的刀也一路跟了过来,铛铛铛地直戳在床板上,正费力地向外拔。

徐庆利自床铺那一头悄悄爬出,猫腰立着。眼睛已慢慢适应了光线,借着月色,他分辨着周遭大致的轮廓,可还没来得及寻到那人,只觉得脖子一紧,被人从后面死死锁住了喉咙。那人手臂紧实,肌肉绷起,铁锁般箍住他。挣扎不脱,他只剩下喘息的份儿,眼见着两膝发软,即将瘫倒,徐庆利悲鸣着,反手握刀,不顾一切地朝身后刺去。

刀刃一顿,直插入对方大腿。可那人闷不吭声,手上更是加紧了力气,徐庆利被勒得眼冒金星,翻起了白眼,拔出刀,再次捅进去。那人哼了一声,手上泄了几分气力,紧接着,又铆足了劲扼住他脖颈,憋得他额上青筋直跳。

徐庆利的意识开始渐渐模糊,他知道对方不杀了他誓不罢休，便也不顾一切，咬牙切齿，一次又一次狠扎进去。刀尖刺入肌肉，他在里面使劲转了几个圈，那人终于惨叫一声，松了手。

他瞬间得了自由，跌跌撞撞地往远处跑，在黑暗中疯狂舞着刀。

"短命仔，出来，跟老子面对面打！"

他气喘吁吁，浑身抖个不停，牙齿咯咯打战。

"出来，滚出来！"

声音劈了叉，尖细难听。

"搞堆，出来！"

久久地，地下停车场里只剩下他的怒吼、他的喘息、他的歇斯底里，在风中不断扩散、回荡，直至一缕缕消散。

除此之外，没有一丁点儿声息。

那人似乎逃走了。

徐庆利捂着喉咙，在地上摸索，摸到那只小台灯，拍了几下，亮了。微弱惨淡的白光，只能照亮脚底的一小方水泥地，给予他有限的安全感。

徐庆利端着灯，擎着刀，环望周围的黢黑，一根根承重柱立在那里，那人似乎匿在更阴晦的暗处，恶意窥探，杀机四伏。

他兜着圈，警惕地绕过离他最近的一根柱子，没有人。

他又绕过一根，依旧没有人。

他一根根地盘查过去，全都没有人。

他继续朝外走，四处照着，照见了一小摊血，不知是自己的，还是对方的。徐庆利提起灯，照向周围，看见了一滴滴的血点，圆圆的、小巧的，连成一条逃跑的轨迹，似是沿路绽放的野花。顺着血迹，他寻见了一样东西，就落在停车场向上攀爬的坡道上，在月色中反着光。

他小心蹚过去，弯腰捡起。

那是一部手机，他从未见过的手机。

徐庆利蹭去上面的血，翻来覆去地打量，手不住地抖，却不是因为疼。

这是一部老式手机，没有密码，很容易就开了机，内容一览无余。可里面没有任何秘密，没有任何有价值的线索。没有照片，没有短信，也没有任何社交软件。

直到他翻到了通话记录。

这部手机只打给过两个号码，一次是在几天前的半夜，打给了他，一连四次。

他想起来了，那天晚上，他从睡梦中惊醒，看到这个陌生的号码，挂断了三回。电话第四次才被接通，两人说了许久的话。

他似是明白了什么，左脸的伤疤忽地疼痛起来，钻心剜骨。

另一个号码有些眼熟，他一时想不起来。

但他很快就会知道。

徐庆利拂去手上的血，调整呼吸，回拨了过去。

那边瞬间接了起来："怎么样，成了吗？"

他眼睛一眯，没有回答。

"喂？"那边的声音逐渐急切起来，"喂？喂？说话呀——"

他挂断了电话，垂下手，身体不受控制，在暗夜中打起了摆子。

那是熟人的声音。

那是吴细妹的声音。

## 36　草莽

曹小军挣扎着进了门，转身就瘫坐在了地上。吴细妹赶忙迎上来，看到他一身的血，慌了神："怎么了？"

"没事，受了点儿伤。"他倚着墙，捂着腿，不住地哆嗦，脸上硬挤出个苦笑来，"不打紧，皮外伤。"

吴细妹褪下他的裤子，看见右边大腿上豁出条口子，皮肉外翻，血浸透了衬裤。"这……"她急得红了眼圈，"这怎么办，去医院，得去医院——"

"不能去医院，不能再闹出动静了，"曹小军握住她的手，摇摇头，又缓慢地抬起下巴，冲桌子的方向点了两下，"给我，我自己来。"

吴细妹顺从地递过酒瓶，又塞给他一条旧毛巾。

曹小军吸了口气，反手一倒，刺鼻的白酒汩汩涌出，滑过伤口，滋进皮肉。他咬住毛巾，仍疼得倒抽凉气，身子止不住地打挺。他哆嗦着，后脑一下下地撞着墙壁来分散痛苦，冷汗细密，瞬间蒙住了额头，蜡渣黄的面庞，泛着油光。

反复倒了两三回,伤口麻木,疼痛倒也逐渐减轻。他不知这么处理究竟能不能消毒,可眼下自己能做的,也仅是这样而已。

扯过破布条,一层层地往上缠,扎得实落,紧紧裹住伤口,然而血还在往外沔。

"没事,"他喘着粗气,嘴唇也白了,却还在安慰着她,一下下地轻拍着吴细妹的手,"没事的,别担心,小伤,养两天就好。"

吴细妹蹲在他旁边,嘴一撇就要哭,他赶忙捂住:"嘘,别吵醒天保。"

他们的儿子,体弱多病的曹天保,此刻正沉睡在隔壁的小间里。

两天前,吴细妹按照约定,偷摸带着孩子来到这栋烂尾楼与丈夫会合。

逃亡也是计划中的一部分,为了这一天,他们提前半年便开始寻找落脚处,小心翼翼地将各种起居物品带进来,这是他们临时的落脚点,等赔偿金一下来,他们便远走高飞,远离这里的一切纷扰。

大人的事情自然不便向孩子解释,好在天保也不在乎。他只知道阿爸又回来了,他把亡命之旅当作一场探险,只要身边还有阿爸阿妈,即便是睡在四面透风的毛坯房里,他也觉得很有乐趣。更何况一连几日不用上学,也不必再去医院,每天睁开眼,阿爸阿妈也不去上班,整日陪在身边,这样的日子简直是恩赐。他搂着奥特曼,肉乎乎的小嘴吧嗒着,在梦里咯咯笑出了声。

吴细妹摩挲着他的面颊,又替他掖了掖被角,这才重新走到外间,帮曹小军擦洗腿上的血。她忽地想起什么:"你怎么打了电话又不出声？"

曹小军愣住，上下摸索着，却并没有找到那只旧手机，吓得脸色煞白。

吴细妹也愣住，手定在半空。

"你接了？"他颤声问道，抱着最后一丝希望。

"嗯，"她咬着嘴，低下头去，"我以为是你，我以为你出了什么事情——"

曹小军垮下肩膀，两手捂住脸，瓮声瓮气："他知道了，听见你声音，他肯定知道了，这里待不得了，待不得了，得赶紧走，赶紧走——"他忽地露出脸来，望向吴细妹："你那边呢？保险走得还顺利？"

吴细妹摇摇头，面庞垂得更低。"他们也许是知道了什么，我今天去的时候，保险公司那边也不肯给个痛快，来来回回只拿话拖延着，怕是报了警，我一害怕，就跑了——"她蓦地仰起脸看他，"小军，接下来咱怎么办？要是警察也怀疑了——"

"下一步……"他思忖着，迟迟没有下文。

计划全乱了。

他不知道这个假倪向东一步步地接近他，到底是出于什么目的，他只知道，只要这人还活着，他们一家三口就永无安生之日。这个来历不明的男人，是悬在头顶的刀，是身后不散的鬼，是死去的、真正的倪向东的报复与诅咒，让他们余生的每一天都在忐忑与寒战中度过，随时担心那个尘封了十多年的秘密大白于天下。

眼见着天保一日日地长大，若有一天，若他知道自己一直叫阿爸的这个男人，竟是杀父仇人，那……

他不敢去想，吴细妹是他的妻，曹天保是他的儿，就算独自堕入地狱，他也要护他们娘俩周全。

原本是可以斩草除根的，就差一点儿，如果他那时没有迟疑，如果他下手再狠一点儿，然而……

"不管了，只怕警察起了疑心，先逃吧，逃去外地，"他看着吴细妹，"钱的事，你别操心，我来想办法，你只管收拾东西，捡要紧的拿。后天，不，大后天半夜就走，离开这里，换个地方，隐姓埋名，重新开始。"

她看着他，嘴唇翕动，涌到口边的话，又吞了回去，只生出一个字来："嗯。"

似是回应，似是叹息。

她忽然想起他还没吃饭，现在受了伤，肯定又冷又虚。吴细妹转过头，四下寻摸，想给他煮点儿吃的，可这临时的屋子比不得家里，找来找去，只翻出半袋子挂面。

支起小锅，架起柴火，又倒上塑料桶里所有的水。

这个地方是没水没电的，这点儿存货还是她今天傍晚偷着去工地旁的水洼里，用绳子拴上小桶，一点点打上来的。

咕嘟咕嘟，锅里的水滚开，氤氲雾气，蒙住了她的眼。

身后小军的声音弱了下去，她赶忙去查看，好在心口还有起伏，大概只是太过疲惫，睡了过去。她蹑手蹑脚，在他脑后垫上枕头，又抱过床毯子，轻轻盖在他身上。等再回来时，才发现锅里的面已经泡囊[1]，细软膨大，一捞就断。她端着碗往里搛，但怎么也夹不起来，夹一根，断一根，再夹，再断。

---

1 方言，泡浮肿了、变大了。——编者注

239

眼看着本就不多的挂面烂成了一锅糊糊，吴细妹越来越急，脸上湿乎乎的，忙抬起膀子去蹭，可一揩才知道，那并非汗水，而是自己的两行泪。

泪止不住地流，落进锅子里。

远方响起几声爆竹，在静夜之中，突如其来地炸裂。

临近小年，总有那管不住的人，趁着半夜，趁着酒兴，跑出去摸着黑放鞭炮。

吴细妹正倾着锅往碗里倒，被这声响一吓，手一哆嗦，整只锅子掀翻在地，面条汤像是灵动的蛇，蜿蜒四散。她忙慌用手去拢，汁水滚烫，指尖灼得通红，她吃了痛，手一松，面汤又四下散开，怎么都捧不住。

曹小军醒了，靠着墙，看着她跪在那里，徒劳地掬着地上的水，满面悲戚。

他悄悄靠过去，静静站在她身后。

"怎么，我怎么——"她回头看他，脸上撑起一个笑，可这笑里含着悲，掺着泪，"你瞧我笨手笨脚的，连这点儿小事都做不好——"

曹小军没有说话，从背后环住她，满是血的手，抚过她蓬乱的额发。

"小军，我——"

"有我呢，没事的，"他下巴抵住她后脑，轻声哄着，"就算天塌下来，也有我顶着呢，不会有事的，我保证，你不会有事的。"

吴细妹转过身，缩进他怀里，拼了命地摇头，压低了嗓子悲鸣："小军，我也想做好人，我也想过普通人的日子，为什么,为什么老天爷就不肯放过我?我到底造了什么孽,要去杀人换命?"

她发狠地咬着手背,不敢哭出声音,瘦削的身子打着战。

"怎么就,"她抽噎着,"怎么就走到了这一步?"

曹小军没有说话,搂紧她,木然地望着墙上的影。

打翻的夜灯,将二人的身影,投在对面的灰墙上,照射得巨大。

紧拥的二人,相互缠绕、融为一体的黑影,硕大、扭曲,恰似面部不清的怪物。

即便没有镜子,他也能想象到自己此刻的样子,头发灰白,满面垢土,一双中年人的眼睛,血丝密布,倦怠漠然。

他听着吴细妹的哀号,却也在心底不停地问自己:

好好的一辈子,怎么就沦落到这一步了呢?

## 37　疯狗（一）

第一次被人叫疯狗的时候，他只有十二岁。

打不过那个高壮的男人，便死死咬住他的手臂不肯松口。血顺着嘴角往下淌，男人一拳一拳猛击他的头，他丝毫不让，十指抠住皮肉，牙齿紧叩，铆足了力气，咬合、撕扯，像一头绝望疯狂的幼兽。

最后还是男人告了饶，崩碎了成年人的尊严，捂着伤口，丢盔弃甲地逃走。

他跌在地上，冲着男人的背影狠啐了一口，然后捡起掉在一旁的烙饼，一点一点地，揪去上面沾染的土。

他这才注意到，不远处还站着个看客，另一个少年，高一些、瘦一些，看脸也比他年长几岁。他认出来，那是附近的混混儿头子。他看着他朝自己走来，身后跟着另外两个男孩，个个比他强壮。

那少年停在他面前，伸出手，却也并不开口，一双细长眼，似眯非眯，薄片子嘴，似笑非笑。

他把饼藏到身后,微微地抖。

"给我。"

他昂起头,一双大眼睛,直愣愣地瞪向那人。

"我说,"少年勾勾手指,"给我。"

"这个饼,"他咽下唾沫,声音干涩,"是买给阿公的。"

"原来你会说话啊,"少年忽地笑了,"我还以为你是个哑巴。"

他一笑,眉也跟着跳,左边有道刚结痂的疤。

"走吧,逗你的,谁会要你张破饼。"

他松了口气,揣着饼,扭头便走,没两步,又住了脚回头张望,见少年一伙儿还盯着自己,便撒开丫子不管不顾地飞奔起来。

身后响起哄笑,这笑里带着牙,追着他咬,他吓得越跑越快。

"东哥,他扯谎哦。"及他跑远,倪向东身旁的男孩讨好似的告状,"那个饼是他偷的,我看见了,所以店主才揍他。"

"连着好几天了,就尽着一家偷,"另一个男孩哧哧笑起来,"这个半脑,不挨揍才怪。"

"我还听人说,他阿公前几日死掉了,所以给阿公也是扯,死人怎么会吃烙饼呢。"

倪向东垂着头,听着二人瞎侃,一手抄兜,一手灵活地转着把折叠刀。

"他是谁?"问得漫不经心。

"哑巴曹啊,"男孩眨眨眼,"别招他,别看年纪小,下手可黑,把自己娄弟眼睛戳瞎了一只,他阿爸当时差点儿没打死他。"

"怎么?"倪向东起了兴致,"为了什么,这么狠?"

"不知道,反正他是个疯子,招惹不得,"男孩撇撇嘴,"我只知道,打坏了阿弟以后,他阿爸就不要他了,把他赶出家门,他之后就跟着阿公住在城郊——"

"你刚说他阿公死了?"倪向东手里的刀停止转动,抬起头来,眯着眼,"那他现在跟谁住?"

黄昏的时候,几人寻到了他家。

自建的砖土房,不合群一般,远离附近的房屋,孤零零地落在荒野,与周遭成堆的垃圾做伴。没有开灯,大敞着门,他坐在门槛上,膝上摊着几张白纸,正借着余晖笨拙地剪着什么。见他们来了,他握住剪刀,站起身来。

倪向东没有理他,径直迈过门槛,踏进屋去。黑洞洞的,弥漫着浓烈的腐臭,帐子里隐约有个人形,直挺挺地躺在那儿,十来只蝇虫围着,嗡嗡飞舞。旁边桌上摞着几张烙饼,上面插着根香,祭奠一般。

倪向东飞速朝帐中张了一眼,心里也暗自打鼓。

这是他第一次见死人,明知他阿公已经驾鹤西游,如今躺在那里的,不过是块不痛不痒的肉,可心底还是怕,不敢挑起帘子细看,就连走近了,都蓦地感到一股子阴冷。

难不成这"小哑巴"过去几天都跟尸体住一块儿?也不知他是怎么挨过来的。

他退出来,看着他,他也昂头瞪他。

倪向东这才注意到,他手里抓着张剪了一半的纸衣。

按照当地风俗,家有亲人去世,需得寻几位"三父公"来做斋，为逝者作法祈福。"三父公"还会为亡者准备些纸屋、纸衣、纸鞋与纸帽，以便往生者在另一个世界使用，如今他自己剪裁，想必是没有钱去张罗。

"跟你阿爸讲了吗？"倪向东问，"你阿公没了，他不管吗？"

哑巴曹瞪着眼，不说话。

"再不下葬就烂了，"倪向东皱皱鼻子，"天开始热了，你自己闻哦。"

哑巴曹攥紧剪子，依旧没有开口。

"喂，听到没？东哥跟你讲话，说你阿公要烂了——"

喽啰后面的调侃，被倪向东一眼瞪回了肚子里，他手撑膝盖，矮下头来，视线与哑巴曹平齐，盯着他的眼。

不知为何，这野孩子的眼睛，总让他觉得熟识已久。

"饼给阿公了，你吃什么？"

"阿公吃完我再吃。"哑巴终于开了口，只是这回答依旧让人摸不着头脑。

倪向东点点头，冲着自己身后的两人摊开手掌："身上有钱没，借来用用。"

"东哥，我也没钱——"

混混儿忙捂住口袋，却被他一脚蹬出好远。

"鸡杂，别给脸不要，"他又转起了刀，脸上仍挂着笑，"我说钱，借我用用。"

那喽啰磨磨叽叽，不情不愿地掏着几张，正要点数儿，被倪向东一把抢走，接着倪向东斜眼乜向另一个混混儿："你也要我亲自动手吗？"

那人着了慌，摸出一大把纸钞，连着津津的汗，一并奉在他手上。

倪向东低头数着，咂咂嘴，又翻掏着自己口袋，抽出几张大的，拢到一起，皱皱巴巴凑了一小撂，塞进哑巴曹手里："给你阿公找几个人做斋，早点儿葬了吧。"

哑巴曹愣在那儿，虚握着钱，也不道谢，也不拒绝，就那么戳着，许久，慢慢红了眼圈。

倪向东最烦人哭唧唧，当即扭头领着手下离开，等走远了再回头，发现哑巴曹还待在原地，一双黑眼睛，愣愣地望向他。

这目光让他怜悯，也让他害怕。

后来的几天，他没有再看到他去偷饼，也没有再见过他。

直到七天后，在那个灰青色的傍晚，天上落着毛毛雨。他正跟麦仔吹牛聊天，一偏头，看见哑巴曹立在对面巷口，隔着一条街，遥遥望着他。

没有打招呼，也没有表情，只是望着。

自那以后，他每天都会见到他。他总是远远跟在后面，静默无声，就像是他的影。

这哑巴曹虽说也有十来岁了，但长期吃不饱饭，生得又瘦又小，力气也比同龄人弱得多，没人愿意带他玩。再者，倪向东当时的小团体也已有四五个人，大家年纪相当，又都是一条道上混的，因而没人拿这小屁孩当回事。

只是他总死皮赖脸地跟在他们后面，他们停，他也停，他们走，他也走。

于是，这群无聊的少年们发明了一种新游戏，甩掉哑巴曹。

每当他又出现，他们便飞速跨上偷来的摩托，号叫着，大笑着，油门轰响，一路狂奔，看他跟在后面追，气喘吁吁，直到力气耗尽，直到脚步虚浮，独个儿落在后面，呼哧呼哧地喘气。每一场追逐都以他的惨败收尾，他总是只身站在那儿，看着他们成群结队，一点点远去。

然而，他从来没有半句讨好，从来没开口求饶，没喊过一次"等等我"。

"他好像条狗哦。"那日，他们照旧甩开他，一个混混儿看他扑倒在地上，放肆大笑，"蠢狗才这么追车，怎么跑得过呢，真是的，狗一样。"

倪向东笑笑，打反光镜里看着他趴在地上的影子，愈来愈小，那双瞪着他的眼睛，也渐渐消失不见。

他脸上的笑僵住了，忽地记起了什么。

是的，想起来了，那种熟悉的感觉，他回忆起那双眼睛，究竟在哪里见过。

他孤独的童年里第一个朋友，一条姜黄色的小土狗。

胆小怕人，只是跟他亲近，在他贫瘠寡淡的年幼时光，他俩是最好的玩伴，一同田间奔跑、溪中摸鱼、椰树林里捉迷藏。只是后来，他长大了，他结交了新的朋友，同类的朋友，为了彰显自己的胆气与残忍，在旁人的怂恿下，他亲手宰了那条狗，与众人分食。

他还记得那天，他唤它的名字，它自草垛后面飞奔而来。它头上沾着稻草，它摇动着尾巴，笑着奔过来，不知他身后藏着把刀。

它要是知道，还会奔向他吗？

那么哑巴曹呢？

你是来报恩，还是来报仇？

都说锅仔凉凉大家搬,锅仔烫烫众人散[1],因利而聚的,也终会因利而散。过了没多久,镇上来了更厉害的角色,倪向东被轰下了台,那些曾唯他马首是瞻的人,如今又去哄了别人,一夜之间,他沦落为孤家寡人。

因此,当他在台球厅偷了东西被抓包,昔日的弟兄只是挂着球杆,笑着观望。那成年男子将他提溜出台球厅,扔在大街上,按在地上揍,他蜷缩着护住头,全无还手之力。忽地,一个黑影冲了上来,用头撞向那男子的肚子,男人趔趄了几步,却很快站定身体,一伸手,将他大力推开。

哑巴曹又一次冲上去,咬那人的手。

男人怒吼一声,掐住他脖子,一拳捣过去,直击鼻梁。

哑巴曹捂住鼻子,蹲在地上,血不住地涌,男人飞起一脚,正踹在脸上,他身子一歪,扑在地上,一个白色的小东西跟着飞了出去,他的牙。

男人刚要抬腿,倪向东掏出刀,扎中后背,趁他吃痛惨叫,倪向东抓起曹小军的腕子,拽着就跑。

二人一直跑,没命地跑,跑过市场,穿过小巷,翻过几个围栏,在一处野海附近停了下来。

倪向东停了脚,也松开了手,捂着腰喘粗气。

海风拂乱额发,曹小军脸上的血已经干了,硬邦邦的,糊了一脸。

他识趣地转身便走,肩膀有些歪斜,一瘸一瘸的,赤着只脚——跑的时候,他摔掉了一只鞋。

---

[1] 方言,指所谓的朋友在有利可图时相处得很好,在有困难时一哄而散。——编者注

"喂，小孩——"

哑巴曹茫然回头。

"你以后跟我混吧，我教你怎么使刀，"倪向东也是一身伤，却还硬撑着笑，"别再用牙了，啧，没剩几颗了。"

他愣住，低头绞着汗衫。

"你叫什么？哑巴曹可不算人名。"

他没有回答，拧身走向远处，就在倪向东以为他不会回来时，他再次出现，手里捏着条树杈。

"曹小君。"他蹲在沙滩上，用树杈写给他看，"阿公教我写的，他说这个字念君，君子的君。"

"哪有咬人的君子哟。"倪向东打趣他，他也跟着笑。

"莫笑啦，猴子脸一样。"

他又怔住了，迟疑着，不知这是不是句玩笑。

可见倪向东自己还在笑，于是他也绷不住，跟着笑，这笑融化开来，流进眼里，眼睛闪着星，亮晶晶的。

倪向东心里一动，又想起那条暖乎乎臭烘烘的小狗，他也曾给它取过一个名字，大黄。给了名字，仿佛便多了层比起旁人，更为亲密的联结。想了想，他夺过曹小军手里的树杈，在沙滩上唰唰写起来。

"叫这个吧，"他指着沙上的字，"更适合你。"

曹小军低头望着，大眼睛忽闪忽闪，然后点点头，继续笑，笑得露出牙龈，露出刚被打掉的那颗牙齿的空洞。

倪向东起身，抖落腿上的沙砾，冲他招手。

"走，小军。"

他欢喜地跟了上去，追着他的背影，二人一前一后，像极了当年。

## 38　疯狗（二）

有人生来只为成全别人，到死都是件陪衬。对于这一点，曹小军深信不疑。

他将自己的人生裁成边角料，只为给倪向东凑出个完整。他倔，他便灵动；他狠，他便慈悲；他扮着金刚怒目，那倪向东才有资格在外人面前，演出个菩萨低眉。

他活成了他的反衬，他的注脚，他欲扬之前的先抑。男人的艳羡，女人的赞美，种种风光无限皆是献给倪向东的，他永远是倪身后的一个无言的影，无人瞩目，无人在乎。

但那又如何，他心甘情愿。

过去的五六年，他与倪向东相依为命，好得合穿一个裤筒。没别的本事，一路坑蒙拐骗，兜兜转转，来到了定安县。日子一天天过去，他竟也一日日强壮，转眼成了十六七岁的少年。依旧寡言，哑得像头牛，那些未出口的话语，变成了满身的力气、紧绷的筋肉，如今一记拳头，也能给对面的混混儿打出个人仰马翻。

倪向东脑子活，善使刀；他木讷，肯豁命。二人一柔一刚，一明一暗，靠着好勇斗狠，渐渐也在当地混出了些名堂，招揽了不少毛头小子。

倪向东自然是有了新的朋友，新的小弟，享受着新的威信与簇拥，而曹小军的习惯还停留在当年，闷头独坐在角落，只身一人，远远观望他人的热闹。

人人都笑他，笑他是倪向东身边的一条狗，一个哑巴打手，他全不在乎。

是狗又怎样？阿公说过，养鸟鸟溜飞，养狗狗摇尾[1]。有些人像鸟，没心肝的东西，但凡笼子一开，便头也不回地飞回山林；而有的人像狗，忠心、赤诚，一日为友，便是永远鞍前马后。

他像狗又怎样？照心做人错不远[2]，这道儿上混的，不就讲究仗义二字吗？

因而每逢团伙里出了事、翻了船，他总让倪向东带其他人先跑，自己留下来收拾残局。即便人被抓去里面，也并不多说一句。卖友求荣的事情，他曹小军不屑去干，种种罪名，一并承担。

也不是没听过风言风语，常有人说，倪向东吃定他憨傻，闯出祸来要他背锅。只是他不信那些挑拨，他不肯怀疑他，只当二人是分工不同。出来闯，总有人要做出牺牲。既然他曹小军的手已经脏了，那干脆堕到底，成全倪向东个清白无辜。

他笃定，倪向东不会弃他于不顾。

每次打里面出来，倪总是带着吃的，笑盈盈候在门口，为他接风洗尘。有时是千孔糕，有时是糯米粑，有时是珍袋，有时是粿子，他捎什么，他便吃什么。

---

[1] 方言，用于劝人别做无益的事情，而要做一些对自己有益的事情。——编者注
[2] 方言，做任何事都要对得起自己的良心。——编者注

二人蹲在街边，也并不多客套。倪向东不住地打量，只嚷他瘦了，将吃的一股脑儿塞他手里。曹小军腼腆笑着，一边狼吞虎咽，一边也就忘了诸多愁苦。

　　他只想有个伴，而他已经有了伴，他该知足。

　　他坚信二人会是一辈子的弟兄，哪怕刀砍、火烧、油锅翻炸，他曹小军也敢拍着胸脯子保证，不会有丝毫变动。

　　直到他遇见了她。

　　那晚夜市灯火下，吴细妹不敢抬头，一小捧汗津津的槟榔，抖抖地擎在半空。

　　曹小军一阵惶乱，怯懦地退后。天不怕地不怕的他，生平第一次有了不敢直视的对手。

　　三人玩到了一起，日渐熟稔。冰霜般的曹小军融成了一汪春水，一流就流向了吴细妹，但他知道，他流不进她心底，他与她之间，始终隔着个倪向东。他从未跟东子争过什么，然而这一次，他忽地希望赢的能是自己。

　　倪向东自然明白他的心意，二人约定，一切交由细妹自己去选。两人将喝了一半的酒同时递给她，她接过谁的，便是谁的爱人。

　　曹小军举起酒杯，抖得恍若那晚的吴细妹。无数个声音在呐喊，向上苍祈求，他只要赢这一回，往后余生，他什么都可以，也愿意输给倪向东。他目光灼灼地望向她，而她并不看他，她看着东子，伸手接过倪向东的杯，将里面的酒一饮而尽。

　　尘埃落定，吴细妹到底是选了倪向东。

　　曹小军戳在那里，手里还举着杯，像是开了个不得体的玩笑，自己羞辱了自己。他早该知道的，风光体面的，永远是东子，东子赢了他无数回，今后也会永远赢下去。

小军自顾自地饮了杯中酒，趁着醉意，红了面庞，红了眼眶。

吴细妹很快搬了进来，三人挤在同一间屋檐下。曹小军越发小心谨慎，他知道倪向东的敏感多疑。话少说，事多做，出钱又出力，生怕哪日惹怒了东子，将他逐了出去，便一下失掉两个最在意的人。他一点点地冷下心来，踏踏实实演绎起命定的角色，是言听计从的小弟，是忠心耿耿的跟班，是琴瑟和谐的旁观者，自此再无非分之想。

倪向东与吴细妹也确实好过一阵子，有两三年的光景。可他终归是散漫惯了的，一个温顺的女子，不足以让他终生停泊。他开始背着吴细妹鬼混，四处吊膀子，可她全不知情，甘愿为他连失几个孩子。

曹小军夹在中间，左右为难，他心疼细妹，却又不得不做东子的幌子和说客，处处为他打着掩护。然而，即便他不言说，纸终究包不住火，吴细妹察觉出了不对头，常与倪向东吵闹起来，倪向东越发地厌倦，常寻个由头，一夜夜的不回来，后来，干脆连白日也不显个人影。

再后来，吴细妹换去了城郊的橡胶厂上班，倪向东也懒得折腾，一日日的全让小军帮着接送。曹小军嘴上叫苦，心底却有几分雀跃。他骑着摩托，她坐他身后，环他的腰，他故意往不平的坑道上走。路一颠，她抱他的手便紧一分。

不认识的路人以为他俩是情侣，吴细妹厂里的工友，也时常开二人的玩笑，小军面上让他们不要乱讲，其实这些误解激起了他某种幻想。

如果没有倪向东，是不是他们就会在一起？如果她肚里的娃仔是他的，那该有多么欢喜？他求之不得的感情，东子为何不知珍惜？

　　她堕第三个孩子那日，也是他陪着去的。吴细妹不让他跟进去，他只得蹲在路边，一支接一支地抽闷烟，想象她躺在那里的孤苦无依。

　　回去路上，他听着她的抽噎，脸上也挂了泪，可他没有安慰的资格，唯一能做的，只是陪她痛哭一路。

　　待到回家，停了车，风早已吹干他面上的泪，曹小军又不动声色起来。他沉下脸，伸出一只手，扶她打摩托后座一点点地往下挪。他看她捂住小腹，看她面色青白，看她站在崩溃边缘摇摇欲坠，千言万语涌到嘴边，却只憋出不冷不热的两个字："慢点。"

　　他以为吴细妹总有一日会想通，可东子几句甜言蜜语，就又将她重新拴牢。

　　两个人的关系里，哪容得他第三者插嘴。

　　他早已习惯了牺牲，习惯了成全，因着看透了吴细妹的离不开，便也默许了东子的睁眼扯谎，甚至还替他从中弥缝调和。倪向东兜住他膀子，赞他是好兄弟，可曹小军心底苦笑，他知道自己是为了她，他愿她幸福，哪怕这幸福不是他给的，只要她舒心就行，他愿哄着她，陪她一起等倪向东的回心转意。

　　直到那个傍晚，他提着棍子冲进屋去，意外撞见她的痛哭，才知道原来她只是假装幸福，自己也只是假装不在乎。

　　二人立在院子里，许久不开口。

　　黄昏映在她脸上，她含着烟，面颊尚挂着泪痕。

他知道她想要这个孩子，而东子不想。

一时冲动，一时恍惚，一时上了头，他夺走她嘴边的烟，盯着她的眼，说出了那句话。

"生下来，我养。"

他面皮发烫，腿哆嗦得厉害，等待着她的发落。只要她一句话，他自会去跟东子解释，他帮了他那么多，东子想必也不会为难。在那一瞬，他想了很多很多，如何给她一个名分，如何寻一份正经工作，如何养大东子的孩子……

然而，吴细妹什么都没有说。

吴细妹只是睃了他一眼，匆匆起身，轻轻地，合上屋门。

留他独自站在那儿，嘴里含着没说完的另一半话，不知道讲给谁听。

曹小军坐回门槛上，盯着头顶那一小方天空发愣。手里还捏着吴细妹的那根烟，支到嘴边，却忘了抽。烟兀自燃烧，猩红的一点亮，转眼埋在了灰烬里。

天一寸寸暗下去，直暗进他的眼底。

无星无月的无边夜色，化作一圈泪，摇摇晃晃，不肯落下来。

## 39　疯狗（三）

吴细妹开始躲他。他进屋她便走，他说话她偏头，他买来吃食想要弥合关系，她便推说不饿，早早上了床，放下花布帘子，将他一人隔在房间的另一端。尴尬亘在二人之间，但曹小军很快便无心顾及这些，因为几天之后，东子似是惹上了什么不得了的事端，行迹越发诡异离奇起来。

他还记得那天晚上，月色如水，却闷热无比，他正在竹榻上辗转，挥手驱赶着蚊虫，忽听得院外咚的一声，像是什么撞到了门板，紧接着，嘚嘚嘚，急切的敲门声。

帘子另一侧很快有了动静，吴细妹披衣下床，趿拉着拖鞋迎了出去。

东子回来了，立在院中，遍身烟酒气。手里提着只黑皮包，鼓鼓囊囊。

这只包出门时原没有的。

吴细妹摸着他身上凉冰滑腻的，只当是喝多了，在哪里落了水，及着开了灯，才发现并非水渍，却是血泥。出门时只知他是要去大排档喝酒，不知后来又招惹了谁。

"怎么了？"

倪向东并不回答，猩红着两只眼，呼哧呼哧地笑，身子亢奋地颤动，不停打摆子。吴细妹慌忙闩门、打水、唤他冲凉，自己扭头便寻了处角落，烧掉那些不洁净的衣裳。

待洗完之后，倪向东似是自梦里清醒过来，蹲坐在地上，裹着毯子不开口，郁热的室内，他冷得牙齿咯咯颤。

曹小军第一次见东子吓成这样，低声询问，却也没问出什么。吴细妹端过热茶，东子也不接，没看见一般，只顾攥紧被角，勾着眼瞅住地上影子，不住哆嗦。

第二天，曹小军有心在街上打探，可没人知道，那晚倪向东似是一人去喝的酒。又过了几日，街头巷尾慢慢传开了，说是前阵子一个姓包的被人捅死在荒郊。曹小军听完心底一惊，可又觉得无凭无据，不该瞎怀疑。

一来，东子与这包德盛并不认识，无冤无仇，为何杀他呢？更何况，他跟东子二人以前虽也小偷小摸，却从来没干过伤人性命的事。这杀人和打架可不一样，真到了要人性命的时刻，一般人下不去那个手。

但，他转念又想到了那只从未见过的皮包，想起那堆溢出来的、染血的钱，心底咯噔一下。

他朝前挪了几步，更仔细地探听。

其中一人说，警察正在一一排查附近的混混儿，另一人说，可惜后半夜落了场急雨，现场脚印和指纹都给冲了个干净，没什么可靠的线索，这案子无头无绪，想侦破，难。

不知为何，听到这里，曹小军心里当下安稳了许多。虽也可怜那姓包的横死，但又庆幸自己的兄弟命大，到底还没有被逼到绝境。

当天晚上，他本想寻个由头探话，可东子依旧魂不守舍，不住盯着窗口向外窥探。吃着吃着饭，他会不自觉地停住筷，竖起耳朵，去听门外的动静。深夜更不必说，他半夜起来放水，看院子里有人影晃动，定睛一瞧，原是东子叼着烟，正一圈圈地绕，边踱边叹气，脚下满是烟蒂。

吴细妹也跟着遭罪，白天要干活儿，晚上也睡不好，若有谁忽地敲门，她瞬间挺直腰背，比东子还要慌张。连日来，巷子里的任何风吹草动都让她惶乱难安，眼见着一日比一日地憔悴瘦削。

曹小军忧闷起来，想了许多，甚至想过如果警察找上门来，大不了他替东子去认了这桩罪。再怎么说，细妹肚里有东子的崽，孩子落地不能没有阿爸，而他孑了一人，无牵无挂。只要东子今后能收心，能安生跟细妹过好日子，他这也不算白白断送性命。

然而，又过了几日，外面传来风声，说是凶手锁定了，是个姓徐的，早已跑路，包家人正追呢。

曹小军听完喜上眉梢，少有地走过去跟人搭话，探问着个中细节。只听那人说起包德盛与这徐姓男子在酒局上的争端，又分析二人可能是因夺妻引发的情杀。一圈人讲来讲去，越发有鼻子有眼，曹小军这才彻底放下心来，他又有了理由去相信，自己的弟兄到底不是个太坏的人。

至于那笔来历不明的钱……

他不愿去细想。

倪向东听了这消息也活泛起来,当即喊饿,吃了细妹给做的两大碗米粉,重新梳头刮脸,要她翻找出那包钱,抽了一把揣进裤兜,大摇大摆地出门,一夜未归。

曹小军和吴细妹以为,东子的放浪总归有个时限,以前也散漫,但终没有做得太过火。他们各自忖着,等这笔钱花完,也许他会重新安顿下来。可万没想到,未来的几个月里,东子做事越发过分,交往的人也越发凶险,时常带着血回来。

曹小军苦口劝说,讲二人年纪也不小了,玩也玩够了,总该寻个营生,许细妹一个安稳,倪向东只是衔着烟,不住点头,眼里却是不屑。后来,倪向东与他渐渐疏远,最近在做什么,跟什么人亲近,并不多谈,只是面上还敷衍着,偶尔开个玩笑,吹个小牛,闲扯几句,匆匆便走。

再后来,二人街头碰着,也只装作不认识。曹小军看着倪向东带着一众陌生男女,吆五喝六地招摇过市,或是骑着摩托边飙边叫,张狂放浪,惹得行人仓皇躲避。

他明白,他跟东子到底是选了不同的道儿。

倪向东逐渐不对头起来。时而精神亢奋,几日几夜的不睡,大叫大笑,打砸家中物什;时而又萎靡不振,十叫九不应,蒙头睡个天昏地暗。

曹小军猜想,他可能沾染了不该沾的东西,已经回不了头。

倪向东开始花钱如流水。虽然以前也好面子,但从没有如今这般挥霍。钱花光了,就觍着脸来问曹小军要,问吴细妹要,后来,便去外面借,借小弟,借熟人,借高利贷。再后来,他大概寻到了另一种挣钱的营生,不仅一夜还清了所有赌债,还登时穿金戴银,公开养了许多个相好。

东子变了，不再意气风发，而是形容枯槁，脸色青黄。他的精神也越发不稳定，满嘴疯话，喜怒无常，有时街头路人一个眼神，便会招致他一顿拳脚。

曹小军知道，那个熟悉的东子消失了，眼前这个男人，是沾过血的兽类，再也回不到曾经的轨道。他也知道吴细妹没有打掉那个崽，可孩子不能降临在这样的家庭，他总得想一个法子，总得在倪向东暴起的那刻，护细妹一个周全。然而，在他想出法子之前，噩梦先一步发生了。

那晚两点多，倪向东刚刚睡下，电话便响了。他背着人嘀咕了几句，便眉头紧锁，翻身穿衣，赤着脚满屋子找钱。眼见他又要出去，吴细妹似有预感一般，起身拦他，死活不让他出门。倪向东邪火攻心，一把将她推开，正撞翻餐桌，吴细妹捂住肚子在地上呻吟，倪向东这才发现，她肚皮竟又大了起来。

"怎么回事，不是让你找陈伯搞掉？"他咬着牙，"为什么不去？你什么意思？"

"我想要这个孩子，"吴细妹趴在地上，"东子，这可能是我们最后一个孩子了，陈伯说——"

他飞起一脚，踹向她的肚皮："靠，骗我！你们一个个的都骗我！"

吴细妹尖叫着，蜷缩成一团，护住小腹。倪向东仍不解气，努着腮，一脚连着一脚，曹小军忽地冲了过来。他将他一头撞开，就像当年为了他，冲向那个男人一样。

只是他们都知道，如今角色换了。

倪向东趔趄着退后几步，愣住，瞪大了眼："小军，你什么意思？"

"我，我……"他本就嘴拙，更何况，他也不知道自己究竟想干什么。

倪向东看看红着脸的曹小军，又瞧瞧卧在地上哭的吴细妹，眼睛一眯。

"懂了，懂了，我一日日在外面奔波赚钱，你俩在家里瞎搞是吗？"他歪嘴一笑，左眉上的疤也跟着跳，"孩子是你的吧？"

"不是！"曹小军也火了，"咱俩兄弟一场，你这样想我？"

"兄弟？你当我是兄弟还惦记我女人？别以为我不知道你那点儿小心思！"倪向东涨紫脸庞，咆哮着，"我说你怎么不寻婆娘，原来你喜欢搞破鞋——"

"你莫这样讲！"

"我就讲，她跟我前就不是什么好货了，你知道她的过去吗？你知道她以前嫁过人吗？"

吴细妹停止了哭泣，惊恐地注视着倪向东。因为信任，她袒露了心底最晦暗的秘密，可没想到那份坦诚，今日竟变成射向自己的毒箭，直刺心窝。

"我实话告诉你，上过她的男人数不清，别以为你多特殊，你不过是个嫖客！"

她望着他，看他的嘴一张一合，那曾经许下山盟海誓的嘴，如今却又如此伤她。

这番话是什么意思？是气话，还是真心？

那他俩这些年又算什么？她在他心里算什么？

一个消遣？一个用人？一个不花钱的妓？

倪向东对吴细妹的悲愤毫无察觉，仍一个劲儿地挑衅着曹小军:"姓曹的,你就是我身边一条狗,对了,母狗配你,刚好——"

话没说完,曹小军便冲了上去。二人厮打成一团,锅碗瓢盆尽数摔在地上。曹小军终究下不了狠手,转眼被倪向东按在身下,倪向东伸手就要去摸刀。

"老子手上沾过血,早晚挨枪子儿,不多你一个——"

可倪向东顿了一下,脸色突变,下一秒便捂住腰,哀号着滚落。

曹小军看见吴细妹站在那里,两手攥刀,刀尖上染着血。她瑟瑟发抖,忽地回过神来。哐当一声,刀扔到地上,她扑过去扶他:"东子,没事吧,我不是故意的,我——"

倪向东一脚将她踹翻,反手卡住她脖子。吴细妹涨红了脸,两脚乱蹬,纤细的胳膊在半空中乱舞。

"干,狗男女!"倪向东俯下身子,使出全身力气,"杀了你,再杀了他,老子没在怕的!搞我,让你俩合伙搞我!干!"

"小军——"她的声音断断续续,"小军……救我……"

曹小军愣在那儿。

眼前互相厮杀的是他最爱的两个人,他从来没想过,自己有一日竟要做出这样的选择。

狂怒的男人还在咆哮,女人的声音却渐渐弱下去,只剩两条腿一下一下地蹬地。

泪升起来,眼前开始模糊,曹小军忽地回到了十多年前的那个夏天。

少年站在海边,笑着冲他招手:"走,小军。"

他们相依为命,他给了他许多照拂,他教他如何使刀。

少年说，心要硬，不要犹豫，胆小的那个必输。

曹小军恍惚着，拔出刀，踉跄着走向那个男人。

少年说，用刀，得狠，一进一出，干脆利落。

曹小军举起刀，大力刺入男人的背，眼前的男人，惊恐地回头。

少年说，既然动了刀，那便做绝，不要给对手反扑的机会。

曹小军按照少年的教导，扳过男人的肩，一刀一刀，机械般插入，拔刀，血溅满脸。

是这样吗？

他记得年幼的自己，每比画一下，都要询问少年。

是这样吗？

许多年过去了，他已经越发熟练，知道捅哪些地方会痛，但又不至于出人命，可他仍习惯寻求少年的意见。

东子，我动作对吗？

东子，你看是这样吗？

东子——

他猛地清醒过来，记忆中少年的身影，渐渐与眼前血泊中的男人相交叠。

那个教他使刀的人，最终倒在了他的刀下。

## 40　回光

　　火车颠簸向前，曹小军与吴细妹相对而坐，中间隔着窗。
　　二人同时望向窗外，谁也没言语。连绵群山渐渐远去，取而代之的是一望无际的平原。再也不见遮天蔽日的浓绿，车窗框起一帧帧的云阔天低，稀稀拉拉的蓬草沿着铁轨蔓延。他们不知身在何方，也不知未来又将去向何处，不可预测的余生，逃亡是唯一的确定。
　　风有些烈，吴细妹轻声咳嗽，曹小军扭头去看她。她垂着眼，只顾去拧那水杯的盖子，太紧，转不开。
　　"给我。"他伸出手。
　　她并没给他，而是将杯悄悄放到桌板上，向前一推。他拧开后，也放回桌板，向她推回，再次转头望向窗外。
　　二人视线在车窗玻璃上交会，同样疲惫倦怠的面庞，同样惊恐惶惑的眼。
　　要如何联结两个本不相干的人？
　　也许是爱，也许是恨，也许是共有的利益，也许是同一份恐惧。

那一夜像是一场噩梦，曹小军回过神来，倪向东已经倒在血泊之中，大口喘息。

曹小军环住他，慌乱摸索，想要堵住奔涌的血水，倪向东乜斜着他，抬起只血淋淋的手，挣扎着去扼他的喉。那只手一点点滑下去，倪向东也一寸寸软下去，可眼中满溢着怨毒，流出血泪。

"我，不会放过你们——"他咬着牙诅咒，"总有一天……总有一天……"

"莫要听。"

吴细妹蹲下来，轻柔地拔出小军手里的刀。

"不过是死人的疯话。"

同样轻柔地，直插进倪向东腹中。

"他不死，咱俩都活不成，没法子。"

她幽幽地叹口气，又是一刀，地上的倪向东双目紧闭，没了声息。

"在他之前，睡男人和杀男人，我都不是第一回了。"

吴细妹回头望他，像是寻求宽恕一般，含着泪微笑，卑微、讨好、惯有的顺从，只是苍白的面颊，尚溅着东子的血。

曹小军立在那儿，也没了声息。

并不是憎恶细妹的残忍，只是他同样也是罪人，手上亦染着兄弟的血。一个恶人要如何赦免另一个恶人？同样身背冤孽，他连宽恕的资格都没有。

如水月夜，他们将他埋在荒山，之后便一路北逃。

对外只说跟东子一起，三人是去了外地打工。已过了五六个城镇，二人似有默契一般，每到一个地方，他买票，她望风，没有一句多余的话，谁也没再提起那晚上的事。只是，鸭肫难剥，人心难测。皮囊之下，谁也不知对方心里怎么想自己。

他们是同谋，是帮凶，可也是彼此罪孽的起因与见证。

曹小军不知该如何面对吴细妹，就像吴细妹也不知要怎样理解曹小军，二人各自揣摩，一瞬觉得至亲，一瞬又觉得至疏，就这么一路随火车颠簸着，任杂念与思绪飘零。如今，他们已跨越了三个省，今日也到了最后一程。他们没有计划更远的出路，也许车一停，便是分道扬镳。

曹小军憋了一肚子的话要讲，可终又是什么都没说出来。火车到站，他起身帮她拿下行李，她点点头，算是道谢，也没有开口。

二人一前一后地出站，似是陌路一般，穿行在熙攘热闹的人海。路过接站揽客的人群，拐进僻静小巷，寻了家老旧的拉面店。最后的午饭，同样是寂静无声，两人各自盯着面前的碗，吸溜、吞咽。

急着吃完了饭，曹小军又领着她向前走了一段，忽地停住了脚："你走吧，这事跟你没关系。"

一贯的平静，他甚至没看她。

"要是出事了，我担着，绝不拖累你。"

吴细妹脸一红，似要争辩，曹小军没理，自顾自往前走。

时值午后，正是最热的时段，他走着走着，却发现柏油路上有两道影。

"你怎么——"

吴细妹站在日头底下，朝肩头挽了挽行李袋："只许你走，不许我跟？"

曹小军困惑，挠挠头，他搞不懂她的意思，不知她是生气，还是在暗示什么。

"你不能跟我，"他结结巴巴，"我，我杀过人——"

一抬头，却正撞上她的苦笑。

他懂她的意思。

"一起吧，路那么长，"她望着他，"两个人，总归有个照应。"

曹小军和吴细妹打小都是苦水里泡大的，闲不住的脾气。虽说手头还有些余钱，但一落脚就各自寻了份合适的活计，眼下也算得上温饱无忧。

他们租了套老房子，却仍像旧时一样，一道帘子，隔出两个空间。曾经二人间阻着另一个男人，如今则碍着一道冤魂，想越过，总是难。

当然了，人世的事情，本就没几桩是能轻易翻篇的。

她时常做噩梦，在深夜尖叫，他赤脚跳下床，也并不刻意靠近，只隔着帘子轻声唤她，待她醒来，情绪随呼吸平稳，再用口哨吹起家乡的小调，直到她重新响起轻鼾，直到东方泛白。

日子一天天过去，她的肚皮也一日日胀大了起来。

邻人总以为他们是一对恩爱夫妻，两人由着他们误会，并不多言什么，一起去菜市场买菜，也会在傍晚时分，相互搀扶着，在林间散步遛弯儿。

曹小军花了两个多月的工钱，买了一堆小孩子用的零碎儿，奶粉、尿布、婴儿床，吴细妹蹙眉让他不要乱花，他也不辩，只嘿嘿笑，口里不住说着便宜便宜。他也在旧书摊淘了几本菜谱，变着花样给她煲汤滋补。奈何识的字不多，常常只能看着图，边猜边烹，煮出的味道一言难尽。吴细妹却也从不说什么，端过碗，一勺勺喝进嘴里，面上是平静满足的笑，咂咂嘴，不住地夸赞。

没多久，孩子落了地。

二人感慨着自己命不好，所以将希冀安托在男婴身上，给他取名天保，妄图从上苍那里求得一丝怜悯，只求他平安长大。

小军扶着婴儿床，粗糙的手指逗弄着柔软的婴孩："倪天保，笑一个，倪天保——"

"哪个说姓倪的？"吴细妹抱起孩子，在怀中轻轻颠着。

"那——"他眨眨眼，"姓吴？这吴天保听上去，不对头啊——"

"曹天保，"吴细妹不看他，只歪头逗弄襁褓里的孩子，"我们叫曹天保，对不对呀？"

孩子咯咯笑起来，肉乎乎的小脸，挤作一团。

曹小军一怔，也跟着嘿嘿笑，笑红了脸，笑出了泪。

一出月子，两人就扯了证。

吴细妹终于得偿所愿，寻到了值得依托的男人，获得了相夫教子的安稳，而曹小军身边也有了伴儿，不再是孤身一人。兜兜转转一大圈，两人似是忘记了过往的血污，真心实意地过起寻常夫妻的日子。

可是命运没忘，倪向东不散的阴魂没忘。

他总是在午夜的噩梦中回来，背着身，悬在他们的床头，阴险地笑。

"总有一天,总有一天。"

梦境中的倪向东,每每出现,都是背着身诡笑,却似乎一日日地靠近。

"总有一天,总有一天。"

曹小军自梦魇中惊醒,身边是同样双目圆睁的吴细妹。

"做梦了?"

"嗯。"

"枕头翻过来睡吧。"

"嗯。"

二人各自翻身,背对背靠着,却想着同一个问题。

他说的"总有一天",到底是哪一天?

天保长到三岁的时候,一日二人抱着孩子在广场上游玩,老远看到一个男人,笑着迎了上来。

夫妻俩心底咯噔,没想到竟在这里遇见了曾经一起混的兄弟。

"欸?你俩一起了?"那人熟识般拍拍曹小军,又冲吴细妹眨眨眼。

"嗯。"曹小军低声敷衍。

男人牵起天保的小手,上下打量,揶揄地笑:"这孩子叫什么?"

"曹天保。"

"哦?"那人咧咧嘴,似是玩味一般,"曹天保,我是你李叔叔,跟你爸妈可是老朋友哪。"他转脸又看吴细妹:"东子呢?还跟你们一起?"

"不知道，"吴细妹瞥了眼曹小军，"我们离开定安县没多久就分开了，再也没见。"

"奇怪了哩，家乡弟兄都说联系不上东子，我还以为你俩准知道呢。"

本是一句客套，在二人听来却像是威胁。

"对了，现在哪里住？"男人自己跳跃了话题，"有空常聚聚哇？"

吴细妹笑着报了个假地址，二人带着孩子，匆匆离去。

第二天，他们便打点行李，给房东多付了半月的租子，悄声搬走了。

一家三口继续往北，每每遇见熟人，便搬一次家。

他们过了淮河，车窗外的景致越发陌生。可越是这样，心底便越觉得稳当，似是将倪向东的咒怨，一并留在了遥远的南方。

他们最终落在了琴岛，不敢再动，因为天保的身子撑不住了。男孩的幼年是在颠沛中度过的，没有熟悉的伙伴，没有长久的回忆，列车的轰鸣是他最好的安眠曲。长到六岁的时候，他时常高烧不退，窝在吴细妹肩头，一日日地昏睡。

开始他们只当是太过疲惫，或是感染风寒，小孩子身子弱，吓一跳也是容易生病的。可慢慢就发觉了不对劲，天保饭不吃，水不喝，只是没日没夜地睡。

曹小军带着往医院跑，大把大把花钱，一整套体检做下来，也查不出个原因。后来有专家说，怀疑是某种罕见病，可以维持，却需要高昂的医药费。

那日，他看着细妹蹲在医院走廊上抹泪，忽地想起了死去的妹子。

若她还活着,如今也该出嫁了吧?

阿妈难产,只留下个女娃。可是阿爸后娶的女人容不得他们,趁阿爸不在家,不给饭吃,非打即骂。他嘴笨,不会告状,更何况说了,阿爸也不信。再后来,妹妹病死了,他知道,是那女人瞒着阿爸,不让医生来瞧。他揍了女人的崽,阿爸把他扔出家门,是阿公收留了他。

再后来,阿公也病死了。

在年幼的他理解死亡之前,他只知道,他没有家了,他没有家人可失去了。

而如今,吴细妹和曹天保,就是他自己选的家人。

三十一岁的曹小军,一夜白头。

他一包接一包地抽烟,咬着牙给自己鼓劲。他已不是当年那个无助的孩童,如今他有力气、有胆识、有劲头,他会兜住命运的巴掌,将爱的人牢牢护在身后。

他蹑灭烟头,暗自发誓,来之不易的家人,他曹小军就算豁出命去,也要留在身边。

老天爷要收,就先收走他的命。

他打三四份工,他每天啃馒头喝白水,他一分钱掰成几份花。

好在天保也渐渐稳了下来,能走动能出门,也上了小学。虽说留了一级,可终是交到了同龄的朋友,而不是天天在病房对着吊瓶发呆。

工地上过劳的生活让曹小军无梦可做,他忘记了死去的倪向东,只想着尚活着的曹天保。

某一天,他正在搬砖,听见身后一声朦胧的喊叫。

"倪向东。"

他愣住,起身环顾,只见工友们各忙各的,四下嘈杂一片。

自嘲地笑笑,青天白日的,莫不是见了鬼。

刚弯下腰,又是一声,只是更加清晰。

"倪向东,这边。"

这一次,呼唤有了回应。

"来了。"

他蒙在原地,看着工头领着那人走来,远远的,逆着光,看不真切。却是同样的瘦高,同样微弓的背,同样撇着八字步。

曹小军在烈日下面冒起了汗,耳畔是梦魇里的狞笑。

总有一天。

总有一天。

那人一步步靠近,行过他身边,似是无意,乜了他一眼。

扭曲虬结的伤疤,歪斜的眉眼,再下面,是熟悉的刮骨脸、薄片子嘴。

曹小军通体恶寒,起了一身鸡皮疙瘩,脑仁嗡嗡作响。

总有一天。

总有一天。

工头边走边介绍着什么,那人应和着,却偷着回过头来,盯住他,笑。

曹小军明白,那一天,终于到了。

他回来了。

倪向东自地狱,重新回到了人间。

## 41　牲杀

在那之前，他动过三回杀他的念头。

第一回，是二人互报姓名的时候。两人蹲在围墙根儿上抽烟，曹小军试探一般，先说出自己的名字，而那个男人，居然也叫倪向东。小军跺跺蹲麻了的脚，手撑膝盖起身，冷眼环顾。此处背阴，无风，外侧正在施工，嘈杂烦嚣，就算一会儿有什么动静，也会被盖个严严实实。斜对过儿不远的地方，还有个正等着浇灌混凝土的深基坑。

天时，地利，只待人为。

曹小军活动着腕子，一步步逼近，而那人低头搓着裤腿上的泥巴，没注意他悄声绕到了自己身后。刚要抬手，不想王成却拉着个妖冶女子拐进来，四人撞个对脸。

"咋偷懒，小心告我叔去。"王成恶人告状，咋咋呼呼先嚷开了，"回去干活儿，快走，见我叔了别瞎嚼舌头。"

曹小军不愿节外生枝，被他推搡了两下，闷声朝外挪步，心里只想着反正日后机会多的是，摸清底细再动手也是来得及的。

当晚,他拉着这个倪向东去喝了酒。他不住地灌,借机打量。他是熟悉东子的,眼前的人有几分像,又不那么像,可他不敢确定,毕竟两人间隔了十多年,脸又毁成这样。

许多话涌到嘴边,想问他名字是真是假,想问他家乡在什么地方,想问他脸上的疤是怎么回事……然而又怕打草惊蛇,失了分寸,终是咬住了牙,只等对方先开口。可对面的东子,什么也不问,仿佛对小军的一切都不感兴趣,只顾喝自己的,一杯接一杯,很快红了面。

他不是他,曹小军告诉自己,人骨子里的劲儿是难改的,就像东子喝多了话多,而这人却寡言,也许名字相同,只是巧合罢了。

思及这里,他松了口气,一口干到酒瓶见底。

"还喝吗?"

"不了。"

他点头,起身出门,那男人也跟了上来,走在他后面。

东子是从来不会走在别人后面的,他总要抢着做领路的那一个。

这人不是东子,再一次确认。

可是,这人却又有东子的影子,弥漫着一股熟悉的旧日气息,让曹小军忍不住陷入回忆,想起曾经的兄弟情深,想起遥远的江湖道义。若当年结识的是这个倪向东,他们会不会有不同的结局?

一盏一盏的街灯,苍白与晦暗交替,二人无言穿行,面目不清。

曹小军身上热烘烘的,冷风钻进脖颈,竟有几分舒坦。他轻声哼起了曲儿,心底是十来年都没有过的欢喜雀跃,许是喝了酒的缘故,许是因为别的。

第二回,是他看见了那人的身份证。

奇怪,他不是东子,却随身带着东子的身份证。

说来唏嘘,曹小军发现他的假身份,是因为那人的善意。那天晚上,他听说曹天保久病不愈的消息,半夜爬下床,给曹小军枕头底下塞了一沓子钱。也正是如此,让曹小军知道他平日将钱财放在何处。第二日,趁他不在,曹小军偷溜回去,想塞一半回去,可翻到钱夹子,那张磨损的硬卡片却先一步落了下来。

小军捡起来匆匆一瞥,僵在原地。

身份证上,真正的倪向东,正隔着生死,乜斜着他。

那是真正的东子,与他出生入死的东子,被他一刀毙命的东子,本应在荒山烂泥里独自腐败的东子。

不会有错,这张身份证属于他曾经的哥们儿倪向东。他的生日,他的神情,曹小军又怎么会忘记?甚至这张照片,没错,身份证上的照片还是他们两人一起去拍的,他还想起那天,两人轮着穿那一件带领的衬衫……

为什么这张身份证,会出现在千里之外的琴岛?出现在自己的上铺?

夜夜睡在自己头顶的人,究竟什么身份?

如果他不叫倪向东,他又是谁?他为何要隐瞒?他接近自己有什么目的?

门外响起脚步声,曹小军匆匆塞回钱夹子,跳下床铺,快步走了出去。

返回的路上,他想了很多,那个无名之辈许是个好人,可是,为了细妹和天保,他不愿留下任何祸根。

假东子在脚手架上等他。

几层楼的高度,他正伏着身子,蹲在半空中,摇摇欲坠地绑着钢筋。

此刻,视野之内,没有其他人。他背对着他,毫无防备,专心致志地捆扎。曹小军靠近,只要推一下,只要一下,一切不确定都将尘埃落定。没有人会怀疑,众人只会当作一场意外,工地上总会发生这样的事情,之前的孙小飞,不也无声无息地走了吗?

只要他死去,只要他坠下去——

他忽地回过头,在日头下眯缝起眼睛,待看清了来人是小军后,露出个笑来:"你可算回来了,工头刚才到处寻你,我骗他,说你撒尿去了。"他再次别过头去,继续手上的活计,嘴里念叨着:"欸,我听他们说,城南那边有个老中医,专治疑难杂症,你可以带着天保去瞧瞧。别不信,偏方治大病,万一给看好了呢,是不是?咱就赚了——"见小军不言语,他自顾自地继续扯下去:"甭担心钱,我有,我无牵无挂的,可以先尽着你这边,给崽治病要紧。"

说完,他回头,却看见曹小军悬在半空的手:"怎么?"

"没什么,"曹小军挤出个笑,顺势拍了两下他后背,"衣服后头脏了,给你弄弄。"

"嘿,也就你管我这些——"他苦笑,低头搓着手上的锈,"多少年了,都没谁拿我当个人看,别说衣服了,就连……算了，不说那些丧气话，干活儿干活儿。"

他毫无戒心地背对着他，踩着钢管的边缘，探出身去够高处的钢筋。曹小军扶着脚手架，立在那里，看着他开胶的解放鞋、起了毛边的衣领子，却怎么也下不去手了。

干，管他是谁，不过是个同样落魄的苦命人，谁还没点儿见不得人的过去呢。就当是东子还了魂，就当是老天爷又开了眼，让他们重新续上兄弟的缘。

自那以后，曹小军便把他当作真正的东子看待，多年来的愧疚，也总算有了个去处，赎罪一般，掏心掏肺地对他好，而他也同样肝胆相照地回报着小军。

接下来的两三年时光，曹小军像是去到了曾经世界的倒影，真心实意地幸福着。一切调换了顺序，在这个世界里，幸运的那个是他，他有细妹、有天保，还有个叫东子的兄弟。在这个世界里，不是东子的东子，成了他的小弟。

曹小军依然不知道他真实的名字，但他知道，他们已是兄弟，就像他与曾经的倪向东一样，是兄弟。

第三回起杀心，便是那日晚上。

东子喝多了酒，意外吐露出深藏的秘密，原来三人早在那个月夜便打过照面儿，原来命运的绳索早在十多年前就打下了死结，这是个困局，谁也别想挣脱出去。

想不到，他忍了这么久，藏得如此深。

今日这番半遮半掩的话又是什么意思？

是警告？试探？暗示？还是仅仅是酒后失了言？

该信任他吗？要威胁他吗？还是打开天窗把话挑明？

曹小军喝着酒,脑子乱成一片,吴细妹不住瞥他,他只当看不见。

等送走了东子,夫妻二人相对而坐,半晌才开口:"小军,他会不会——"

"不会,他不是那样的人。"虽然心底打鼓,可曹小军嘴上还是硬,替东子找补。

"你知道?你连他是谁都不知道,"吴细妹哼笑,"现在人家在暗,我们在明,把柄被人捉住了。"

"他不一定看清什么——"

"要赌吗?赌什么?咱俩的命?天保的命?"吴细妹叹气,"要我说,还是搬家吧。"

她望了眼沉沉睡去的天保。可怜孩子病情刚稳定些,慢慢跟上学校的进度,他们适应了琴岛的水土,手头也攒下些许余钱,若是一搬家,一切又要从头来过。

"总搬家不是办法,他能寻到这里,也定能跟着我们再走,"曹小军搓着眼,"不能一辈子躲,不能再躲了,就是咱俩可以,天保还能一辈子藏在暗地里,不做人了?"

"那你说怎么办?"

"我——"

那个念头一闪,曹小军吓得一激灵。

他知道,那就是答案,他和细妹想到了同一个答案。

他知道只能那样,可不愿早早妥协,只一秒一秒地生挨着。

"你先睡吧,我再想想。"

想什么,只能那样,他知道,可他不愿承认。

吴细妹迷迷糊糊睡了过去,曹小军倚在床头,看着她熟睡的侧脸。

那人不死，总归存着个危险，是悬在头顶随时会劈下来的斧子，苦心经营的家庭，也许在一夜之间灰飞烟灭。他个人愿意去信任他，可这信任总归有个年限，如今两人是兄弟，谁能保证以后呢？若是二人反目了呢？若是哪天倪向东的尸首重被翻了出来，警察逼问呢？为了自保，那人难保不会说出一切。更何况，倪向东的尸首现如今在哪里他都不晓得。也许早被人发现了，也许警察正在追查，也许他们曾经遇见的老乡，也被一并叫去做了口供，也许家乡的警察正在赶来逮捕他们的路上。

这么一想，心里登时乱起来，美好平静的日子不过是黄粱美梦、窗上的霜花，经不起细琢磨，见不得白日的光。

曹小军蹲在厕所，一根一根地嘬烟。

他必须做出选择，就像当年一样：东子还是细妹，弟兄还是家人？

他搓着脸，不住叹气，脑袋窝在胳膊肘儿里呜呜地哭。

东子，我知道自己欠你一条命，可我舍不得眼下的一切，我跟细妹吃了很多苦，好不容易撑到如今，天保还小，起码让我们护他到长大成人……

东子，对不住了。

东子，再死一次吧。

想清了这一点，曹小军不再哭泣，洗去脸上的泪，吹着黎明的风，大脑重新灵光起来。他必须理性处理，他必须下手利落，他需要一个比当年更缜密的计划，最好能瞒过警察，再搞到一笔钱，一家人隐姓埋名去到外地，一劳永逸地安享人生。

天光熹微，吴细妹睁开眼，见曹小军还坐在床头："一夜没睡?"

烟灰缸里满是烟蒂,曹小军没接茬儿,只是低头望向自己的手:"再来一次吧。"

"什么?"

"倪向东,既然他回来了,我们就再杀一次吧。"

"小军,你知道你在说什么?"

"他死了,我们才能松口气。"他抬眼望着她,血丝密布的红眼睛,笑容苦涩,"不然你说怎么办?咱俩都知道,只有死人才守得住秘密。"

吴细妹冷着脸,嘴唇翕动,却也反驳不出什么话来。

"细妹,听我说,我想了一夜,如果这个计划成功——"

"好,"她忽然开口,嗓音沙哑,"你不用说服我,我知道你这人,你永远不会害我。"她向着他惨然一笑:"都听你的,说吧,要我怎么做?"

曹小军握住她的手,同样的冰凉。

"第一步,我得先死。"

## 42　入瓮

"他诈死，曹小军诈死。"

孟朝瞪着投屏，不住地敲着桌子。

会议室门窗紧闭，围桌落座了一圈人，就连法医夏洁和痕检马锐也与会了，此刻众人紧盯屏幕，神情各异。屏幕上是张被放大了数倍的监控截图，像素低，模糊不清，当中是个黑黢黢的侧影，帽檐压低，戴着口罩。

"这张图是我们手头唯一的图像证据，因为安合里地处老城区，监控有许多死角，所以我们只能沿街调取店铺的监控。"童浩解释道，"这家烧烤店上个月半夜被人砸了玻璃，老板在前后门各安了监控，这才刚好拍下曹小军逃窜的身影。"

"怎么看出是曹小军的？"楚笑用中性笔一下一下地点着额头，"衣服裤子跟之前抛尸照片上完全不同，而且这脸挡得严严实实的，根本看不清。"

"看体态，曹小军常年做苦力，长期习惯右侧肩头受力，导致一定程度高低肩，而且腰颈部有劳损，造成代偿性弓腰驼背，脖颈总无意识地前伸。"孟朝接着分析，"再个，看鞋——"他示意，童浩向后翻了一页，屏幕上并排着两张照片，左边是蜷缩在箱子里的曹小军，右边是监控视频的脚部特写。"根据烁烁的证词，我怀疑曹小军曾于事后溜回家换过衣服，所以才会出现外套颜色不一致的问题。

"但是曹小军百密一疏，忘记了换鞋，两张照片上的人，穿着同一双黄胶鞋，所以监控拍到的人，极大可能就是曹小军。"童浩接着解释，"根据小孩的话推断，所谓的曹叔叔吃核桃，其实就是曹小军杀人的过程，李清福很可能是撞破了他的假死，所以被灭了口。"

"他假死的目的是什么？"老马问道，"骗保？"

"保险只是一部分，主要目的是布局，他要我们帮他名正言顺地除掉徐庆利。"孟朝冷哼一声，"嚯，仨人都是老狐狸，各演各的戏，就把我们夹在中间当猴耍——"

"你等会儿，"老马拦住他，"思路别跳跃太大，先把你俩去南洋寻到的线索拿出来给我们大家捋一下。"

孟朝拿起烟盒，瞥了眼楚笑和夏洁，又扔了回去，撕开几颗薄荷糖扔进嘴里："我跟童浩去了南洋，在当地派出所调查了几人背景。首先，倪向东本身是混混儿，以前小偷小摸，后来就开始打打杀杀。他精神状态也不对头，疯癫、狂躁、歇斯底里，这么一个占有欲极强的人，如果知道自己女人跟兄弟在一起了，会平静祝福？"

"不会，他只会觉得自尊心崩碎，"陈更生若有所思，"很容易走极端，弄不好鱼死网破。"

"没错，倪向东当时已是县城一霸，以他的脾气，必不会善罢甘休,可当地人说,他们并不知道曹小军和吴细妹在一起了,他们最后得到的消息,是三人一起离开了定安县,去外地打工。"

"倪向东好好的大哥不做,会去打工?"马锐摇摇头,"这话明显是被谁故意放出去的吧?"

"正是如此,所以我大胆推断,出于意外,或是某种计划,曹小军和吴细妹二人杀了倪向东,然后一路逃跑,跑到琴岛,落地生根。"孟朝在白板左侧画下一条人物关系线,又在右侧重新起笔,"接着另一边,徐庆利为了摆脱包德盛案子的影响,借用假身份,没想到偏偏找的是倪向东,十多年兜兜转转,阴差阳错,居然来到这二人身边。"

笔向下一走,两股线索合一。

"自己亲手杀的人居然死而复生,好巧不巧,又追回自己身边,任谁都会坐立难安。"孟朝盖上笔帽,叹了口气,"所以,二人很可能误以为当年的事情形迹败露,要杀徐庆利灭口,这就是杀人动机。"

"可是,根据吴细妹的证词,2019年的时候,这个徐庆利已经与二人相见,到现在为止,中间隔了几年的时间,他们当时为什么不动手?"

孟朝摇摇头,只是望着大屏上三人的照片:"其间发生了什么,大概只有他们自己知道,也许是相互试探拉扯过一阵子,也许是真心交往过几年,都有可能。我只能说,事情的转变,也就是关系的恶化,是在2021年10月。"

楚笑直起身子:"怎么确定?"

"因为那时候,曹小军开始布局了。"孟朝示意众人翻看面前的文件，那是这几天他们走访摸排得到的证词，"10月中旬，曹小军与徐庆利突然闹掰，然后吴细妹开始明着暗着示好，频繁与徐庆利同进同出。许多人看见了，一时间风言风语四起，都传到童浩耳朵里了。曹小军很有经验，他知道一旦命案发生，警方一定会先从身边人摸排取证，按照仇杀、情杀、财杀几个大类别入手，而他和吴细妹也做足了戏码，整整铺垫了两个多月，妄图让我们顺着他们的设计调查。"

"但是，他们后面一系列行为，或多或少暴露了真实目的。"小陈点点头，"孟队，根据你说的，我跟保险公司那边联系上了，他们说11月左右，曹小军给自己买了高额保险，而这一举动完全不符合他平日的消费习惯，似乎他早就预料到会发生什么。"

"我这边走访联系了吴细妹做保洁的地方，一个小姑娘忽然想起来，去年吴细妹曾托她买过东西，是个照片打印机，连上手机就可以自动打印出照片。据她回忆，当时吴细妹称自己不会网购，所以是付给她现金，然而——"楚笑示意众人细看面前的文件，"就像上面写的，吴细妹自己是有网购账号的，后期也在断断续续采购日用品，所以她让别人帮忙买照片打印机，只是为了我们调她消费记录的时候，查不到。"

"这么一分析，照片塞到李老太太家也是设计好的一部分，为的就是展现出寄件人与吴细妹的'不熟'，"老马咂咂嘴，"现在看来，反而太刻意了，都找到具体楼层了，怎么会不知道哪一家呢？"

"没错，整个谋杀就是这夫妻俩筹谋已久的自导自演。"孟朝将笔朝会议桌上一丢，"就连这抛尸的箱子也是规划好的。老木箱子，侧边有条缝隙，勉强能够呼吸，而曹小军身材瘦小，刘呈安塞不下，可是曹小军蜷缩在里面完全没有问题。"

"那头皮和碎肉呢？"童浩脸色有些难看，"之前不是说那是曹小军的吗？"

"的确是他的，做戏总要做全套。"孟朝忽地想到什么，看向夏洁，"人能自己剥离头皮吗？"

"能，"夏洁点头，"社会新闻上不是常有那种头发卷入高速转动的机器或皮带，导致头皮全部或部分撕脱的新闻吗？电钻缠住头发也会造成头皮撕裂，只是——"

"只是什么？"

"非常疼，而且一般人下不去那个手。通俗讲，我们大脑有机制，会抑制人们对自己身体的伤害。像这种头皮撕脱属于极其严重的头部损伤，剧痛不说，还有可能连同前额、上脸、眉毛等部位的皮肤一同撕脱，造成永久性的疤痕与畸形。"

"曹小军对自己下手够狠啊——"

"别忘了，徐庆利还烧了自己脸呢，"孟朝看向童浩，"如果真给逼到那一步，一咬牙，也就做了。"

"可是，曹小军为什么要选头皮呢？"

"据我分析，一是带毛囊的头发可以用来确认身份，二是头部损伤的出血量特别巨大，若头皮直接撕脱，血管断裂，血流甚至可以用凶猛来形容，也符合他预想中的杀人现场。这曹小军算是铤而走险，"夏洁分析道，"头皮撕脱极易感染，还会在短时间内造成血压下降、心率上升、呼吸系统衰竭，休克都算轻的，严重点儿的，真的会当场毙命，难道他就没想过——"

"他想过，他一定想到过。"孟朝又剥开一颗薄荷糖，感觉寒意自口腔蔓延至全身,"我甚至猜想,他与吴细妹也约定好了,就算他真死了,吴细妹也要按照计划自己演下去。嘀,别说,要是他死了,这计划就天衣无缝了,到时候我们寻不到任何破绽。"

"怪不得现场没有搏斗痕迹,"马锐托着下巴,"而且,下水道里的头皮组织是包裹在塑料袋里扔的,连同毛巾、纸巾等杂物,我当时还以为是凶手匆忙之中投入坑内,现在想想,估计是计划好了要堵塞水管,惊动警察。"

"对,只要消息一闹大,保险会赔偿,社会出于对孤儿寡母的同情,说不定还会组织捐款,曹天保的病也就能得到长期医治了。"童浩抬起本子,用推理将已知线索进行串联,"曹小军先是在家中留下血迹和部分残肉,让人误以为他被杀。徐庆利经常出入他家,在厕所留下头发或是指纹脚印,也非常正常,进一步造成徐毁尸灭迹的假象。再加上邻居的传言,吴细妹在证词上半真半假的引导,案件很容易被引入情杀的误区。"

"没错,夫妻里一方发生伤亡,警方第一时间会找配偶问话,吴细妹就是算准了这一点。她全程看似包庇维护徐庆利,其实每句谎话都经不起推敲,她就是要半推半就地把谎话说出来,让我们去推翻,让我们以为是自己找到了突破口,其实全在他们的算计之中。"

"可是徐庆利为什么会那么听话,真的帮他一路搬到荒山上去?"

"这个不知道,但根据监控,徐庆利确实照做了。"孟朝摇摇头,"也许曹小军,或是吴细妹跟他说过什么吧。"

"那照片又是——"

"拍照的人，很可能就是吴细妹，因为他们得有足够的证据，证明徐庆利杀人抛尸。别忘了，当天居民反映下水管堵塞，找出头皮的时候，吴细妹匆匆进门。她说自己刚从菜市场回来。可事实上，从她工作的地方到市场步行只需要十分钟，而她当天比平时晚了整整一个多小时。如今推想，浮峰到她家最快也要三十五分钟，所以她极有可能是先处理完浮峰的事情，然后一路赶回来，假意从包里取出早就准备好的菜。"

童浩点头，在本子上飞速记录："就算下水道没堵，估计吴细妹也会自己报警，称丈夫失踪，然后再将照片塞到李老太太家里。欸，那刘呈安呢？"

"现在只能是推测，我估计是曹小军逃离现场时，刚好被刘撞见，顺势杀人灭口。"

"有个问题——"童浩合上本子，欲言又止，"整个计划其实都需要徐庆利的配合，如果徐不按设计走呢？比如说，万一徐庆利报警了呢？"

"所以他们也在赌，赌徐有不光彩的过去，不敢报警，"孟朝环视众人，"还有一种可能性，就是曹小军笃定，徐没有机会报警。"

"什么意思？"

"这个局的最后一步，极有可能就是杀死徐庆利，制造自杀，或是畏罪潜逃的假象。"他用食指敲打着会议桌，"如此一来，曹小军的手就干干净净了，甚至就连同倪向东的死，都可以一并推到徐庆利头上去，毕竟盗用假身份的人，恰恰是徐庆利。"

小陈撑在桌上，两手搓脸："还真是苦心经营了一出大戏，连我们都算计到了，只要我们追查徐庆利，徐就会躲在暗处不敢出来，那曹小军若暗中动手，就更加神不知鬼不觉了，谁会去怀疑一个死人呢？"

"如此缜密，甚至每一步都提前设计了两到三个替换方案，"老马望向天花板，不住叹气，"唯一没算到的，是徐庆利会遇见遛狗大爷，大爷不仅找到值班保安，还顺手报了警，意外救了徐庆利。唉，只是苦了刘呈安，白白做了替死鬼。这命运的事儿，一环扣一环，啧，不好说，说不清。"

"所以，我们必须反击，让他们知道，警察不是吃白饭的。"孟朝清清嗓子，"下一步，老马，你这边联系交警大队和派出所，调人手，调监控，在安合里设线人，准备抓捕曹小军与吴细妹。"

"好。"

他看向马锐与夏洁："李清福和刘呈安那边，交给你们了，一旦抓到人，口供之外，我们还需要更确切的定罪证据。"

"没问题。"

孟朝冲童浩点点头："你跟我走，在曹小军灭他口之前，咱必须先一步找到徐庆利。"

## 43　慈悲

童浩揉着胃,不住吸气。刚才的肉火烧还没消化完,老远就看见孟朝乐呵呵地朝自己走来,一手端一个大铁碗。

咣当,他将满满当当的冷面搁到桌上,向前一推。"这份你的,"孟朝从桶里抽出双筷子,"赶紧吃,后面还有七八家呢,天黑前都得跑完。"

"头儿,我真吃不下了。打早上到现在,我就没闭过嘴。油条馅儿饼、炉包火烧、炸串儿拉面——"童浩捂嘴打了个嗝儿,"咱不是办案吗?不是找徐庆利吗?怎么突然改美食探店了?"

"少废话,赶紧吃,你没见老板在柜台后面朝这边探头吗?"孟朝吸吸鼻子,挑起一大筷子,借着吃面条悄声念叨,"你当破案那么容易?证件一露,人人配合?你那是电视剧看多了,现实生活里,普通人巴不得躲命案远些呢。特别是这些街头做小买卖的,人家不图个大富大贵,就图个平平安安,好端端的,谁愿意掺和这些杀人放火的破事,更何况凶手还跑了,一直躲在暗处。谁都不愿意当出头鸟,就怕后面被打击报复。

"现在你要是直接去问，人要么推说监控坏了，要么直接反手给你清空了监控内存，天王老子也没辙。所以咱先吃饭，花点儿钱，顺便跟老板、服务员什么的套套近乎，探探口风，那个成语怎么说的来着？对，看人下菜碟。"

"这算哪门子成语——"

"要是那种正义感特别强、谈起社会新闻来义愤填膺的，可以亮明身份直接调查。要是那种一看就胆小怕事、问什么都推三阻四的，那就随便寻个由头，反正咱是要看监控，只要看着了就行。"孟朝边说边偷着往童浩碗里夹了几坨面，"记住了，办案有时候就得弯腰低头，别老毛毛躁躁，横冲直撞的。"

童浩低头猛吃，浑然不知碗里的面越来越多："那你跟这店主怎么说的？"

"这店主人尿，不愿生事，而且还多疑，"孟朝喝了口汤，"欸，你眼别乱瞟，他正往这儿看呢，低头大口吃，装作很饿的样子。"

童浩闻言赶紧低头，死命往嘴里塞面。

"我刚才骗他说家里狗丢了，让他帮我看看监控，他调的时候我盯着呢，没见着像徐庆利的。"孟朝低声嘀咕，"我估摸着人应该没跑出琴岛，咱各大出口都设着卡呢，想逃，哪儿那么容易。而且人目击者不是说了吗，老孙头那辆车最后一次出现，就是在这片儿。"

"徐庆利，求你快别躲了，再这么逃下去，可真就死无葬身之地了。"童浩吸吸鼻涕，北风吹过，冷得牙齿打战，擎筷子的手也冻得通红，又疼又痒，"不行了，这冷面我真心吃不下去了，大冬天的，冻得我脑仁子嗡嗡疼。"

他搁下筷子，不住往手心哈气："头儿，咱要查的下一家店是什么？"

"郭姐凉皮凉拌菜。"

"啧——"

"不过，你先陪我去趟邮局。"

"怎么？"

孟朝没瞧他，语气平静："我寻思给徐财增寄点儿钱。估摸着，徐庆利这个月没能寄吧。在南岭村的时候你也见着那老头日子苦成什么样了，如果断了每月的供给，更没活路了。"他用餐巾纸一抹嘴："眼下这不快过年了吗，先帮老头度过年关再说。"

童浩眨巴眨巴眼，忽地探过脑袋来："头儿，我发现你跟我想的不一样，我原本以为你是那样的——"

"哪样的？"孟朝斜他一眼，"我也是人，人心都是肉长的，办案是不能感情用事，但不代表我们没有感情，像徐财增那样子，谁见了都会难受吧。"

童浩还要说什么，被他一筷子堵了回去。

"这夫妻店刚开业不久，你多吃两口，权当给个鼓励吧。"

童浩抬眼，发现墙上果然贴着几张皱巴巴的"开业大酬宾"宣传单，而他们是这小店里唯一的客人。老板蹲在柜台后面巴巴地望着，见他也瞧向自己，讨好地一笑，更显可怜。童浩心一软，没了法子，深吸口气，重新拿起了筷子。

孟朝开车，童浩半躺在副驾，一边揉着肚子，一边转脸看向窗外。

黄昏之中，一个裹着破棉袄的拾荒者，正弯腰翻捡着垃圾箱。

"唉，众生皆苦，"他搓着车窗上的雾气，"你说这曹小军也是够可怜的，忙忙活活这一辈子，到底图个什么？"

"再可怜也不是犯罪的借口，"孟朝冷着脸反驳，"李清福可怜不？刘呈安可怜不？这世上受苦受穷的多了去了，难不成都去犯罪？"

童浩转过脸来，直直盯着孟朝的侧脸："孟哥，你觉得做警察最重要的是什么？"

孟朝手搭方向盘，望着前方，夕阳的橙红映在他眼底："别死。"

"好好说——"

"我认真的，破案之前，别死。我对自己就这点儿要求，希望能长寿，在我闭眼之前多抓一个，这世道就太平一些。"他将车偏离大道，拐入一条小巷，"你呢，小童？我一直还没问呢，为什么想当警察？"

"我觉得穿制服特帅——"

孟朝不可置信地斜他一眼："有病吧你，这什么理由。"

"真的，你不觉得警察喊话的时候特别牛吗？"童浩猛地直起身，右手比画成枪的姿势，"别动，我是警察，举起手来，放弃抵抗——"

孟朝懒得理他，自顾自衔起支烟来。

"就是我妈不同意，说什么当刑警太危险，死亡率太高，也不知听谁传的谣言——"

"不是谣言，"孟朝扭过脸来，神情少有的严肃，"是真的，咱这行，确实危险。"

"真会死人？"

"嗯，各种各样的死法，穷凶极恶的歹徒，抓捕时的意外，还有常年高强高压的工作模式，加班猝死的也不在少数。"他深吸口气，"哪怕拼成这样，能破的案子也是少数，每年还有很多案件，我们再怎么加班，再怎么摸排，可挣扎到最后却也毫无进展，只能挂起来。人命就那么被锁进档案室，或者变成新闻里的一个数字。家属会来哭、来闹、来跳着脚骂最难听的话，当然，他们也会揪着你的衣襟跪下去，额头磕得青肿，求你再查一查。"

孟朝降下车窗，朝外磕了磕烟灰。

"童浩，你刚说众生皆苦，请你记住，再苦也有人守住了底线，警察工作不是儿戏，当善良的人被折损，能拯救他们的不是神，是你。因为你穿着这身制服，因为你是代表着公平正义的警察。"

孟朝瞥了他一眼，半是无奈，半是希冀："快点儿成长吧，在那天到来之前。"

童浩眨眨眼："哪天？"

"如果哪天我倒下了，你必须第一时间顶上去，因为老百姓需要我们，他们能依靠的，也只有我们。"孟朝将车停住，后面的话也一并停住，"慢慢来吧，压力别太大，这阵子也是辛苦你了，一来就碰上这么个案子。"他挠挠头："等完事了带你吃个好的，地道传统美食，琴岛biang面，那叫一个香——"

童浩扭头看向别处，过了一会儿，又扭回头来。嘴巴张了闭，闭了张，憋了好半天，实在是没有忍住。

"孟哥，那不是陕西的吗？"他搓搓鼻子，"而且，人家叫biangbiang面，你这琴岛biang面，听上去好像骂人。"

"哦，是吗？"孟朝脸色一僵，"怪不得请老马去吃的时候，他表情不太自然呢。啧，让老板骗了，他还吹自己在琴岛做了五十多年biang面，可他明明三十来岁，我当时还纳闷儿人家怎么这么驻颜有方。"

"大哥，你不是警察吗？怎么这么容易被骗啊？"

孟朝大大咧咧地一摆手，径自打开车门，跨出去："每天睁眼就跟犯罪分子斗智斗勇，一天天的够累了，平常日子里，睁只眼闭只眼得了，管他地不地道，好吃就行。"说完，自己嘿嘿一乐："一会儿咱俩先把这片烂尾楼扫一圈，我觉得徐庆利去不了酒店和旅馆，肯定就是躲在这片儿的犄角旮旯里。"

童浩跟在他后面下了车，心里暗自嘀咕，这男人怕不是没吃过什么好东西。想想也是，每次见他都是在现场，不是揣着煎饼，就是带着个火烧，就算偶尔中午在食堂吃饭，也是拼了命地塞主食，吃个馒头都觉得香。

孟朝没有听到他的腹诽，大步在前面带路。

童浩看着他的背影，忽然升起股冲动："孟哥，等咱案子结了，我请你吃顿好的吧？"

孟朝回头望他，咧嘴一笑："怎么，想贿赂我？你说，是不是想往上爬？是不是盯上老马那位置了？"

"哪儿啊——"

"那，你看上我这位置了？"

"别开玩笑了成吗？"童浩蹙起眉毛，"我就是觉得你活得怪可怜的。"

"我可怜吗？"孟朝两手抄兜，吧嗒吧嗒嘴，"嘿，管他呢，请我吃饭为什么不去？常言说得好，白吃白喝苦也甜，回头叫上队里兄弟姐妹们一块儿——"

他身后一个黑影飞驰而过,童浩愣住,看清之后,脸色瞬变。

"怎么,别这么小气啊,"孟朝还在那里念叨,"这阵子大家都受苦了,一起去补一补,大不了费用我跟你对半付——"

可童浩已经顾不上那么多,把他一推,撒腿就跑。

不明所以的孟朝立在原地,冲他背影大吼:"上哪儿去?怎么还吓跑了呢?"

"徐庆利!"

## 44　错失

"属狗的吗？居然跑着去追车，怎么想的？"

孟朝瞥了眼童浩，后者则靠在副驾上呼哧呼哧地喘，额上是热腾腾的汗。

一脚油门，车加速，紧咬着前面不远处的一辆面包车。

"看清了？"孟朝盯住前方，"确定没看错？"

"不会错，"童浩抻长脖子，"我视力2.0，绝对没看错。"

"视力好有屁用，脑子不好使，不招呼一声撒腿就跑，你能跑得过车吗？"孟朝咂咂嘴，"看你这一身的汗，下面有纸，自己翻，别给我偷摸抹到靠背上。"

童浩低头抽出几张纸巾来，擦完额头擦脖子，擦完脖子擤鼻子，末了团成一团，悄悄地就要往身后藏。

"往哪儿塞呢？"孟朝斜了他一眼，一打方向，变道超车。

"再加点儿油，孟哥，开快点儿。"童浩趁机一侧身子，将纸团塞进裤兜里，"前面那车绝对是孙传海的，我记得车牌号。"

"确实，这小子一路专往小道上拐，就是想甩掉我们，心里没鬼才怪。"

"快点儿,加油,加油哇——"

"闭嘴。"

一前一后两辆车飞驰而过,追逐着,引得同行的车流乱了阵仗,慌忙避让,激起一片鸣笛与怒骂。可如今孟朝顾不上那么多,眼中只剩下前方十米开外的那辆面包车,跟着它穿梭、掉头,不敢有一丝松懈。

越来越近,越来越近,越来越——

不想对方一个急刹,猛停在菜市场门口。

"啧——"

孟朝紧跟着刹车,身子一拢,还未停稳,童浩就推开车门跳了下去。

前面的面包车也开了门,里面的人飞身下来,两步窜进人头攒动的菜市场,转眼间消失不见。童浩紧跟其后,拨开左右的人流愣是往前挤,差点儿撞翻一个裹着破棉袄的流浪汉。

"对不起对不起,"他倒回来两三步,着慌把人给扶起来,"没事吧?"

流浪汉像是被他吓到了,捂住头上的脏帽子,趔趄了两下,快步离开,而童浩也没时间搭理他,扭过身去,在人海中搜索着徐庆利的身影。

看见了,他也正在不远处探出脑袋,朝这边观望。

"警察抓人,闲人闪开!"童浩一路大喊,飞奔向前,周遭人群也下意识躲闪,辟出一条小路,看二人在摊位之间七扭八拐地穿梭追逐。

前面的人渐渐体力不支,速度明显慢了下来,而童浩步步紧逼，将他堵到一处死胡同，两侧是门窗紧闭的店铺，退无可退。

"徐庆利，停下，再跑开枪了！"

而那人终于踉跄着，住了脚。

这时，孟朝也赶到了，他给童浩递了个眼色，摸出手铐，二人呈包围之势，小心靠近。

"不许动，两手抱头，靠边蹲下。"

徐庆利意外地顺从，没有任何反抗，孟朝铐上人之后，一把扳过他的肩膀。

"徐——"

他语塞，面前是一张全然陌生的脸。

"你谁？"

男子双手铐着，蹲在地上，仰着脸，讨好地笑。

"叫什么？"

"程龙。"

"跑什么？"

"没什么，你们忽然追我，我自然就跑——"

他挪挪脚，冲孟朝眨了眨眼："真的，正常人谁不跑啊，这是条件反射。"

孟朝冷下脸来："别嬉皮笑脸的，给你机会了，好好交代。"

名叫程龙的男人垂下脑袋，盯着水泥地上的裂缝，不言语。

"怎么，你说还是我说？"孟朝点点他，"要是我来说，那结果可就不一样了。"

"我说我说，"男人两手对搓，"我以为是失主追来了，所以才吓得跑。"

"什么失主？"童浩双手撑在膝盖上，不住猛喘，"这车怎会在你手上？你偷的？"

"不是，真没有，这话可不敢乱说啊！"男人嗫着牙花子，一脸苦相，"警察同志，是这么回事。那天晚上，我出去跟朋友喝了点儿小酒，然后回去路上呢，我就在附近转悠，寻思消化消化食儿。老一辈不是说了吗，饭后走一走，活到九十九——"

"拣重点说，别跟我兜圈子。"

"哦哦，好的好的，说重点。我走着走着吧，就看见大半夜的，有辆车停在那儿，就在路中间，还插着钥匙呢。我以为是谁不要的，你们也知道，就那种僵尸车。"他仰头，极力表演出真诚，"我心想，这谁这么没公德，不要的垃圾也别挡路啊。然后，寻思着做件好事，就顺道给开走了。我都打算好了，要是哪天主人回来寻了，我再还给他。这不，没等到车主，倒先碰上你们了。"

"你倒是挺会想，"孟朝顿了一下，"等等，你说跟朋友喝完酒之后去遛弯儿？你小子还他妈酒驾？胆子不小啊你！"他伸手猛戳了他两下："等着，等着进去吃牢饭吧你。"

童浩几步蹭了过来，压低声音："孟哥，这人你准备怎么处理？"

"咱没工夫耽误了，打电话找派出所老陈，管他交代的是真是假，先让老陈把人领走。"孟朝向后张望了一眼，"看那抱头姿势，一看就是个惯犯，仔细审审，也许能抖搂出不少事来。"

十来分钟后，老陈赶来，孟朝没空寒暄，简单跟他交接完工作，便急匆匆地拉住童浩，朝市场外面奔。

"唉，你说这徐庆利是不是故意的？他知道我们会追这辆车，所以扔在路中间，就等着谁开走，让别人帮他转移视线。"

"很有可能，"孟朝搓搓鼻子，拉上外套拉链，"曹小军，吴细妹，徐庆利，这仨没一个让人省心的。"

"下一步怎么办，好不容易撞见的线索又断了。"

"咱们必须——"

孟朝愣了：刚才跑得急，没锁车，此刻停在路边的车门大开，驾驶室被洗劫一空。

"真行啊，光天化日，偷到刑警头上了。"

他钻进驾驶室，左右翻找，好在没什么大的损失："你也看看，少什么了？"

童浩朝前座望了望，又探身在后座底下摸索，半天才憋出一句："我包，没了。"

"包里有什么？"

童浩浑身上下摸了一遍，手机钱包都在身上："倒是没什么值钱的，就装着些早上没吃完的包子火烧，估计是附近流浪汉捡走了吧。"

"行，没大损失就成，"孟朝启动车辆，"先上来吧，咱回那烂尾楼接着查。"

童浩点点头，扶着车门，一脸的心不在焉。

"怎么？"

他忽地意识到了什么，脸色一变，躲闪着孟朝的视线。

"怎么了？"孟朝也察觉到了不对头，瞪着他，"你有话直接说。"

"笔记本——"童浩小声嗫嚅着，脸白了，嘴唇也跟着白了，"我想起来了，记录案情的笔记本，好像也在里面。"

孟朝心头一紧，四下环顾，身边是熙熙攘攘的路人，无忧无虑,洋溢着琐碎的烦恼与幸福。整座小城张灯结彩,等待着农历新年的到来。

北风凛冽,拂动悬在头顶的红灯笼。

咯吱,咯吱,晃动的光晕,投在他的眉间。

杀意在嗡鸣,他听得到,不知为何,某种直觉告诉他,就是今天。

有人在等黑夜降临。

而且,不止一个人。

孟朝的心,一点点地坠了下去,随着巷口的夕阳一并,一寸寸地,堕入深不见底的夜。

与此同时,一街之隔,有个蓬头垢面的流浪汉,正越过奔腾川流的车海,望着对岸的两人。

徐庆利咬了口冷掉的包子,看着孟朝与童浩的张皇失措,浮出个歪斜的笑容。他将那只黑色背包揣进怀里,然后压低帽子,匆匆转身,遁入小巷深处。

## 45　怨憎

　　头顶的街灯闪烁，忽明忽暗。他蹲在电线杆子底下，往嘴里塞着包子，一个接一个，哽得不住地咳嗽，面红耳赤。那只黑色背包被他扔在一旁，此刻他只关心食物，对旁的不感兴趣。

　　自从那夜被曹小军伏击之后，徐庆利便不敢住回停车场，成日间在外面游荡，翻捡垃圾为食，晚上就住在桥洞，或者天台。

　　有人要杀他，他不敢确认那人是不是曹小军，就像他不敢确认警察是不是还在通缉他一样。不能去警局，没有证据自证清白，也没有勇气验证猜想，因为身份是假的，因为身上还背着另几桩命案。

　　他只能等着风头过去，离开这里。

　　徐庆利吞进最后一个包子，抹了把嘴，伸手去包底下掏，在夹层里寻出张百元钞票。他吸着鼻涕，底儿朝天地抖搂着，只企盼再掉出点儿什么可以果腹的玩意儿。

　　笔记本就是那时候落下来的。

　　棕色封皮的本子，吧嗒一下，砸在柏油路上，横摊开，露出密密麻麻的字。

他斜了一眼，蓦然定住。

悬在高处的路灯电流不稳，吱吱啦啦，响个不停。青白色冷光，明灭不定，本子上黑色中性笔写下的"倪向东"三个字，也跟着若隐若现。

徐庆利蹲下，轻轻拾起来，扉页的右下角，写着"童浩"两个字。

童浩，童浩。

这名字有些熟悉，好像在哪儿听过。

"这是童浩，刚调来的新人——"

想起来了，这小子是那晚的年轻警察。浮峰那夜，两人曾经打过照面儿。徐庆利心中一咯噔，不禁后怕起来。今晚原本只想找点儿吃食，没想到，差点儿撞到枪口上去了。

可转念一想，警察那晚为何会到浮峰上的小屋去呢？

会不会跟曹小军的案子有关？

思及这里，周身的血沸起来，脸盘子火辣辣地烫。

兴许，所有的谜底都捧在他手上，就在面前这本普普通通的笔记本里。

徐庆利左顾右盼，做贼心虚一般，寻了处角落，缩着脖蹲住，生怕有人惊扰。这自然是多心了，此处是拆迁区，住家户在大半年前就搬了个七七八八，一到晚上，更是没有人烟。

他深吸一口气，翻开第一页，就像是钥匙捅进了锁眼，咔嗒一声，真相的门，轻而易举地推开。

迎面而来的，是吴细妹对警察的哭诉。

居然有人怀疑是情杀？还有人指证他与吴细妹有奸情？

读着邻居的证词,他自嘲地笑。也是,吴细妹那阵子忽然对他上心起来,细致体贴,那股子亲热的劲头,甭说邻居犯嘀咕,甚至一度也让他想入非非,被误解也是情理之中。

又一页。

怎么,天保居然不是曹小军的儿子?那是谁的?会不会这人就是真正的幕后黑手?

他一页页地快速翻阅,缺失的部分一点点补全,拼图渐渐呈现出全貌。

他看到警察去了南洋,看到他们寻到了南岭村,也去了当地的派出所。果然,如他所料,家乡人人都以为他死在了茅屋。

可下一页,他紧接着又看到:

徐庆利 = 倪向东

他喉头滚动,手颤起来,原来身份已经暴露了。沾着唾沫又翻了几页,一目十行,心跳加速。他哗哗翻页,头顶的灯火闪烁,明暗之间,逼近真相。

### 诡计

这是最近一次的会议记录,笔记的主人似乎情绪激动,反复加粗这两个字,笔尖划透了纸页。

徐庆利挺直身子,一个字一个字地瞧,生怕错过任何细节。

一页半,很快读完了。可他不明白,用手比着,一行一行,又读了一遍。

## 诈死　布局　借刀杀人　徐庆利

他一次又一次地看，直看到自己快要不认识那几个字。

困惑、愤怒、忧伤，甚至还有一丝嘲讽。

原来不是读不懂，只是不愿相信。他忽然明白了曹小军为何要一而再、再而三地置他于死地。他不会说出去的，如果小军问他，他一定会拍着胸脯对天赌咒。可是小军没有，曹小军甚至没有给他一次辩白的机会。他笃定他会背叛、会反口，似乎在曹心里，他本就是个卖友求荣的小人。

狗日的曹小军跟吴细妹一起，用几个月的时间，编织出一场杀人好戏。

不，也许从一开始就是骗局，从三年前，他们已经在为他的死亡做铺垫。

曹小军的兄弟从头至尾只有倪向东，他不过是个替身，是个影子，是个可有可无、随时可以舍弃的代替。

干架时的挺身而出，无处可去时的收留，一起搬家，替他过生日，种种的好处，不过是为了弥补对倪向东的亏欠，而他还傻不愣登地当了真，跟人家掏心掏肺，妄想着出生入死，他甚至想着替他报仇。反观曹小军呢？

曹小军这个厌狗只是躲在暗处，一次又一次地偷着杀他。

搞堆！

他们一家老早就知道一切，可是没人告诉他。他们由着他演，由着他自己可悲可笑地异想天开。他在他们眼里是什么？是跳梁小丑，是个笑柄，是头养在圈里待宰的猪，一日日的吃喝供着，就为了最后捅进去的那一刀。

都是逢场作戏，所有的美好与善意，不过是陷阱上面的饵，等着他的，是深渊底下的刀尖。

所有的好，都是给倪向东的，只有那个死，是留给他徐庆利的。

发你狗瘟！

徐庆利一脚踢翻了垃圾桶，又将本子砸向远处。

他终于知晓了答案，可这份血淋淋的算计与残忍，又是他无法承受的重担。胸腔剧烈起伏，翻腾的情绪在体内膨胀炸裂，他又哭又笑，扶着电线杆不住地呕，惨烈的嘶吼被夜风割裂成碎片。

原来"心碎"二字不是形容，原来人在悲愤交加时，心脏是真的承受着万段之痛。

怨毒满溢，愤恨烧灼，他双眼赤红，牙齿咬得咯咯响，狠撞向电线杆。

咚，咚，咚。

血顺着额角留下，酸胀难忍，这份疼痛让他想起那个黎明，想起自己是以什么为代价，重回了人间。

徐庆利死了，死了两次。

一次是在南国闷热的月夜，死于烈焰。

一次是在北方凛冽的寒冬，死于人心。

是的，徐庆利死了，活下来的那人，名叫倪向东。

世人口中无恶不作的倪向东。

他深吸口气，将脸上的泪与血胡乱抹匀。

命运的刀，并不会放过赤手空拳的人，能救命的，也绝不是泪水与哀求。事到如今，屠夫与猪羊，他总得选一样去扮演。要么杀，要么被杀，压根儿就没有第三种选择。仁慈与软弱是留给徐庆利的，而他倪向东，秉承的是睚眦必报，是血债血偿。

忽地生出一个念头，自己先狰狞着脸，哧哧笑起来。

闯进最近的小卖部，要了三样东西——一瓶酒、一包烟、一把刀。他灌着白酒，大摇大摆地站在路灯底下，手里捧着残缺的笔记本。如今他已不怕暴露，他想到一个万全之策，足以全身而退，毕竟会算计的，可不止曹小军夫妻两人。他喷着酒气，翻回其中的某一页，上面圈着几处曹小军可能的藏身区域。

没关系，他有大把的时间，夜才刚刚开始，容得他慢慢找。

他了解曹小军，就像曹小军了解他一样。

他知道他会藏在什么样的地方。

终于，在一栋烂尾楼的三层，他看到一闪而过的光晕，暗夜之中，格外地突兀。

找到了。

却并没有急着上去，他歪斜着嘴，点起一根烟，缓慢地吞吐。

既然曹小军不仁，那就休怪他不义。

想到这里，他笑了，那是属于倪向东的笑容。

曹小军，我回来了，你欠我的命，是时候还了。

他弹飞烟头，攥紧匕首，哼着小曲，一步一步，拾级而上。

曹小军一瘸一拐地上楼，腿疼得厉害，可是不打紧，心中到底是稳了下来。已经跟当地船头讲好了价格，等天一黑，就可以悄悄送他们一家子"出去"。只要离开这里，他们便可以重新来过，今后的事情，交给今后去打算。眼下顾不得其他，只图个全家平平安安。

刚进门，便看见吴细妹立在那里，满脸泪痕，不住地朝外张望。

"天保呢？"她抓紧他胳膊，疯狂朝他身后打量，"天保没跟你一起？"

"他怎么会跟我一起呢？"

吴细妹闻言，茫然地垂下两只手，嘴一撇，泪又翻了上来。

"别急，"他兜住她膀子，"先告诉我，怎么回事？"

"天保，天保不见了，怪我，都怪我。"她抽噎着，"我寻思去买点儿吃的，拢共也就离开了十多分钟，可是回来，他就不见了。我四处找，每一层都找遍了，没有，哪儿都没有。"

曹小军徒然升起股不祥的预感，可嘴上还是安慰着她："别急，没事，也许是出去玩了，小孩子家，玩性大。"他四下打望，慌乱地搜索："咱先找找，可能留下什么字条。"

他瘸着腿，手忙脚乱地翻找，可他知道结果，心底那个声音，一次又一次地嘲笑着。

没有，没有，什么都不会有。

"小军——"吴细妹忽地惊呼，声音里透着恐惧。

微弱的灯光下，顺着她的手指，他看见了桌子上的东西。

一只沾血的旧手机。

正是他丢在停车场的那只手机。

他来了，他找到这里了，他带走了曹天保，带走了他唯一的儿子。

"丁零零——"

电话突然响了，单调的铃声循环在黑暗之中。

"别——"吴细妹慌忙阻拦，可曹小军走过去，冲她比了个

"嘘"。

他知道，事到如今，自己已经别无选择。

电话接通了，谁也没说话，一阵窸窸窣窣的怪异声响。曹小军心中苦笑，这场景就像他打给他那晚一样。他攥着电话，忍着没有开口，手却控制不住地抖。

到底是对面先开了腔："小军，咱哥俩算兄弟吗？"

是他的声音，一样的台词。

曹小军咬紧牙，不说话。

"你愿意帮我个忙吗？"

曹小军依旧沉默，听着电话那头的戏文。

"如果你信我，只管照着我说的去做，可以吗？"

一模一样，那晚的他也是如此说的，只是如今，两人的角色全然掉了个个儿。

"我知道你在听，曹小军，别跟我装死了。"电话那头微微提高了声调，"如果你想要曹天保回家，那就帮我送样东西吧。"

"什么？"曹小军终于开了口，本想强装出份镇静，可声音却意外地哑涩。

"尸体。"电话那头轻轻一笑，那是属于倪向东的笑声，真正的倪向东。

奸邪、狡诈，恶作剧得逞后的得意。

"谁的都行，你的，或者吴细妹的，嘿，你俩自己选。"

## 46　夜奔

"我给你们两个地点,一个是哭岛上的船厂,一个是城西边的工地。我会带着他去其中一处,至于是哪一处,由着你们去猜。"

曹小军捏住手机,愤恨地磨着牙,胸口快速起伏。

"一小时后,如果见不到人,我便动手。"

吴细妹跳着脚要去抢电话,被他一胳膊挡下。

"东子,我们的事情我们解决,跟孩子有什么关系——"

可电话那头的人,却并未理会他的质问,自顾自地说了下去:"至于谁去哪里,你们自个儿选,要是哪个碰上我了,那就是命,怨不得别人。当然,你俩大可以继续扮演夫妻同心,两人跑一个地方,不过别怪我没有提醒,时间有限,要是赌错了,那就等着收尸吧。"

"你等等——"

"记住,一小时为限。倒计时,开始。"

"喂——"

电话挂断，空旷阴冷的水泥屋里，只剩下他的呼吸、她的抽泣。

远处响起几声爆竹，那是无忧无虑的人们在提早庆祝新年的到来。

曹小军扭头望向吴细妹，她知道他要说什么，他根本不必开口。两人几乎是同时冲向楼梯，向下飞奔。楼道里回荡着他们跌跌撞撞的脚步，层层扩散，似是追命的鼓点。

哭岛是琴岛对岸的一处荒岛，20世纪90年代，曾修建过一座大型造船厂，不过时移势迁，早已废弃。后来岛上陆续出过几起命案，众人便更加避之不及，如今山高树密，人烟凋零。而他提到的城西工地，他们也知道特指的哪一个。相传那块儿风水不好，施工过程中总是出人命，怎么也封不了顶，一连几次，项目就被搁置了下来，对外只宣称是资金出了点儿问题，可私底下各种谣言疯传，成了声名狼藉的鬼楼。

两处地点皆为不吉，一东一西，恰好都是四十多分钟的路程，一个小时根本不够来回奔走。想必"东子"早已布好了局，他就是要让二人分头行动，他要让他们自己决定，谁生谁死。

曹小军奔在前，吴细妹跟在后，也是疯魔一般地跑，然而脑子却一片混沌，心底无忧无喜，竟忆起许多不相干的事来。她想起曹小军第一次煲的汤，居然把糖错当成盐巴撒进去，一整锅鸡汤甜得发腻；她想起去年生日，他和儿子一起送的名牌裙子，自己不舍得穿，整整齐齐地叠放在衣橱下面，连吊牌都没来得及剪。

对了，厨房窗外还晒着准备过年吃的腊肠，这几日不在家，不知会不会被野猫叼了去。

电费交了吗？别再欠了钱，给冰箱断了电。里面还冻着最后一块巧克力，天保一直闹着吃，早知道就提早给他了——

点点滴滴的碎片径自翻涌上来，吴细妹忽然发现，自己居然对生命还有这么多的贪恋与不舍。

人真的好奇怪，只有在快要死的时候，才会思考起怎么活。

来琴岛许多年，她和曹小军几乎不曾享受过什么，除了打工的地方，他们基本没去别处逛过。人人都说这座海滨小城风景如画，他们有那么多没去看过的美景，当时总想着日后会有机会，等天保病好，等再攒些钱，等天气暖和，等……

她胡乱想着，就是不肯去面对眼前的现实。可容不得她再逃避，转眼间，二人已经跑到楼下的围栏，何去何从，现在必须做出个决断。

"我去船厂，你去工地。"曹小军的脸隐在月色之下，只有一双眼，晶晶亮的，"我总感觉，东子一定在船厂躲着，我去跟他谈。"

"咱俩一起去——"

"不，"他摇头，"不敢赌，如果赌错了，我们会怨自己一辈子。"

"好，那我去工地。"

他点点头，转身就要走，吴细妹忽地攥住他的手，紧紧攥住，直攥得指节泛白："小军——"

她咬紧牙，直直望向他，眼里包着泪。她本想躲开他的眼，可心底又似乎是知道，这是最后一次端详的机会。不知为何，她觉得与这个男人共度的日日夜夜，都像是为了等待这一刻的离别。然而当离别真的到来时，所有的肝肠寸断又一股脑儿地哽在了嘴边,能吐出来的,只有一句淡淡的话:"万要小心。"

"你也是。"

嘱咐完了,她仍舍不得松开,抖着声音,故作轻松:"咱还没约好呢,结束之后,在哪儿碰头?"

曹小军回身望她,细瞧她握住自己的手,曾经柔软小巧,如今却皴裂粗糙。但她仍是他心中的那个女孩,一日都不曾变过。他永远记得那晚沸腾的夜市灯火,记得她孱弱瘦削的肩头,记得她染血的脸上粉馥馥颤巍巍的笑。十几年风霜,二人历经了那么多苦楚,她在他心中却是如一地美好。

她是他此生唯一的爱人,也是最重要的家人。

她是他的命。

"在轮渡好不好?"曹小军摩挲着吴细妹的手,硬撑出个笑来,"结束之后,我们带着天保,在轮渡碰头,然后离开这儿,去别的地方,好好生活。我答应你,我们今后做好人。"

他将她拉进怀里,听着她呜咽,轻轻抚着她的背:"都会好的,天保的病会好起来,我们也会有新的工作,挣很多很多钱,日子一天天富裕。你不是喜欢花草吗?那我们就去个暖和的地方,一年四季有开不完的花,我答应你,等咱落脚之后,第一件事就是弄个大花园。这些年你跟着我吃了太多苦头,等去了新家,你什么都不要管,只管休息,只管养花弄草,只管吃吃喝喝,想买什么买什么,咱也当回阔太太——"

他絮絮叨叨,颠三倒四地念了许多许多,像是要将余生的话一次性全部讲完。

她被他箍在怀里,闻着他身上的汗酸,蹭着他粗硬的胡楂,感受着他极力压抑的哭泣,听他给她描绘着那个遥不可及的未来。

究竟是未来,还是来世?

"小军——"她喊住他。

可捧着他的脸,却又不知自己到底要说什么。

"细妹,有我在,你不会有事。" 他低着头,"你和天保都不会有事,我保证。"

他又变回了当年那个不敢看她的男孩,只是眼角平添了皱纹。她看着他的眼睛一点点融化,化成两条蜿蜒曲折的河,涌动着此生所有的仓皇、所有的不堪。

"我要你没事,曹小军,"她抚平他灰白的乱发,"我要你没事,答应我。"

他看着她,只是笑,哭着笑,却没有作答。

"答应我。"

他抹了把脸,旋过身去,一步步走远。

"别忘了,轮渡码头。"她在他背后喊,"曹小军,你说过,你永远不唬我的。这次也不许变卦,要回来,我们都要回来。"

他立住脚,终是什么都没再说出口。只是背着身,又一次,冲她挥了挥手。

似是再见,似是诀别。

吴细妹愣在那儿,北风舔舐着腮边的泪。

她看着曹小军脑后的发,在风中飞舞。他微弓着背,一瘸一拐,慢慢淡出她的视线,慢慢走进无边的暗夜。

她抬头,空中孤零零地悬着一轮毛边月。

十多年前的那晚,也是这般月色澄明。荒山之中,她与曹小军手沾鲜血,合力埋葬了倪向东,犯下滔天罪孽。十多年后的今晚,倪向东回来索命,而他俩在同一轮明月的见证下,不得不奔向各自的赎罪之路。

嘀，到底是遭了报应。

有个声音在耳畔盘旋，挥之不去。那是个血红色的威胁，一个清醒的梦魇，一个不祥的预兆，可她不愿去理会，也不敢去面对。事到如今，她别无他选，只得硬下心肠，转过身大步向前，强逼着自己不要回头。

月色之下，曾经相依为命的二人，到底是各奔了东西。

## 47　迷雾

孟朝打着手电,深一脚浅一脚地走在前面,童浩小心翼翼地跟在后面,耷拉着脑袋,半天不敢吭声。

"带你出来找人的,低着头你能看见个什么?"孟朝瞪了他一眼,"曹小军能在古力井[1]里等你?"

"头儿,我错了——"童浩蔫了吧唧地哼唧,"你别气了,本子丢了是我的错,但也没你想的那么严重——"

"什么叫没我想的那么严重?"孟朝立住脚,手电直往他脸上照,"你考虑过后果吗?万一呢,让徐庆利捡了去,让曹小军捡了去,还不够严重?你把我们的计划完全暴露了,现在敌在暗,我们在明,处境非常被动。"

"不一定落到他们手上,"童浩觍着脸笑,"不会那么巧的,又不是写小说——"

"好,就算被无关的人捡到了,你知道这案子现在多少双

---

[1] 方言,下水道。——编者注

眼睛盯着吗?本来就闹得沸沸扬扬,满城风雨,如果这人见钱眼开,反手把信息卖给媒体呢?你还嫌队里压力不够大吗?"

童浩戳在那儿,苦着脸,一下下揪着袖管上的线头:"孟哥,那你说我现在该怎么办?不会因为这事把我给开了吧?"

孟朝鼻腔哼了一声,掉过头去,继续查看周围:"嗬,你想将功补过,可以,除非你找到曹小军,你要是找到——"

"吴细妹!"

"行,能找到吴细妹也算你本事——"

"不是,你看!"情急之下,童浩猛地一把攥住他脖颈儿,"对面跑的那女的,是不是吴细妹?"

孟朝给他捏住了脖子,被迫朝他指的方向打望。果然,不远处立着个妇人,头发蓬乱,在马路中央东张西望,挥舞着两手,似是要拦车。定睛一瞧,不是别人,正是失踪已久的吴细妹。

"童浩,你给我把手松开!"

一语未落,两人几乎在同一瞬冲了过去,而吴细妹一拧脸也看见了他们,旋身撒腿就跑。

"吴细妹,别跑!"

可吴细妹哪里理会他们喊些什么,疯了一样地往小巷深处钻,到底是童浩年轻些,脚力更强,几步抢先,一飞身将吴细妹扑在地上,膝盖压住。

吴细妹拼了命地挣扎,扭动着想要起身。

"吴细妹,停止抵抗!"

她一口咬住他的手,疼得童浩倒吸凉气:"松口,松住口!"

"你跟她商量什么!"孟朝在后面边跑边喊,"愣个屁,铐上啊!"

"哦哦，好好——"童浩这才反应过来，赶忙反手去摸手铐。

"不行，不行！"吴细妹扑腾着手，尖声悲鸣，"放开我，我要去救天保，放开！"

咔嚓一声，她被童浩拷紧，一把提溜了起来，押着就要往车里走。吴细妹没命地挣脱，横冲直撞，像条濒死的鱼，不住打着挺："放我走，我得去救天保，没时间了——"

孟朝给童浩打了个手势，示意他稍等，然后盯住吴细妹："什么意思？什么叫没时间了？"

"没时间了，我求你们，没时间了——"女人面庞扭曲，歇斯底里地哭叫，"我得去救他，他会杀了天保！这个畜生连孩子都不放过！"

"你说清楚，谁要杀谁？到底怎么回事？"

"天保被他掳走了，没时间了，我要去救他，"吴细妹说着两膝一滑，顺势就要往下跪，"求你们放了我，我真没时间了，我要去找儿子——"

孟朝一摆手，让童浩按住她脑袋，继续往车里塞。吴细妹又开始扑腾起来，脚蹬着车门不肯进去："姓孟的，我求你，放我走，只要救下天保，我什么都交代——"

"你不上车咱怎么救！"孟朝掰下她的腿，也提高了嗓门儿，"知道没时间就别瞎耽误，去哪儿，赶紧说，我开车送你去！"

吴细妹收住泪，语气迟疑："孟队长，你不是唬我的，对吧？"

"相信我，"他径自走向驾驶室，"我是警察。"

吴细妹缩在后座，头抵住车窗，窗外灯火如炽，陆离光影映在她的侧脸。泪还没有干，纤细发丝沾在额角，整张面庞宛若一件破碎的瓷器。她两手交叠，身子不受控制地抖。

童浩从前座探过身来，递给她几张纸巾："你刚才说的都是真的？"

她点头，接过纸巾，不住地拭泪。旧的泪痕刚擦去，新的又滚了下来，纸巾很快湿透，被她攥在手里，捏成一个潮湿的小球。

童浩不忍再看，又塞了几张，慌忙别过身来，偷着向孟朝递眼色。

孟朝目视前方，脸上没有过多的表情："小童，你通知队里增援，分两队，一队赶去船厂，一队赶去工地，咱俩先带着她去工地。"

"明白。"童浩一边应着声，一边一个劲儿地揉眼。

"怎么？"

"右眼皮直跳，"他舔了舔嘴唇，"感觉不太好，啧，不吉利。"

"亏你还是个警察，搞封建迷信这一套。"

童浩咧嘴，露出个难看的笑。

道旁的灯火一点点暗淡，他们正在飞速接近。接近徐庆利，或者倪向东，接近谜底，或者骗局。长路的尽头可能是凯旋，自然，也可能潜伏着死亡。

此刻童浩脑子一片混乱，甚至自己也搞不清楚到底希不希望猜对。他想要救下曹天保，却又忍不住怀疑自己是否真的具备救人的能力。嗓子眼儿发紧，每次吞咽都伴着疼痛，肚子也开始翻江倒海,有种想上厕所的冲动。他知道他在害怕,他痛恨这种懦弱,可他忍不住不去怕,与本能作对,终究不是件易事。

孟朝听着童浩联系老马,发现他声音颤得不像话。他知道,新人在没有支援的情况下参与这种抓捕,难免紧张惶恐。自己第一次出现场,看到残缺腐烂的躯体,也是吐得个翻江倒海。没有谁生来无畏,只是慢慢懂了,犯罪者并不会因为你的怕而心慈手软。不合时宜的胆怯,只会害队友丢掉性命。

他清了清嗓子,本想训童浩几句,一转头,却看见他耷拉着脑袋,右手掌根不断地搓着眼。还是张孩子的脸。虽然顶着个大个子,可到底是个没经过历练的青瓜蛋子。自个儿刚毕业的时候,估计也比他好不到哪里去,得亏当时的队长带着他,一路摸爬滚打,总算是入了门。

思及这里,孟朝语气软了下来:"一会儿到了,听我指挥就行,别紧张,别乱。"他瞄了眼童浩,又从后视镜瞭了眼吴细妹,像是一个安慰要讲给两个人听:"没事的,肯定平安。"

童浩扳着靠背,扭头去瞧吴细妹:"听见没,我们头儿发话了,天保不会有事的,你放心吧。"

自己哆嗦成这样,还有闲心去安慰犯罪分子,孟朝摇摇头,不知该夸他善良还是骂他蠢钝。他挤了挤眼,想缓解眼轮匝肌的收缩。不知为何,自个儿右眼也跳了一晚上。然而孟朝不能表现出来,现在他是众人的主心骨,他必须强撑着勇猛,于是暗自祈祷,希望今夜万事顺利,千万别出岔子。

车一拐,到了。他一路狂飙,只用了三十分钟。

城西工地地处偏僻,此时除了公路上的几盏路灯,再无其他照明。铁皮围栏圈起一片黑黢黢的静寂,荒草丛生,烂尾的几栋楼在夜色中突兀地高耸。

他们下车，从围栏空缺处翻了进去，四下阒然无声，月亮隐在云层之后。从海上飘来一层薄雾，乳白色的混沌，罩着三人的眼，几步开外便看不分明。

"是这里吗？"童浩押着吴细妹，"怎么连个人影都没有？"

"这地方废了好些年了，"孟朝在前面打头，"小心点儿，徐庆利很可能藏在暗处。"

话刚说完，吴细妹忽地大力挣开童浩，往工地深处疯跑，一路上扯开嗓子唤曹天保的名字。然而，没有任何回应，唯有斑鸠遁在迷雾深处，发出辽远的悲鸣。

"吴细妹，你给我回来！"

童浩话音未落，就听见一声女人的惨叫，他赶忙追过去，老远就望见吴细妹跌坐在地上，一双眼睛直勾勾地望向天空。她面前是座尚未封顶的高楼，外侧还立着脚手架。

"哪儿呢？"他眯着眼打量，周遭不见人影。

"上面。"孟朝不知何时站到他身后，语气冰冷。

童浩仰头顺势望去，这才看清脚手架的顶端，有几根支棱在外的钢筋。

最中间的一条上，隐隐约约，横穿着一个人。

## 48  哭岛

哭岛是座荒芜的小岛，与琴岛隔着一汪海，也隔着一个时代。三四十年前，造船厂的成立让这座海岛短暂地人丁兴旺过，而随着船厂的搬迁，曾随之而来的丰茂与繁盛也一并去了。厂房搬空，人员撤离，如今只留下一栋栋破败的屋舍，被山中野物占去做了窝。

被人遗忘的船体烂在了岸上，庞大残缺，似是岁月蜕下的沉重的壳。

徐庆利立在船台，隔海远眺对岸琴岛上的灯火，像是遥望着人间。

背后是深不见底的夜，岛上无人、无灯，只有起伏的山、遮天的树、永无休止的悲鸣——小岛地貌奇特，海风拂过时会发出诡异的声响，似婴孩啼哭，似鸟兽哀号，因这不舍昼夜的哭声，得了个哭岛的名字。

人人都说不祥，而徐庆利却在这自然的啜泣中寻得了安慰。听着夜色中的呜咽，会觉得悲哀的不只是自己。

曹天保蹲在他旁边，一手捏着零食，一手攥着奥特曼，鼻头冻得通红："倪叔叔，什么在哭？"

"不怕，"他温柔地抚着男孩头顶，恰似往昔一般，"只是风。"

孩子似懂非懂地点头，衣袖抹去鼻涕："阿爸阿妈到底什么时候来呀？"

"快来了，"他瞄了眼时间，"就快来了。"

哭岛与琴岛由一条狭长的穿海隧道相连，搭车左不过四十分钟，眼下已经快到约定的一小时，他们势必已经到了，也许就藏在某处，在暗中窥探着他。徐庆利的视线扫过船壳、厂房、航吊、灌木丛，扫过一切可以容人藏身的黑暗，最终又落回了曹天保的身上。

若他们没来呢？

他问自己，如果他们不肯现身，他又要如何处理这个孩子？

真的决定了吗？

男孩把零食扔在一旁，捏着两个奥特曼对打，嘴里不知在念叨些什么。

拐带天保出来，比他想象的更加简单，甚至无须动用暴力。这个男孩跟他亲密，他是天保眼中和蔼有趣的倪叔叔。过往三年，他帮他讲的功课、喂的吃食、偷着买给他的小玩具，都帮他赢得了这个孩子的信任，所以当徐庆利突然出现在烂尾楼空房间的时候，曹天保没有惊讶，而是蹦跳着抱住他，用脑袋蹭他的肚子，嚷着好久没见他了。

"阿爸走后，倪叔叔也不来了，现在阿爸回来了，叔叔也回来了，真好。"

"是啊,都回来了,"他拍拍孩子的脑袋,将刀背在身后,"真好。"

"是阿爸阿妈让你来接我的吗?"他跑回床上,飞快往书包里塞着什么,"阿妈出门前让我赶紧收拾,说今晚就走,你瞧,我都收好了,马上可以走。"男孩得意地晃了晃手中的书包:"自己收的呢。"

他仰着脸冲他笑,像是在等待他的夸奖。

徐庆利也笑,多么乖巧懂事的孩子,连理由都帮他想好了。他拉住他,快步朝外走:"是啊,阿爸等很久了,你快跟我去找他。"

他带着曹天保先去了工地。眼下饵有了,陷阱里的刀自然也得准备妥当。布局的人是他,他势必要确保万无一失。他要天保稍等一会儿,只说过来取点儿东西,而在他忙活的过程中,男孩也真的没有去扰过他。

曹天保什么都没有问,自个儿拉开书包,安静地缩在角落里吃零食。常年的颠沛与病痛让这个孩子十分懂得忍耐,或许并不理解大人世界的逻辑,可他总是试图去成全。温顺、隐忍,似一株错生在冬天的植物,明知结局唯有死亡,却也还是顺从地生长,自欺欺人,心底做着开花的美梦。

窗外的风雪固然不是他的错,可世间受苦受难的人,难不成都是自己做错了什么吗?

徐庆利望着男孩,就像观赏一出电影的结尾。此刻屏幕还亮着,人物还演着,鲜活着,可他知道,距那个结束不远了,一秒又一秒地挨近,挨近曲终人散的时刻,心中未免怅然。

蓦地翻腾起一股不忍,他停了几秒,笑笑,又继续手上的动作。

直至所有东西准备妥当，二人辗转来了哭岛。

徐庆利寻了处避风的地方，躲开男孩，偷着给曹小军拨打了那通电话。等他出来时，不远处的曹天保换了种自娱的游戏，捡起码头附近的碎石子，朝海里丢去。

海上生了雾，水与天连成一片，无垠的黑，浓得令人惶惑。对岸灯火时隐时现，远得宛若天边的星。天保丢出去的石子转瞬不见，只听得一两声微弱的"咕咚"，衬得黑的更黑、远的更远。

徐庆利又看了眼时间，逼近午夜，已经超过了约定的一小时。

仍未有人现身。

他看着天保奔来跑去、四下捡拾石子的活泼背影，一时间恍惚愣了神。

再等等吧，他对自己说，他情愿再给点儿时间，给曹小军，给吴细妹，给曹天保，也给他自己。

身旁搁着条未完工的铁壳船，底部支着几根水泥墩子。这艘船本应成为海上的岸，如今却搁浅在陆地，任由海风侵蚀。风穿过船骸，像一首悲戚的挽歌，一场夭折的梦，哭诉它本应在碧波之上乘风破浪，就像他，本应脚踏实地安稳一生。

他忽然感同身受，他是徐庆利，也是倪向东，是曹天保，也是曹小军。他是被抛入海底的石子，也是被架空在陆地的船。世间万物皆是身不由己，被无常命运玩弄于股掌之间，在各自的节律中，承受着各自的苦难。

夜色浓郁，耳畔唯有哭声不舍。

不，黑暗之中还隐着另一股气息。

是他。

徐庆利回头，他知道他来了。

不是她，是他。

徐庆利的手微微地抖，海风之中还掺杂着第四个人的呼吸，一个名叫倪向东的人伏在他身旁，哧哧笑个不停，帮他握住颤抖的刀。

死去的倪向东四肢焦黑，面庞残缺，嘴一张，便呼出细小的灰色粉尘。

"你便是我，我便是你。"

笑声阴沉沙哑。

"徐庆利就是倪向东，倪向东就是徐庆利。"

空气中弥漫着皮肉焦煳的臭味，仿佛烈焰又一次烧毁了他的脸。

"曹小军是我们共同的敌人，找到他。"

可是他藏在暗处，曹小军躲在暗处不肯现身，就像那夜一样。

"有办法。心狠的人，总是有办法。他们能狠，你也可以。"

徐庆利走向曹天保："天保，你来看，那个是不是你阿爸？"

"哪里？"男孩颠儿颠儿地跑过来，小脸被风吹得通红，"哪儿？"

"在那儿，你往前走走，看，海面远处那个。"

"哪儿？"男孩踮着脚往前张望，一寸寸靠近码头边缘。

徐庆利忽地伸手一推，曹天保毫无防备地跌入水中。这是船厂，海阔水深，孩子的脚根本够不到底。

"倪叔叔，救我——"他的脑袋在水中起伏，"我，救我——"

徐庆利点起一根烟，斜叼着在码头边来回踱步，另一边是孩子的濒死挣扎。

他嘴里哼唱般数着数儿，不疾不徐。

"十，九，八——"

曹天保疯狂蹬腿，掀起哗浪浪的水声。

"七，六，五——"

男孩扑腾着，渐渐失了气力，只有一双小手挓挲着，擎在头顶。

"四，三，二——"

孩子沉入水底，没了声息，海面重新恢复平静。

徐庆利停住脚步，有些诧异地望着海面。

"咦？"

说时迟那时快，打身后飞出一道黑影，将他撞到一边，扑通一声，跃入水中。

曹小军高高地托起曹天保，一次一次，铆足力气往岸上递。

徐庆利居高临下地俯视着父子二人，歪嘴一笑。

"一。"

他用鞋底踩灭烟头，右手打怀里抻出刀来。

曹小军，你总算肯现身了。

## 49　坠鸟

三人仰着脖,同时望向被钢筋贯穿在半空的曹天保。浓雾弥散,又在十三四层楼的高度,自下往上,只能瞥见个大概的轮廓,黑黝黝的一团,像是被装在编织袋里。钢筋从黑影的正中穿过。里面的人无声无息,不曾呼救,也没有一丝挣扎的迹象。

吴细妹是第一个反应过来的,尖叫着就要往上爬,童浩忙一把拉住她,可她受了刺激,哭号着甩动膀子,登时力大无穷,眼看着就要失控:"放开我,你放开我!"

"别急,队里很快来人了,你等等——"

"放开!我要去救他!你放开!"

"孟哥,我快撑不住了,怎么办啊?"

孟朝一把压住她肩膀:"想让天保死,你就尽管闹,尽管耽误时间。"

吴细妹闻言止了声,泪涌着,嘴却哑了。

"头儿,这算怎么回事?"童浩白了脸,不住咽唾沫,"是不是得上去啊?"

"我总觉得有诈。"孟朝环视四周,扫过每一扇漆黑的窗口,"你不觉得奇怪吗?如果要杀曹天保,随时随地都可以,干吗跑这么远,又搞得如此复杂。徐庆利以前在工地就是干搭建脚手架、绑钢筋的活儿,他比我们更熟悉工地的设置,选在这地方也绝对有他的原因。咱得小心,人很可能就藏在暗处准备偷袭。"

"虽然不知道他在算计什么,但我确定无比,徐庆利肯定布好了局。"孟朝盯住悬在高空的黑影,倒吸一口气,"这布置得就像是个陷阱,专等着人上钩。"

"那我们先不去了,"童浩偷眼瞧他,"或者等队里人来了,咱一起——"

"不,必须得去,"孟朝摇头,"他这位置都设计好了,我们要想救天保,非得上去个人不可。"

吴细妹闻言又开始扭动:"打开手铐,队长,求你们了。这样,我上,刀山火海我认了,大不了一命换一命——"

"你不行,你上去不见得能救下天保。"孟朝指着高处,"他挂的这个位置,刚好卡在两层窗口之间,我们没法从窗台探身,只能顺着脚手架,一点点爬过去,你的上肢力量不够,做不到在半空中托住天保,弄不好连自己也会搭进去。你让我再想想办法——"

"可是没时间了,"吴细妹低声哀求,"孟队长,快没时间了,马上一小时了。他电话里说过,时间一过就动手,咱不能再等了——"

"这样,我上。"童浩抖着身子,颤着两只手开始脱外套。

孟朝拦住他:"你在下面帮我照明,我上。"

"头儿,不行,你年纪大,腿脚不灵便,反应也慢——"

"闭嘴，"孟朝麻利地系紧鞋带，脱下外套，"来之前说了，服从命令，听从指挥，你不会要犯错误吧？"他低头查看手枪，停了一瞬，抬眼盯住童浩："开过枪吗？"

"学过，"童浩咽了口唾沫，"但没打过真人。"

孟朝点头，掏出枪，上膛，塞进他手里："一会儿如果有什么不对劲，直接开枪，不要犹豫。"

童浩接过枪，沉甸甸的，他愣了几秒，又两手把枪推回来："头儿，还是我上去吧，这种体力活儿让我来冲，你在下面掌控大局——"

"少屁话，都什么时候了，还跟我打官腔？"孟朝把枪塞他怀里，用力捏捏他肩膀，"你路上不是嚷着眼皮跳，怕不吉利吗？所以还是我来吧，你老老实实，好生待在下面，别给我添麻烦就成。"他朝前走了两步，又忽然停住脚，回过头来望他："小童，我在架子上面行动起来肯定受拘束，所以下面就交给你了，务必打起精神，现在不是害怕的时候。"

"嗯。"

"一会儿要是真有突发事件，"他瞄了眼吴细妹，"你脑子灵活点儿，眼睛盯住了。"

"明白。"

"还有，记得我来之前跟你说的话吗？"

"剩一半的煎饼馃子先别扔，等你晚上饿了再吃？"

"不是这句——"孟朝皱着眉苦笑，"我是说，如果我倒下了，你要接着顶上。"

"孟哥，快呸呸呸，别说这些丧气话——"

"记住没有？"

"我——"

"看着我,这是命令。我要是发生什么意外,这里就交给你了。记住,别慌,你是警察,你要第一时间顶上。"

孟朝盯住他,少有的严肃,童浩握紧手里的枪,点了点头:"好。"

孟朝独自迈入建筑,心中打鼓,脚步声回旋在空荡的楼道。他攥紧手电,脚下是有限的光亮,边走边四下打望,生怕徐庆利从暗处冲出来偷袭。

那道黑影悬在十三与十四层之间脚手架的小横杆上,必须翻出去再攀爬一段才能够得到。孟朝跪在十三楼冷硬粗糙的水泥窗台,猎猎的风甩在脸上,额发乱飞,心脏咚咚擂动。朝下望去,隐约两个小小的人影,一道细微的白光晃动,那是童浩握着手电在向他招手。深吸一口气,孟朝咬住手电,从室内窗口翻出去,反身向外爬。

工地荒废已久,脚手架的地基松散下沉,脚一踏上去就感觉有些晃动,脚手板被人撤走了,他只能踩着钢管,小心挪动。

风从下面灌上来,身子悬在高空,掌心很快浮出一层冷汗,打滑,他强忍着不去朝下看,也不去想架子会不会坍塌,一寸寸往右边挪,只盯着几米开外的编织袋。

染血的红白蓝三色编织袋,鼓鼓囊囊,似是塞着个人,半敞开的口子里露出条衣袖,是件橙黄色的面包服。

孟朝认得,那是曹天保的外套,送他去医院那天,吴细妹回屋抓起来的就是这一件。

他将手电塞回裤兜,轻声呼唤天保。

没有回答。

孟朝加快了移动速度，靠近了，他伸长右胳膊去够，手托住袋子，沉甸甸冷冰冰的，浓郁的血腥臭。

心中升起一股不祥的预感。

右眼皮开始狂跳，孟朝不去管它。

编织袋贯穿在小横杆上，他一手攥紧钢管，一手揪住一角，用力往外挣。袋子比他想象中的更沉，幸而终是摘下来了。右臂在抖，他咬牙绷紧肌肉，带着编织袋一点点地往回挪。走了几步，左臂也抖得厉害，就快要支撑不住，他停在半空，深呼吸，强迫自己冷静下来。

总觉得哪里不对劲，可到底是哪里呢？

徐庆利全程没有出现，难道攀爬脚手架就是他布下的局？

不，没有这么简单，有问题，一定还有什么问题，只是他还没发现——

眼下孟朝已顾不上那么多，加上曹天保的重量，他的体力已逼近极限。

先下去再说。

他试图将袋子放到脚下的钢管上，分担一部分重量，一低头，却发现防护栏和用于加固稳定的十字撑都被人撤走了，连接钢管的扣件少了螺丝，脚下的钢管松动、倾斜，显然支撑不住两个人的重量。

孟朝僵在那里，于一瞬猛然明白了徐庆利的诡计。徐庆利是要他自己选，要么同归于尽，要么将曹天保丢下去，独自保命。

那么他要怎么选呢？曹天保自己肯定无法活着爬回去，所以问题很明确：他是选择看着曹天保死，还是选择陪着他一起死？

不，一定还有其他办法。

孟朝大脑飞速运转。

既然徐庆利能带着曹天保爬上来，那一定还有另一条可供选择的路径，只要找到那条路，二人就可以全身而退，只要找到——

然而——

童浩与吴细妹并肩站在楼底，仰脸望着孟朝在空中一点点辗转腾挪。

吴细妹婆娑着泪眼，双手合十，不住地祈求神明保佑，而童浩则在一旁控制不住地抖腿，嘴里也碎碎念叨个不停。

"没事，没事，孟哥是老手，没事的，肯定没事的。"他一遍遍念叨，不知是安慰吴细妹，还是安慰自己。

徐庆利一直没出现，而孟朝也顺利地救下了曹天保，童浩悬着的心落了地。他看着孟朝一手攀住架子，一手拽着袋子，一点点往回挪。

"你看，救下来了，"童浩笑了，"救下来了，我就说没事的，你看——"

可下一秒，他看着孟朝脚下一空，身子向后仰去，从高处坠落，就像是一只鸟。

他看着他停滞在半空。

有一瞬，他甚至怀疑他可以飞。

然而紧接着，坠落、坠落、坠落……

断了翅的鸟，自高空急速地坠落。

"砰"的一声，孟朝碎在他的眼前。

## 50 死诀

徐庆利迎风站着，曹小军跪趴在对面，两手撑地，呼哧呼哧喘着粗气。曹天保亘在两人之间，仰面瘫在地上，一绺绺额发四散，滴着水。

"天保，醒醒——"曹小军艰难挪动，爬到男孩身边，轻轻拍打他的面颊，"天保，不怕，你睁眼看看，阿爸来了，你醒醒，睁眼看看阿爸——"

然而曹天保嘴唇青紫，在凛冽海风中双目紧闭，没了声息。

"曹小军，原来你真没死。"徐庆利咂咂嘴，上前一步，"你说可不可笑，就在几天之前，我还在跟老天爷祷告，说愿意用任何东西去换你活过来。可眼下你就活生生站在我面前，我却一点儿都高兴不起来。"

他又近了一步，曹小军看清了，他右手握着刀。

"你得给我个解释，一个死人怎么就又活了呢？"他悠闲地转着刀，那是曹小军无比熟悉的动作，属于倪向东的动作。

"你的死让我成了通缉犯，我为了逃命，杀了个不相干的保安。你一点点把我逼上绝路,让我脏了手,回不了头,可你现在怎么又活了呢?"

他步步逼近,曹小军摇晃着起身,将曹天保护在身后。大腿上的伤又挣开了,血汩汩向外涌,可他不能在这个男人面前表现出任何虚弱,不能。就像在野外遇见饥饿的狼,血腥气只会彻底激发它的兽性,示弱得不到任何怜悯,只会加速死亡的到来。他提着气,手撑膝盖挺起身来,咬牙努腮,直视那人的眼睛。

"曹小军,你告诉我,为什么?"

曹小军没有回答,而是用另一个问题替代:"你是谁?"

"我?"徐庆利勾起一边嘴角,冷笑,"我是你兄弟,东子啊——"

一语未落,曹小军瞬间炸起,忽地一下子直奔过来。徐庆利不知他要干什么,惊吓之余忘了退后,曹小军猛然贴近,挥动右手,一股蛮力击中徐的下腹,酸胀之后,撕裂的疼痛弥散开来。

徐庆利自觉身子一顿,低头,发现腹部插着把刀:"小军?"

再抬头,却直撞上对面人的咬牙切齿。"你为什么要冒充倪向东?"刀在他体内转了个圈,"你到底是谁?接近我什么目的?"

怨毒,愤恨,不加掩饰的厌恶。

这表情徐庆利曾见过无数次。

在他三十余年的人生里,这种嫌弃与恶意他见了太多回。

那些人在真正了解他的为人之前,只消看见他毁掉的大半边的脸,便已经开始憎恶。

调侃、嘲讽、谩骂,甚至无端的殴打,历经了太多,他以为自己已经百毒不侵,直至今日看到了曹小军的眼神。

他有一瞬的恍惚，只觉眼前这张扭曲的面孔，无比陌生。

曹小军到底是受了伤，又在海里折腾了许久，消耗了力气，刀刺得不深，只伤及皮肉。抬手第二下的时候，徐庆利反应过来，一把推开，踉跄着躲闪。曹小军扑了个空，径直摔在地上，好半天起不来身。

徐庆利望着他的狼狈，望着他在潮湿打滑的地面上颤着两条胳膊，挣扎着想要撑起身体。

"我不会说的。"他走过去，向后拉扯曹小军的头发，"如果你当时问我，就会知道我的答案，那晚的事情我会烂在肚子里，永远不会告诉别人——"他一刀刺向曹小军后腰。"可如今晚了，走到这一步，我们都回不了头了。"

又是一刀。

曹小军怒吼一声，反手挥刀，刀刃划向徐庆利的右腮，转眼皮开肉绽。

徐庆利捂着脸滚下来，刀落到一旁。曹小军借机翻身，骑在他身上，两手攥住刀，大力向下掼去。徐抬起右臂去挡，曹抖着胳膊继续向下，二人裂眦嚼齿，无声角力。

刀尖就悬在徐庆利眼睛上方，一寸寸逼近。

他左拳铆足力气，猛击曹小军腹部，对方吃痛，两手一顿，紧接着闷哼一声，继续向下狠按，刀顺势刺下。徐庆利偏头，刀刃擦着颧骨过去，铛的一下，直扎向右耳旁的混凝土船台。

曹小军见状再次举刀，徐庆利发了狂，手指插进他大腿上的伤口。曹小军惨叫一声，失去控制摔了下来，徐庆利趁势捡起刀，奔向远处，而曹小军瘸着腿，也紧跟着追了上去。

二人围着废弃铁船兜圈子。

曹小军背靠着船，探头向左右张望。

大雾迷蒙，看不见人影。侧耳倾听，亦没有任何脚步声，只有瞬息不停的海风呜咽着穿过岛屿，像是女人哀绝的哭泣。

有什么落在脸上，湿漉漉的，他一抹，一股子腥气，是血。

曹小军仰头，正撞见"东子"血淋淋的笑。

"东子"就藏在他头顶的甲板上，刚好撑着栏杆向下张望，冲他咧嘴笑——右腮豁出条大口子，像是裂到耳根的嘴角，泛着恶意的邪笑。他尚未反应过来，"东子"便闪身翻过栏杆，一跃而起，从天而降，径直压倒在他身上。曹小军后脑猛撞在地面，头晕目眩，一时间慌了手脚。等他回过神来，"东子"的刀已经抵在自己的动脉上，冰凉的铁器即将豁开皮肉，放出滚烫奔涌的血。

他忽然觉得累了。

一股从未有过的疲倦袭来。

想他一生都在奔逃、战斗、辛苦劳作，随时随地保持戒备，就连睡觉也要在枕下藏把刀，睁着半只眼，而如今，他真的累了。

不想跑了，不想斗了，不想再算计什么，只想好好睡上一觉，在无梦的深眠中，获得永恒的宁静。

曹小军停止了挣扎，等待着命运的发落。

他合上眼，听着风里的哭声，忽然想起了吴细妹。

若她知道自己葬身于此，是否也会如此哭泣？

细妹，对不起。

一滴泪顺着眼角滑落。

答应你的，终是没有做到。

徐庆利看着曹小军瘫在地上，血顺着遍身大大小小的伤处朝外淌，在他身下蔓延，像是一双血红色的翅膀。这双翅膀，即将带他逃离颠沛流离的人间。

徐庆利攥紧刀，卡住他脖子，刀刃横抵住动脉，咬了咬牙，却依然下不去手。

他忽地想起旧日种种。

想起曹小军明明酒精过敏，却偏又好喝，每每在小饭馆里喝得脸盘子通红，还得自己架着他走回工地。

想起工头看不见的时候，两人总是一边捆钢筋一边吹牛。曹小军有时会像个小孩子一样，偷着往他兜里塞零食，有时是块糖，有时是包花生米。没什么值钱的好货，曹总是自己得着点儿什么，就顺手分他一半。

想起吴细妹给他俩在夜市买过两件一样的衣裳，胸口印着一串英文，谁也看不懂，只觉得穿在身上洋气。直到后来的某天，王成这小子不怀好意地跑过来告诉他们，衣服上印的是句脏话，一向寡言的曹小军红着脸怼他："知道，就穿给你看，骂的就是你。"徐庆利蹲在一边，笑得饭粒子直呛进鼻子眼儿。

想起许多七零八碎的东西，生日那晚的烛火，想起他在跳动的微光中，许下的那个生日愿望。

这一家人曾是深处泥潭的他可以捉住的唯一一条绳索，可他们没有救他逃离苦难，反倒是被他拉入了万劫不复的深渊。

最初在彼此身上给予的无限厚望，如今沦为漫长的剔骨折磨。

无论活下来的是他，还是他们，生者的灵魂都将永远缺失一个重要的部分。

这是一场必输的决斗，打一开始，就不会有赢家。

从信任到怀疑，从宽宥到残杀，这场困兽斗里，唯有歹毒之人能够活到最后。心底属于人性的柔软部分，也必将追着另一方的死亡而逝去。

这是活下来的代价，消弭的善良，是对死者的供奉。

徐庆利握着刀愣在那里，耳畔是无休无止的哭声。

旧日的世界土崩瓦解，新的秩序尚未建立。一夜之间，他同时失去了过往与未来，卡在现实的断壁残垣之间，迷失了自己。

他不知道他到底是谁，究竟是倪向东，还是徐庆利？

风声之外混杂进其他声响，由远及近，将他重新拉回到现实之中。

远处天幕倒映着红蓝色光晕，在树影间短促地闪烁，徐庆利直愣愣地望着，过了很久才明白过来，那是警灯。

警察怎么会来这里？

他只慌了一瞬，很快又冷静下来。无妨，警察的意外到来也可以成为他计划的一部分，反倒是省去了自首的力气。徐庆利回身，扫视着遍地狼藉，知道自己必须抓紧时间。这出戏，还有最关键的一幕尚未演完。

他俯视着曹小军，后者倒在血泊之中，看着他，微弱地喘息。

"那晚的事情，我绝对不会告诉任何人，你知道为什么吗？"他弯腰凑到曹小军耳边，"因为——"

他道出了那个只有他和倪向东知晓的秘密。

他心满意足地看着曹小军瞪大了眼睛，不可置信地望着他。

他知道，这个男人坚定了十几年的信念，正一点点崩碎散落。

不远处警灯闪烁，警报刺耳，愈来愈近。

"是时候道别了——"

"求你……放过天保……"

他笑而不语,手上下了狠劲。曹小军剧烈咳嗽,血沫子飞溅出来。

"你……到底……是谁?"

"嘘——"

他捂住他的嘴,一刀划开了动脉,毫不迟疑。血喷在脸上,寒夜中唯一的暖意。

"我是倪向东,也是徐庆利。"

他起身,跌跌撞撞,望着自己的双手出神。

"事到如今,还有什么区别吗?"

## 51　寒栗

警灯闪烁，稀释了雾色，一张张面孔浮了上来，或熟悉，或陌生，跃动于明灭之间，斑驳光怪。红蓝两色的灯，照亮了工地上空的夜，却照不亮地上那摊血。

墨色血渍，如同一块丑陋刺目的胎记，渗入同样墨色的大地。

童浩窝在后座，额头抵住前排副驾驶的靠背，不肯斜眼去瞧窗外的热闹，直愣愣地望向脚底，目不转睛，偶尔才眨一下眼。车窗外嘈杂一片，他听着鼎沸人声，有些许的恍惚，像是独自在影院守着屏幕上的戏，悲喜是别人的，他只剩下旁观。

救护车的声响，由远及近，又由近去了远。

童浩将自己关在狭小的后排空间，隔绝在所有信息之外，闭着眼，数着呼吸，强迫着不去联想什么。

车门开了，带进一股子凛冽冷风。

睁眼，是老马。

老马坐在了驾驶座上，那是孟朝惯常的位置。

挪了挪屁股,马驰华从靠背的夹缝里抠出半管开了封的薄荷糖,又笨拙地弯下腰,捡拾起落在座位下面的几颗,握在手里,来回摩挲着。

童浩手肘撑在膝盖上,伏低身子,不敢去看他的眼。他听见老马吸了吸鼻子,希望只是天气寒冷的缘故。那个迫切想要追问的结果,如今就哽在嗓子眼儿。可他不敢去问,他害怕听到答案,因而闭住嘴,只等着老马开口。他希望老马能越过靠背回头看他,希望一抬头就能看见他在笑,希望他会用惯常的语气安慰他,告诉他别担心,孟朝已经脱离了危险,告诉他甭害怕,人没什么大碍,告诉他……

哪怕是告诉他孟朝正在医院抢救。

然而,老马什么都没说。

老马的沉默已经回答了一切。

"曹天保救下来了吗?"

童浩听见自己的嗓音在颤,他攥紧拳头,指甲抠进掌心,留下深红色印记。

他迫切需要一点儿安慰,需要一点儿好消息。

老马没有回答,而是降下车窗,从孟朝车里捡起根烟。

这是童浩第一次见副队长抽烟。

他想起以前每次孟朝点烟的时候,老马总是调侃他,说他是嫌自己命长,谁能想到,一语成谶。

烟燃了半截,老马终于开了口:"那不是曹天保。"

童浩挺起身子:"那是谁?"

"谁也不是。"老马掸掸烟灰,强撑着平和,"袋子里塞了些乱七八糟的,全是些破烂儿,满满登登。就上面披了件曹天保的外套，沾着血，那血也不知道是谁的，等检验吧。"他咳了一声，清了清嗓子："故意把衣服袖子抻在外面，就是想让人瞧见，想让人误以为里面是曹天保。那个袋子，就是个骗人的饵。"

可是孟朝不知道，他到死都不知道。

孟朝就连落地的时候也没有松手。

他将袋子牢牢护在胸口，两条胳膊箍得死死的，用自己的肉身作为最后的缓冲。他以为那里面是曹天保，他在半空中就准备好了，准备自己去死，准备用自己的命去给曹天保换一个生还的机会。

毫无意义。

他死得毫无意义。

"你受伤没？"老马灭了烟，强行岔开话题。

"我没事，我根本就没上去，我整晚都站在楼底下。马队，你知道吗？本来上去的人应该是我，本来死的人应该是我——"

"小童，你听我说——"

"是他知道我眼皮跳，他怕我心里有压力，他怕我出事，所以他自己上去了——"

"童浩——"

"我这张破嘴，我这张破嘴，我跟他念叨了一路，整整一路，说我眼皮跳，说不吉利，所以他才上去的，是我让他上去的，是我坑死了他，马队，是我杀了他——"

"童浩！"老马探过半拉身子，攥住他的胳膊，"跟你没关系，无论今天跟谁组队，上楼的人一定会是他。小孟就是这样，平时吊儿郎当，关键时刻不要命地冲。以前我就老批评他，搞什么个人英雄主义，七八年了，这小子就是浑，就是不听人劝。我絮絮叨，絮絮叨，告诉他多少次了，现在是队长了，遇事得稳住，别急着冲，他就是不听，光笑，一说就他妈咧开嘴跟我笑，就要贫在行。他今天要是再等等，等支援来了——"

老马忽地哽住，昂起脸来。

"要是再等等，起码等我来了——"

他摆摆手，后面的话怎么也说不全了，右手遮住眼睛，泪却从指缝间涌了出来。

童浩旁观着他的崩溃，某种情绪涌动在喉头，他张了张嘴，发现自己无话可说。

铃声突兀地响起，打断了老马的哀痛。

"喂？"老马用掌根抹了把泪，声音里掺着浓重鼻音，"没事，我这边没事，小陈你说吧。"他抽了张纸巾，边擤鼻涕，边回应着电话那头的人："行，知道了，你们先盯住了，我马上就回去。"

老马挂了电话，顿了两三秒："刚才船厂那边来消息了，说人抓到了，现场一死一伤，还有一个在抢救，我得赶紧回局里一趟。"他抬头，打内后视镜里看着童浩。"咱还得继续，难受归难受，但不能趴下，得把案子破了，这才对得起小孟，咱得——"他点点头，像是咬牙说给自己听，"得坚强，得顶上。"

老马打开车门，一只脚已跨出车外，又回头看了眼童浩。他木然坐在那儿，硬绷着一张脸。

"小童，别憋着了，哭吧，哭出来能好受些。"

吧嗒，车门关上，昏暗的车厢里，又只剩下童浩独自一人。

老马说，哭出来会好受些。

可是他哭不出来，一滴泪都没有。

童浩总感觉孟朝没死，孟朝就在这现场指挥着，也许下一秒就会猛敲车窗，让他赶紧下来干活儿，别坐在车里面当少爷。

童浩茫然地望着窗外闪烁的警灯，试图在忙乱的人群中寻找孟朝的背影。找不到，个个都像，可个个都不是。他忽然一阵慌乱，打了个寒战，车里没开暖风，他冷得发抖，牙齿上下打战，咯咯作响。

童浩两手摸索着，往口袋里塞。口袋里有什么，鼓鼓囊囊的。伸手一摸，掏出半个煎饼馃子，已经凉了，软塌塌的，一股子油腻味。

下午时候，孟朝硬塞进他兜里，让他好好保管，帮忙焐热乎了，说等晚上饿了，他还要接着吃。

"你再不回来就囊了，不好吃了。"童浩两手攥着煎饼馃子，"你不是说让我别扔，说你晚上回来还要吃吗？"

他忽然意识到一个事实，胸口一阵钝痛。

那个人永远都不会回来了。

这世上仍有许许多多个孟朝，无数个姓孟名朝的人，但是再也没有一个会乐颠颠地坐在前排，扭头问他要这剩下的半拉煎饼馃子。

童浩抖着手，解开塑料袋上的疙瘩。

他将冷了的煎饼馃子塞进嘴里，咬了一小口。

"已经不好吃了，这面也酸了，薄脆也软了，韭菜也不新鲜了。"

鼻子一酸，眼圈红了。

"辣椒和甜面酱要这么多，也不嫌齁得慌，都给我难吃哭了。"

他大口嚼着，大声骂着，泪珠子终于滚了下来。

"我就说等结案了，咱一块儿吃顿好的，都说好了不是？"

他抽噎着往下咽，泪和煎饼馃子一起往下咽。

"你说现在这算怎么回事，是不是说话不算话？是不是？"

童浩猛地停住，向着黑暗。

"你再不回来，我可都吃完了。"

他环视四周。

"没开玩笑，再不出来，真没了，我可真吃了。"

没有回应，此刻，将来，都不会再有回应。

死亡就像是一场捉迷藏，逝者躲藏，生者寻找。

处处是他们的痕迹，他们的气息，他们留下的线索，让人总感觉自己能找到，感觉他们其实并未走远，就在门后，就在转角，就在隔壁的房间，就在涌动的人海。

但你永远都碰触不到，永远都没有机会抓着他们的衣角大喊一声，我看见你了。

他们太要强了，他们总是想赢，他们总是在你寻到之前，偷着藏去另一个角落。

无论你如何哭喊、祈求、呼唤他们的名字，他们也绝不出现。

这就是规则，赢的永远是亡者。

他们将永远地赢下去。

童浩不知自己哭了有多久，再抬头，他在隔壁警车里看见一张熟悉的脸。

吴细妹。

他打开车门，疯了一般冲过去，大力拍打着车窗。

吴细妹戴着手铐，向后缩了缩，望向他的眼神有些诧异，有些畏惧。

"吴细妹,他是为你死的,为你家天保死的,你要是还有点儿良心,就坦白,把真相说出来,说出所有——"他喊破了音,难听极了,"你和曹小军的计划,说出来,全部说出来,你不能让他白死,他不能白死!"

吴细妹望着他。"我不知道你在说什么。"她垂下头去,"什么曹小军,什么计划,我不明白。小军失踪以后,我再也没见过他。"

她的脸隐在暗处,声音却无比清晰地传来。

"我什么都不知道,我无话可说。"

## 52　穷鱼

看守所讯问室内，吴细妹一言不发，只低头望着腕上的手铐。

"吴细妹，不要搞拖延时间这一套，"小张敲敲桌子，"但凡带你来这里，就是我们手上已经有了证据，给你个争取宽大处理的机会，你才三十二岁，总不想下半辈子都蹲在监狱里吧？"

吴细妹抬头，乜斜了眼，又低下头去，一脸淡然。

"你是自己说呢，还是等着我们帮你开口？"

"你们要是都知道了，那就判呗，"她伸手拢了拢耳边碎发，"既然知道了，还问我干什么？"

"你端正下态度——"

门开了，老马走进来，中断了问话。

吴细妹歪头瞧他，视线随着他走，追着他坐下，看他当着自己的面跟另外两个警察窃窃私语，眼睛却时不时地、一下一下地往她这边瞟。她心底隐隐不安起来，面上却咬牙绷住了，不去表现什么。

咚的一声,那人将某样东西丢在桌面上,她忍住了,强迫自己不去看。

"吴细妹,当时你跟曹小军两人是分头去了两个地方是吧?"

她低头搓弄着右手指尖的灰,不说话。

"工地上没有曹天保,因而你赌了一把,你赌曹小军那边可能会成功救下孩子,所以你闭嘴不说,消极抵抗,就是为了给他争取时间,对不对?"

吴细妹嘴角一抽,老马看在眼里,知道猜中了,于是提高音量,继续往下说:"你知道吗?曹小军出事了。"

她依然低着头,但是老马看得清楚,她的手指微微颤动。

她在听。

"不信?"哗啦一声,他将之前扔在桌上的东西提了起来,"这个你总认得吧?"

吴细妹抬眼,漫不经心地一瞥,却登时愣住。

一串血糊糊的钥匙。

怎么会不认识,这个钥匙环是她买给小军的,夜市上买的假货,十块钱一对。

她不知道这只粉红色的小狐狸叫什么名字,只知道眼下时兴得很,城里的小姑娘包上都挂一个。再怎么说,她也只是个三十岁出头的姑娘,喜欢赶时髦是按捺不住的天性。在摊主的撺掇下,她蹲下身子,在成堆的钥匙扣里翻来覆去地选了半天。粗制滥造的居多,有的眼歪嘴斜,有的印花偏了,有的少了个眼珠,她直蹲麻了脚,挑花了眼,才拎出两个差不多的,好容易凑成了一对。

现在人管这叫情侣款,她美滋滋地付了钱,想着她跟小军的应该叫夫妻款。

当天晚上,她偷着将小狐狸挂在他钥匙上,一遍遍地看,软乎乎的一小团,愈看愈欢喜。可她看着看着,心中又不免忐忑起来,毕竟小军已经三十四岁了,平时又都跟些大老爷们儿待在一起,万一他嫌幼稚,不愿意带在身边怎么办?

晚饭后,小军去裤兜里摸烟,摸了半天,翻出了钥匙,看见了。

她正在厨房收拾,背对他,两手攥着只碗,透过哗哗水声,揣摩着他的反应。

"这是什么?"

"买给你的,"她慌起来,赶忙咯吱咯吱搓着手里的碗,"我也有一个。"

"一样的?"

"嗯,一样呢。"

曹小军挪过来,靠在她旁边,挠挠头:"这小粉狗——"

"哪个是粉狗了,人家是小狐狸,"吴细妹剜了他一眼,嗔怪道,"怎么什么到你嘴里,都变得土里土气的。"

曹小军听了并不恼,红着脸,嘿嘿笑。"算我说错了,你别气,我重新说就是了。"他晃晃钥匙扣,"这狐狸挺眼熟的。"

"那是,现在火得很,还有名字呢。"她眨眨眼,想了半天,"好像叫什么玲玲什么的,啧,忘了,净弄些外国名字,记不住。"

"叫细妹吧,"小军乐呵呵地捏着,擎到她眼前,"你瞧这眼睛,多大,跟你一样。"

"去去去,一边去,别碍着我刷碗。"她故意甩他一脸泡沫水,却忍不住笑了。

"我那个就叫小军,回头得搞脏一点儿,毕竟你那么黑。"

"你就会笑话我——"

他追着戳她痒痒肉,她笑着躲闪,朝他弹水回击,两人在厨房闹作一团。

如今,吴细妹独自坐在冰冷的板凳上,傻望着悬在半空的那串钥匙。

眼前曹小军的"细妹"沾着锈红色污渍,人造的绒毛粘成一绺一绺。

"他——"吴细妹极力控着泪,脆弱沉重的水膜遮住了视线,"小军他——"

老马沉默不语。

"那天保——"

"天保已经没有爸了,不能再没有妈。"老马望着她,语气平静,"吴细妹,你不是主犯,还有改过自新的机会,到底要怎么表现,要不要看着天保长大,你自己想想清楚。"

眼中的海倾覆而下,吴细妹忍了再忍,终是低下了头:"我说,我全都说。"


"你们要我说什么呢?"徐庆利笑了。

"脚手架不稳,这是常有的事情,明明是施工方的责任,你们怎么能怪我呢?"他夸张地倒吸一口气,"我这身上的伤还没好利索,你们就跟审犯人一样审我,哪个受得住哟!"

"徐庆利,你不要转移话题,那个袋子总是你挂上去的吧?上面可有你的指纹。"

"是，袋子是我挂上去的，但是挂袋子有罪吗？"他摇摇头，"没有吧，你们总不能因为这个枪毙我吧？"

小陈身子一动，被老马一把按住。他盯住徐庆利，寻找着突破口："你那晚为什么让吴细妹去工地？"

"开玩笑，开玩笑不可以吗？"徐庆利嘿嘿一笑。"就当我是恶作剧吧，我道歉，没想到引逗着你们的警察同志去爬，对不起。"他双手合十，一脸的真诚，"对不住了，我万分后悔，没想到让你们白白牺牲一人。"

他眯眯眼，狡黠一笑。

"不过，这也不违法吧，他是自己爬上去的，又不是我逼的，可怨不得我。"

老马感觉一股火气直冲脑门儿，攥紧拳头深呼吸，好歹是强压了下来。他知道，徐庆利是故意想要挑起他们的情绪，想要避重就轻，转移他们的注意力。如今明知道这个男人有问题，但是却找不到任何可以制裁他的证据，只能任由他光明正大地扮演着受害者，不禁窝火起来。

"那么曹小军呢？"他敲敲桌子，"为什么你跟他会在船厂？"

"说起这个我更气，我好心帮他找儿子，他小子居然藏在暗处偷袭我——"

"你撒谎。"

徐庆利一愣："我撒什么谎？是，曹小军是死了，可你们也看见我身上的伤了，这小子要杀我，他三番五次杀我在前，我当然得还手。这叫什么来着？对，正当防卫。"

"那他儿子呢？"小陈提高了嗓门儿，"曹天保的死你又怎么解释?"

"哟,我真的冤枉,那孩子是自己掉水里面的,你知道他身子本来就弱,大冬天晚上在水里一泡,当时就不太行了。"

"孩子好好的怎么会掉水里?是不是你推的?"

"没有,绝对没有,"他无辜地摆手,"你们去街坊那里打听打听,人人都知道那孩子跟我亲近,我也真心疼他。之前治病的钱,有一部分还是我省吃俭用攒下来给的呢。我怎么可能舍得推他下水呢?不可能。"

"那他为什么会去船厂?是不是你带过去的?"

徐庆利直勾勾望着小陈,不言语。

沿街的监控也许会拍下二人的身影,全盘抵赖不是最好的办法,他脑筋一转,决定顺水推舟:"是,但又不全是。"

"到底是,还是不是?你好好交代,别玩花样!"

"是我送他去的,"徐庆利讲得慢条斯理,"可是,是他要我送他过去的。"

老马跟小陈对视一眼,心底一惊。

果然,徐庆利接口说道:"你们还不知道吧,其实天保跟小军关系并不好。孩子慢慢大了,懂事了,听说了些闲言碎语,知道自己不是他亲生的,所以别扭起来。那天晚上,他是离家出走,刚好遇见我,说想去找个码头,想跑回南洋找他亲爸。你们不信,可以看看他书包,里面的东西都是他自己收拾的,我可绝对没碰过。要是我想绑架他,哪儿还会给他时间收拾行李,对不?

"我自然是先劝了,然后呢,孩子闹得厉害,我怕再出事,就先把他哄到个废弃船厂,骗他船一会儿就到。紧接着,我不计前

353

嫌,给小军打了个电话,偷着告诉他孩子在这儿,让他来带走。

"当然了,我承认,我也有火,所以故意在工地那儿挂了个袋子,想要吓唬吓唬他们,但我真的没想害谁,就想着如果工地找不到,他们肯定会来船厂,等他们来了,几个人好好谈一谈,有什么心结都解开。毕竟大家以前关系那么好,有话好好说,我可以原谅的。

"可没想到,我好心喂了狗,曹小军不仅不领情,还反手想杀我。可怜了天保哟,我俩搏斗过程中,孩子不知怎么就落了水,等再救上来,唉——"他耷拉下眼皮,不住叹息。

"你再编!"小陈一拍桌子,"布局的人明明是你,是你想杀他们一家三口!"

"证据呢?"徐庆利忽然收起眼底的哀伤,抬眼,阴鸷地也斜着小陈,"说我杀人,你们有证据吗?"

"你——"

没有证据,老马暗自叹息。这案子比想的还要棘手,警察的直觉告诉他,徐庆利身上绝对背着案子,但是,他们手头上又着实没有确凿的罪证。

徐庆利显然已经计划好了一切,包括这场审讯,他早在心底提前排练过,准备一股脑儿全部推到曹小军身上,把自己撇得干干净净,就连孟朝的死,于法律层面上,也确实奈何不了他。

眼前的人狡猾歹毒,游走在法律边缘,就像是曾经的倪向东。

要是孟朝还在就好了,这小子脑子活,一定会有办法。

老马胡乱想着,猛地意识到了什么:"你怎么知道曹小军没死?"

"本子啊，您说巧不巧，我刚好捡到你们的会议本。"徐庆利又激动起来，"警察同志，你们本子上不是分析得清清楚楚吗？是曹小军和吴细妹策划了一切。他俩先是杀了倪向东，然后为了堵我的嘴，又设计陷害我，杀了邻居，又杀了山上小保安。可怜啊，死的都是无辜的人，这对夫妻，罪大恶极，就该枪毙！"徐庆利前倾身子，昂起脸，看向老马，"现在罪犯也有了，证词也有了，你们为什么不结案呢？"

徐庆利右颊的刀伤就像是一个冷笑。

"你们压力也很大吧？死了那么多人，现在外面传得沸沸扬扬不说，还搭进去个队长，要是老百姓知道你们抓错人了，警察的威信呢？要我说，就别瞎怀疑了，你们赶紧处理掉吴细妹，赶紧结案吧——"

话音刚落，门被谁一脚踹开，童浩冲了进来："马队，为什么不让我参与审讯？我当时就在现场，我知道实际情况！"

"童浩——"

"童浩？"徐庆利挺起身子，眯缝起眼睛，"原来童浩就是你啊，今天终于见面了。"

童浩扭脸，对他怒目而视。

"你帮我大忙了，要不是看了你的笔记，我还真不知道是怎么回事呢。"他冲他竖起大拇指，"工作认真，笔记做得很好嘛，可真是人民的好警察——"

童浩冲上去，被小陈和老马合力拦住。

"怎么，还想打我？警察可不能严刑逼供，你头儿没教过你吗？"徐庆利戏剧性地一拍脑袋，"哦，瞧我这破记性，想起来了，跟你一块儿的那个警察死了，死人是不会说话的——"

"你大爷的徐庆利！"童浩挣脱出来，一拳捣中徐庆利鼻梁，当场见了血，"我要杀了你，大不了我不当警察了，我干死你——"

"童浩，你给我出去！"

老马挡在徐庆利前面，死命推了他一把，童浩朝后趔趄了几步："马队，我——"

"出去！这个案子你不许跟了！"老马怒吼一声，"小陈，给他带出去！"

童浩的骂骂咧咧越来越远，闹哄哄的讯问室重新恢复寂静，只剩下老马与徐庆利。老马背对着他，呼哧呼哧喘着粗气，平复着情绪。

他听见他在笑，咪咪笑。老马回头，见徐庆利正摸着脸上的血，自言自语："已经动手了，看来你们是真没辙了。"

老马心下一凛，忽然想通了，为何徐庆利一反常态，多次言语挑衅。原来这小子一直在故意激怒他们，为的就是打探虚实，看他们手上有没有可以治自己罪的证据。童浩的气急败坏恰好证实了他们拿他没有办法。

中计了。

果然，如今徐庆利已然换了副姿势，靠坐在凳子上，气定神闲。

"再说一遍，"他歪嘴一笑，"我是无辜的。"

## 53　春冰

老马夹着文件回到办公室,见童浩自个儿坐在板凳上,垮着肩,耷拉着眼,一脸的不服气。

"冷静下来了?"

他两指敲敲椅背,童浩抬头瞥了他一眼,别扭地拧过身去:"我没什么可冷静的。"

"你还觉得冤?"老马端起桌上的水杯喝了一口,"要是不拦你,你准备干吗?打死他?然后坐牢?别徐庆利没进去,你先进去了。"他呸呸两声,把嘴里的茶叶梗儿吐回杯子里:"你听听当时你说的那叫什么话?大不了不当警察了,还要干死人家。你知道讯问室现在都有监控和录音吗?这事要是闹大了,你准备怎么收场?外面要是传咱们警察动手打人,你又准备怎么办?拉着整个刑警大队的名声,给你垫背去?"

"那孟哥就白死了?"

"孟朝的事——"老马一时语塞,低下头,把茶杯重新搁回桌上,"初步调查,他掉下来是因为脚手架连接的扣件上几颗关键螺杆丢了，承受不住纵向水平杆，也就是踩的那根钢筋，但是，这到底是人为，还是意外——"

"不可能是意外，绝对是陷阱。是徐庆利，一定是徐庆利提前搞松了脚手架，他以前就是在工地上干这个的，做点儿手脚很简单，他想弄死吴细妹，可没想到上去的是——"童浩忽地哽住，挥了挥胳膊，像是要驱赶悲伤，"马队，咱都知道这孙子绝对有问题——"

"是，但是证据呢？"老马大力拍打桌子，引得办公室其他人纷纷扭头朝这边观瞧，"你给我拿出证据，实打实可以治他罪的证据，拿出来！只要你有，我立马办他！"

童浩气红了脸，抿白了嘴："反正我就是不服气！"

"哪个服气！你看看这办公室里，哪个不是咬牙切齿地在忍耐，哪个不是红着眼在办案！"老马也提高了嗓门儿，"哦，就你跟孟朝亲，就你心里难受，可这屋里的哪个跟他处的时间不比你长？别忘了，小孟当初还是我给引荐进来的，那我心里不别扭吗？我——"

老马又一次红了眼圈，慌忙拿起桌上的水杯，咕咚灌水。

童浩脸上有点儿挂不住，偷眼打量了一圈，虽然快晚上12点了，可办公室里还有七八个人在忙碌。他看见楚笑刚才偷着抹了把眼，现在又继续面无表情地敲着键盘，整理笔录。

老马瞅了眼他，又扫了圈别人，合上杯盖。"大家先别忙了，这都11点多了，去休息休息吧。"他掏出点儿钱递给楚笑，"小楚，你先带兄弟姐妹们吃点儿东西去，活动活动筋骨，接下来还得辛苦一阵子呢。"

"嗯，"楚笑睃了眼童浩，转身披上外套，"那我们在野馄饨摊上等你们。"

众人默契一般，暂时停下手头活计，三三两两，静默着朝外走。

童浩起身，也要跟着出去，却被老马一把拉住："你上哪儿？"

"吃饭。"

"你给我回来，"他将他一把拽回凳子，"先别忙慌去，我有话跟你说。"

老马坐他对面，打怀里掏出烟盒，伸手递给童浩，自己也叼上一根。童浩接过来，但没抽，右手捏着，任烟兀自燃烧。

"其实孟朝的事，正常。真的，我干这一行二十几年了，送走了多少兄弟，能平安退休的，那真是福气了。"老马垂下脑袋，吐出口烟。苍白的日光灯下，童浩直直盯着他后脑勺儿上灰白的乱发。

"今天是他，下一个可能就是我。"

"马队，你别说这话——"

"我当时也这么跟孟朝谈过话，他那时候，哭得稀里哗啦的，还没你坚强呢。"老马凝视着眼前跳跃的火星，就像是又一次看见了刚毕业的孟朝，"这一晃，也得有小十年了，人这一辈子真是快啊，不经混。"

"孟队他……"

"什么孟队，当时他就是个青瓜蛋子，都叫他小孟，天天也是跟在我们屁股后面颠颠地傻乐和。"老马挥挥手里的烟，难得笑了笑，"咱队里传统是传帮带，老手带新人，手把手地教。你来得晚，有些事不知道，当时带孟朝的那个老孙，唉，也是在抓捕罪犯的时候,走了。"

童浩低头听着,不言声。

"破门的时候,嫌疑人挥着大砍刀就冲出来了,切西瓜那种,估摸着得有三十厘米,寒光闪闪,闭着眼乱挥,那是要鱼死网破的架势,准备跟警察拼命呢。

"小孟当时也吓坏了,不怪他,刚毕业的小伙子,哪儿见过这种亡命徒,傻在原地,连躲都不会了,眼瞅着刀直劈到面门了。然后老孙,也就是当时带他的老刑警,想也没想就挡在小孟前面了,自己冲上去制服,给其他队员争取反击的时间。最后罪犯是抓到了,但他失血过多,还没到医院就咽了气。"

童浩瞪着眼,不住地抽鼻子。手中的烟燃尽了,灰白色的灰,迟迟不肯落下。

"小童,你必须得知道,刀尖舔血的不只是罪犯,还有咱警察。一颗心日夜悬着,不敢有一丝一毫的松懈,你要是头脑糊涂了,不仅没法给受害者申冤,弄不好还会把队友,把自己的小命一块儿给搭进去。"老马拍拍他肩膀,"别怪我今天训你,那些穷凶极恶的人,最知道怎么在人心尖上捅刀。就拿徐庆利来说,他是故意说些难听的来激我们呢,就想诈我们的话,看我们手上有什么底牌。你要是顺着他的思路,你就着了他的道了。"

"马队,我不明白,不一样,跟我想的不一样,以前学校里不是这么教的——"童浩嘴一撇,眼里又兜着汪泪,他赶紧捂住脸,话语瓮声瓮气的,"这才第一个案子,我跟着办的第一个案子。可我现在已经糊涂了,什么是好,什么是坏,我不明白。而且,而且孟队是为了保护罪犯的孩子死的,他死了之后,吴细妹居然还反口不承认,要不是你用天保做突破口,她到现在也不会交代什么。人怎么能心狠到这地步,她明明知道孟哥是为了她和孩子才爬上去的,她当时还千恩万谢的,可怎么出事以后,又能够翻脸不认呢?这不对,这还算是人吗——"

"童啊,你得承认,一样米养百种人,这世上的人就是有各式各样的。有的只爱他自己,就像倪向东,他可以用别人的血来暖自己,可以毫无愧疚地踩着别人的尸首往上爬。为了自己,视别人的命如草芥,说打就打,说杀就杀,这是天生的恶种,说句难听的,一旦教导不善,那就是社会的祸害。

"有的只爱自己的人,像曹小军,像吴细妹,包括徐庆利,对自己人是真心地好,死心塌地、掏心掏肺,但是一旦出了自己人的范畴,对外面的陌生人,那就冷血淡漠得多了。为了保全自己爱的人,他们甚至不惜触犯法律。

"你再看外面那些混社会的小孩儿,他们也是这样,对自己弟兄仗义是真仗义,不惜铤而走险地去维护。可一旦撕破了脸,冲突了利益,觉得对方不是兄弟了,你再看,个个翻脸不认人,恨不得钻心剜骨、反戈相向的事情太多了。

"还有一类人不一样,与其说是善,不如说是慈悲。他们对每个人的不幸都心怀怜悯,无论是敌是友,是好是坏,只要你需要,他就会突破自己的胆怯,第一时间冲上去,挡在你前面,护你个周全。就像消防员、医生、军人、警察。这都一个道理,干这些工作必须得有大爱,得爱每个具体的人。不是口号,你看医生能因为是仇人就不给治病了?还是消防员因为不喜欢这人,着火就不救了?

"孟朝是这样的人,他能看到每个无辜者所承受的苦难并且感同身受,你也得做这样的人。没有这颗心,你做不了警察,也不配做警察。"老马把烟摁熄在烟灰缸里,"童浩,你刚入行,我作为过来人,有义务给你提个醒。以后你会昼夜颠倒,会饮食无定,你会疲,会累,会冲人没个好脸子,会见识各式各样的罪恶,你的心会一次次被撕开。这么说吧,咱干刑警的,能轮到咱们手上的,压根儿没几个正经人。

"时间一长,血污会蒙住你的眼,心尖上的口子也会结痂变硬,你会变得麻,你不得不麻,不然太难受了,可你记住了,不能木,因为你一无所谓,一浑浑噩噩,一和稀泥,那才是真要了受害人的命。

"罪恶就是罪恶,永远不要试图替罪犯开脱,你该共情的是受害人。记得时时撕开自己心上的那层痂,用最软和、最新鲜那点儿心尖肉去面对每个受害者,因为你穿着这身衣服,因为你是警察。要是干不了,趁早走人,别污了那些好警察的名声。"

童浩再也忍不住了,头埋在桌子底下偷着抹泪。

"第一次见面的时候,小孟他是怎么跟你说的?收起你的牙,收起你的笑,因为你要面对的是世界的险恶。"老马递给他张纸巾,"现在,收起你的泪,收起你的情绪,破案用的是脑子,不是恨,也不是放狠话。这个世界不会死无报应,作恶的人,一定会有报应,而你要用警察的方式,堂堂正正地,让每个罪人受到制裁。"

老马叹口气,把整包纸巾塞他怀里:"行了,你自己好好想想吧,哪时候想通了,愿意端正态度好好办案了,你就下来。我们在街口野馄饨摊上等你,孟朝就爱这一口,你也来尝尝。"

老马走了两步忽然住脚,扶住门框偏头看他:"不要让他白死,静下心来想,如果他在,又会怎么办。"

脚步声渐渐远去,只剩头顶日光灯的嗡鸣。

童浩独自窝在凳子上,抽出几张纸巾,胡乱蹭着眼泪鼻涕,回味老马适才的话。

如果他在,如果他在——

他推门走进孟朝的办公室。

新队长还没调来,办公室里的物品也还没有完全清理,仍保留着他在时的样子。外套胡乱搭在椅背上,烟灰缸里满是烟蒂,塑料茶杯歪在桌面一侧,透明的杯壁上,凝着一圈圈的褐色茶渍。

童浩拉开凳子,坐到孟朝的办公桌前,从他的视角望着一切。

"给我点儿提示吧,头儿,"他喃喃道,"徐庆利真的太狡猾了,我们现在被他引到困局里去了,要是你在,肯定能找到他的破绽,求你给我们点儿提示吧,下一步到底该怎么办。"

丁零零——

桌上的座机忽然响了,在夜半的办公室内回荡。

童浩吓了一跳,本能地向后撤了撤身子。

丁零零——

电话铃仍响个不停,鼓噪着他的耳膜,一声急于一声。

丁零零——

难道是孟朝?

难道是他打来电话,想要告知他们线索?

这大半夜的——

童浩咽了口唾沫,胡乱想着,犹豫再三,还是横下心,一把接了起来。

"喂?"

## 54　故事

徐庆利一屁股落到板凳上，觑了眼对面的人，笑了："怎么是你？"

童浩右手攥紧笔杆，努着腮帮，不开口。

"我跟那个老警察聊好几回了，翻来覆去就那点儿事，该交代的我也都交代了，曹小军我真没想杀，但是夜黑风高的，他突然冲出来拿刀捅我，我反击，这也算犯法？"徐庆利盯住童浩，试图从他眼底捕捉些许情绪，"对了，这案子怎么还不结？难不成还缺什么证据？"

他的神情平静，近乎虔诚："警察同志，你们结案要是需要什么我这边的口供，尽管问，我百分百坦白，有什么说什么，绝对配合你们的工作。"

童浩侧过脸去不看他，视线扫向桌上的一沓卷宗："今天不讲曹小军的案子，咱谈谈倪向东的。"

他故意点了两下，他知道，他在偷看。果然，徐庆利一愣，可转瞬间又恢复了一贯的油滑，筛锣擂鼓，脸上是一出即将登台的好戏。"我不知道啊，根本不认识，我只是烧了他尸体，这个我承认，确实做得不对，是不是也算犯法了？"他不住搓手，腕上的手铐哗啦作响，面带讨好，眼巴巴瞅着童浩，"那咱该判刑就判吧，也没办法的事，关我个把月，甚至一两年，我也认了。"

童浩打卷宗上抬起眼："还有呢？"

"还有？还有什么？"徐庆利猛地把身子前倾过来，声调也拔高了几分，"我也就是顶着他名字，四处打零工混口饭吃而已，再另外的，那可真跟我没关系了。警察同志，你们好好查查，可不敢冤枉人哪——"

演的。

那通电话之后，童浩已然明白他操控情绪的把戏。

这是个惯于黄雀在后的老手，借刀杀人的事情，他徐庆利这些年来可没少干。因而童浩深知，眼前人的茫然无助是假，借机套话才是真。

童浩决定将计就计："徐庆利，我给你讲个故事吧。"

"哦？"徐庆利顿了顿，略显局促地挪了挪屁股，"好好，警察同志，你请说。"

"在南洋省的南岭村，有个姓徐的青年，很巧，他姓徐，你也姓徐。"

徐庆利配合地点头，没有多言。

"这个徐姓的男子，大半生遵纪守法，成年以后呢，就跟着别人到定安县城打工去了。辛辛苦苦几年下来，手里多少也攒下点儿钱，想娶个媳妇，回家乡安定下来。可结果呢，他看上的姑娘不搭理他，扭头跟了别人。"

徐庆利身子一挺，直起腰来，歪着头若有所思，像是在听报上的新闻。

"这徐姓男子一听就急了,当即跑去跟姑娘的未婚夫对峙。大晚上的,几人又都喝了酒,言语上谁也不让谁,很快起了冲突。紧接着,你推我,我推你的,三两下就动起手来,现场很多人也都看见了。结果,第二天一大早,那未婚夫就被人发现死在了荒郊,你猜,会是谁杀的?"

徐庆利身子一歪,倚坐在凳子上,脸上是无所谓的笑。

"我不懂,"他摇摇头,"猜不出。"

"坊间都说人是徐杀的,口传口,人传人,谣言愈来愈盛。那死者的家族,在当地属于一霸,财大气粗,也有些许威望,这家里的独苗横死,还曝尸于荒野,他们哪里肯善罢甘休。

"警察不是没劝过,但是血冲了头,这家人不想要正义了,一心就想拉条人命来偿债。一来二去的,他们也不打算走法律路子了,雇了一大帮子人,天天提棍带刀地满县城里晃悠,甚至放出话去,谁要是交出徐姓男子,重重有赏,无论死活。

"他们一大家人专程跑去了徐的家乡,又打又砸,还有人趁机放了火。山火烧了好久,毁了大片田野和果林,这么一搞,家乡的人也连带着恨极了徐,没有人愿意帮他,更别提收留了。

"警察四处通缉他,死者家属在整个周边县城地毯式地搜他,家乡的村民烦他怨他,就连他自己的父亲,也不见得相信他。这徐姓男子被切断了所有退路,天地间竟寻不到一丁点儿的容身之所。太惨了,摆在他面前的,似乎只有死路一条。"

徐庆利安静听着,脸上浮着一层笑,眼底的恶意就像是溪流间的石子,间或一闪。

"原本,他这辈子是再没有重见天日的机会了。可你说巧不巧，命运就是这么跌宕。一个闷热的夜晚，他居然撞见一男一女在深山里刨坑。等男女走后，他按捺不住好奇心去看，你知道坑里埋的是什么吗？"

徐庆利斜眼瞪他，不说话。

"是一个男人，闭着眼，浑身是血，一动不动。这姓徐的吓坏了，拔腿想跑，可跑了两步，又忽然意识到什么，壮着胆子又蹑摸了回来。他顶着月色再看，乐了。原来这男人跟自己长得竟有七八分像，只是这男的左眉有道疤，而徐呢，左脸有块胎记。这不要紧，这差异是可以遮盖的，只要一个文身，一块头巾，或者——"

童浩扫过徐庆利损毁的左脸。

"或者，一块疤。"

徐庆利的笑意退了潮，露出狰狞底色。

童浩清了清嗓子，接着讲下去："这徐姓男子开心坏了，认为尸体的出现是天赐的良机，他可以借尸还魂，可以改头换面地活下去，他的人生似乎可以重启，一切过失都可以一笔勾销，重新来过。可是，只差一点儿，只差一点儿……"童浩摇摇头，说得漫不经心："他发现，那个男人，居然没有死。"

徐庆利眯起眼睛，脸上的笑容荡然无存。

"那个叫倪向东的男人满身血污，中了很多刀，可居然还活着，居然还在喘息。他也许是诈死，也许是从休克中清醒过来，无论如何，这个男人开始挣扎，开始反抗，开始想要逃跑。你说，这可怎么办呢？"

童浩话锋一转，死死盯住徐庆利："要是你，你会怎么办呢？"

徐庆利身子一顿。

"这只是个故事，"他冷笑，"你编的故事。"

367

"的确，只是个故事。"

"嗬，"徐庆利欠了欠身子，明显松了口气，"故事是不作数的，不能当成证据。"

"当成什么的证据？"童浩立刻追问。

徐庆利快速瞄了眼讯问室里的监控，紧接着视线再次跳回童浩脸上，抿住嘴，不说话了。

童浩知道他在顾虑什么，侧身跟身边同事耳语了几句，那人点点头。童浩站起来，背过身去，当着徐庆利的面关掉了监控设备，重又回过头来。

"还有一件事想跟你分享，按理说，我也是不该提的，但实在是太稀奇了。"他直视徐庆利的目光，"吴细妹全交代了，怎么杀的倪向东，捅了几刀，全说了。她说这事跟曹小军没关系，是她最后补的刀。这案子到这里也该结了。可是昨天晚上，哦不对，是今天凌晨，我接了个电话，一下子把结论又推翻了。你猜猜，是谁打的？"

徐庆利讪笑："总不会是倪向东。"

"当然不会，你看着他咽气的嘛。"

徐庆利右颊的肌肉一跳，略微迟疑了几秒："我没有。"

没错，他的怀疑没错。

孟朝以前教过他如何判断嫌疑人有无撒谎：直接讯问罪案细节时，会有一个时间值的差异，无辜者多半会快速直接地否认，而实施过犯罪动作的嫌疑人，则会在脑海中不受控制地重现犯罪情景，因此回答时大多有所迟滞。徐庆利这一停顿，让童浩更加确定了自己的猜想。

可他需要更加直接的证词，他要他亲口招供。

"我们离开南洋省前，当地公安表示愿意协助办案，会对石棺里的无名男尸重新进行尸检。凌晨的时候,那边来了电话——"童浩刻意停了下来,偷眼观察着徐庆利的反应,"剩下的部分,你要我说,还是你自己交代?"

徐庆利两手交叠,撑住下巴,此刻抬起眼来,自下往上地睨他:"你要我交代什么?"

童浩猛地一拍桌子:"说!你发现倪向东的时候,他到底断没断气?"

讯问室寂静无声。

他瞪着他,他睇着他。

童浩绷住了气势,遏制住身体的抖动。就在刚才,他与身边的同事合演了一场戏,起身关闭监控只是个做给徐庆利看的假动作,为的是让他放松警惕,希望他能上当。此刻监控仍在运转,录下徐庆利的一言一行,只要他松了口,只要他稍微点下头,只要他露出一丝破绽⋯⋯

"徐庆利,这是你最后的机会,想想你年迈的父亲。如果有生之年还想跟他再见面,那你就好好表现,坦白一切,争取减刑。"童浩这次放缓了语气,"我再问你一次,你发现倪向东时,他到底断没断气?"

然而,徐庆利既没说是,也没说不是,既没有点头,也没有摇头。

他只是偏着脑袋,久久地望着童浩。

望着望着,笑了。

"嘘——"

他指指监控,而后斜倚着凳子,冲童浩眨眨眼。

"现在,轮到你猜了。"

## 55　赌徒

倪向东知道，此刻不能出声。

他歪在血泊里，熬着痛，任由他人宰割，只当自己是块不通人情的死肉。

曹小军毕竟是旧日兄弟，手上多少留了情，且教他使刀时，因为怕他愣头儿青出去背上人命，故意留了一手，避开要害，只传授些不伤性命的地方。没承想当时的一念慈悲，如今竟救了自己一命。只是万万没想到，吴细妹这个娘儿们居然狠辣至此，刀刀果断，毫不迟疑。但她终究是个女子，力气小些，刀插得并不十分深。

倪向东闭着眼，盘算着活命的概率。眼下二打一，他又负了伤，硬拼没有胜算。事到如今只有一条路可走，那便是装死，等他们落荒而逃后，再爬出去呼救也来得及。

不承想，两人却摇摇晃晃，趁夜色将他抬出了门。他偷眼观瞧，路越行越窄，树越走越密，借着古铜色的月，他辨出这是上山的路。

也许是要抛尸。

倪向东当下惊慌,一路都在寻找逃跑的机会,无奈血失得太多,身子比想的还要虚弱,只得眼睁睁被人抬到荒山深处,咚的一声丢在泥地上,手脚摊开,像件没人要的破衣裳。腰眼底下硌着块儿石头,尖锐得疼,他不敢声张,紧闭着眼。

不远处响起铁锹掀土的沙沙声。一铲一铲,混着男女的喘息,此起彼伏。紧接着,鼻腔里灌满草汁的清新,掺杂着泥土的腥气。

倪向东猜出个大概——曹小军和吴细妹在挖坑,二人合力,一心想要埋了他。

倪向东强行翻了身,他拖着沉重的躯体,迟滞地朝灌木丛爬去,可没挪几寸,便眼前一黑,昏了过去。

他以为自己死了。

眨了眨眼,头顶是交错的树影,耳畔是蛙鸣一片。

他还活着,尚且活着。

倪向东缓慢抬手,冰凉指尖拂过面颊,扫去唇边的碎土。鼻孔里也进了沙,他擤了几下,总算得以顺畅呼吸,大脑也重新活络起来。

那两人不是要埋尸吗?怎么中途跑了?此刻安全吗?

倪向东呼哧呼哧地喘息,浑身上下只有两颗眼珠子尚能活动。他扫了一圈,发现一道黑影正蹲在不远处,背对着他。那黑影耸着肩膀,又是呜呜哭,又是哧哧笑,嘴里碎碎叨叨,嘀咕个不停。

空气中弥漫着一股子热烘烘的臭气。

倪向东定睛一瞧，只见那影子虽身着衣物，但早已碎成片条，细长的手脚蜷缩着，膝盖似是顶在胸口，长发蓬乱，遮住了脸。一时间，倪向东也分不清眼前蹲着的究竟是个活人，还是个勾魂的恶鬼。

他试图撑起身子，然而手脚无力，稍微一动，胸腔便像风箱一般，呼呼呼地向外掏着气儿。

倪向东艰难地抬起一只手，扯了扯那影子的衣角。影子吓了一跳，连声尖叫着后退，躲到一棵树后面。过了半晌，才鬼祟着探出一颗脑袋来："你没死？"

影子声音沙哑含混，可倪向东知道了，那是个活物，是个人。

他张了张嘴，只发出断断续续的声息："救我……求你……"

那人又往后退了几步，直退到夜色的暗影里去。

"别走，求你……别走……"他拼尽最后一丝气力，"下山去……只要救我……我报答你……下山，带我下山……"

听到"下山"二字，影子忽地定住了脚，再不往后退。

"下山，对，得下山去。"影子喃喃念叨着，逼近了几步，细长的脖颈上，是黑黝黝乱糟糟的一张脸，仍看不分明。只有眸子亮闪闪的，牢牢盯住了他。

倪向东蓦地害怕起来，他认得那人眼中的光，多么熟悉，那是他惯常的表情，那是杀意。

"你想下山，我也想下山，"黑影俯视着他，瘦长的躯干似站不稳一般，左右摇晃，"可咱俩，只有一人能下山。"

"求你，放了我……"倪向东拼上最后的劲儿，两腿蹬地，挣扎着朝后撤，"放过我……你要什么，我都给你，全都给你……"

话一脱口,他便觉得耳熟。隐隐想起来了,不久之前,荒郊的小道上,那个姓包的男子也是如此说过。那男人右手死死按住肚皮的豁口,堵住向外翻涌的肠子,跪在自己的血泥里,不住地向他磕头。

"放过我,求求你——"男人磕头,咚咚地磕头,一下一下,碎石子嵌入额上的皮肉,"你要什么,要什么我都给你,全给你!"他拉开黑色皮包,捧上带血的钞票,鼻涕和泪淌了一脸,悲切地求饶:"只要你饶了我,只要你饶了我——"

他可曾饶了他?

没有。

他只是垂下眼,转着刀,居高临下地立在那里,目睹男人的歇斯底里,淡漠微笑,像一尊泥塑木雕的邪神,享用着众生的疾苦。

他并没有饶过他。

如今,也轮到他求饶了。

黑影自然是不听的。几步追上来,薅住倪向东的衣领,一把掼在地上,毫不费力地就控制住了他。黑影一翻身,叉开两腿,强压到他身上。"我若不管你,你躺在这深山里,血流光了,也是个死。"影子嘴唇打战,话语也跟着抖,而藏在身后的右手,紧攥着块尖锐的石头,"长痛不如短痛,不如,不如我给你个痛快。"

倪向东知道,这场孤注一掷,到底是输了。

灵魂离了窍,走马灯似的观望自己这大半辈子。

从小乡人便夸他机敏聪慧,长大后这份才情却用在了歪路子上,大把光阴通通浪在了赌坊里。他曾是场上的好手,骰宝、牌九、番摊、梭哈,种种把戏,无一不通。惯于见风使舵,擅长揣度人心,也因着这份伶俐,处处铤而走险,将人生活成了一场豪赌。偷鸡摸狗,打架斗殴,不是没陷入过危险境地,只是每次都凭着小聪明侥幸过了关。

然而久赌必输,赌徒的下场唯有一种,那便是千金散尽。

倪向东张开眼,见黑影两手捏着块石头,高高扬起,即将砸下。

也就是那一刻,他忽地看清了影子的脸。

虽然脏污,但掩不住左颊的胎记,青色胎记。

他觉得这人有些眼熟,似乎在哪里见过。

在哪里呢?这荒山里的野人又会是谁呢?

不是兄弟,不是仇家,可哪个过客会给他留下如此之深的印象?

黑影大喝一声,石头朝面门掼下来,掀起一股子风。

他霍地想起来了。

是他,是那晚大排档上,坐自己邻桌的男子。

倪向东记得自己一边喝酒,一边观赏他被众人推搡到地上,一屁股蹲进泥水里。没错,眼前手举石头的,正是当晚那个哆哆嗦嗦擎着酒瓶,却迟迟不敢砸下去的孬货。这人不敢伤人,气急了也只会放几句狠话,而正是他临走前扔下的那几句话,帮自己转移了警方的视线。

这个替他担了罪名的倒霉蛋,叫什么来着?

倪向东在脑海中搜索着,前一阵子,大街小巷,人人都在议论这个杀死包德盛的凶手——

"你是徐——"

然而，石头落下，正中头颅。

曾经懦弱怕事的徐庆利，在今夜长成了软心肠的屠夫，流着泪，手上却铆足了力气。

一下，一下，一下。

钝击的闷响，淹没在山野的蛙鸣之间，倪向东未来得及出口的话语，与脑壳一并，变得碎裂残缺。

徐庆利趔趄着起身，将石头掷进水塘，咕咚一声，荡起层层涟漪。水面很快恢复平静，至此的一切，无人知晓，唯有明月为证，月光静默着铺满连绵群山。

天将亮时，曹小军与吴细妹正跌跌撞撞地向山下逃。

背后的山谷深处，袅袅盘起一缕烟。

吴细妹忽地住了脚，回头遥望着远方的火光。

"怎么？"前面的曹小军也停住了，旋过身，迟疑地问道。

"着火了。"吴细妹一双大眼睛痴痴地盯住，昏黑里跃动着碎金，"山那边，像是烧起来了。"

曹小军也跟着望了一会儿，见火势愈来愈大，便扯扯她衣袖："走吧，莫要回头。"

"走吧，"徐庆利对自己说，"事已至此，莫再回头。"

他最后望了眼燃烧的屋舍，望了眼睡梦中的家乡，转身离去。

冲天的烈焰，照亮了逃亡之路。

吴细妹，曹小军，徐庆利。

三个赌徒皆以为抵达了故事的结局，然而因果的轮盘，才刚刚开始旋转。

　　悲喜交替，无有尽头，善恶有报，至死方休。

　　因着同一桩谋杀，三人被命运驱赶着奔逃，而他们却并不知前路坎坷，只是暗自发誓，往后余生，定要做个好人。

## 56 石头

"你是从什么时候开始怀疑他的?"

会议室里,趁人还没到齐,小陈偏过脑袋追问童浩。

"那晚接到电话,知道倪向东真正死因的时候。"

因孟朝生前的委托,南洋警方成立了专案组,决定重启包德盛的案子。经法医详细勘验,确认徐家墓地里的碎骨确实是倪向东的,并且发现死者头部生前曾遭钝器击打,导致颅骨多处粉碎性骨折。

"吴细妹既然已经承认了杀人,为何又要在凶器上撒谎呢?除非——"

"除非在她之后,还有人补刀,"小陈点点头,"而这个人,很大概率就是徐庆利。"

"没错,如今让徐庆利自己开口认罪是不可能了,我们只能寄希望于吴细妹的证词。"

老马推门进来,夹带着一股子扑面冷风。

"吴细妹死了。"

这是他落座后说的第一句话。

"什么时候？"童浩猛地蹿起来，"前天审讯的时候不还好好的？"

"今早上刚接到的消息，说是昨晚企图暴力越狱，疯了一样打砸，还去抢狱警的枪，多次攻击警方，屡次警告无效后，被当场击毙了。"

"为什么突然要越狱？她明明答应我们出来做证的。"

"其实，我怀疑是自杀。"老马用手指点着桌子，目光也跟着向下，"大概她已经从哪里知晓了曹天保的死讯，如今心如死灰，至于徐庆利怎么判刑，她已经不在乎了，一心想着快些追赶上丈夫和儿子，一家人去那边团聚吧。"

童浩张了张嘴，"罪有应得"四个字，却怎么也说不出口。即便怨她连累了孟朝，可眼前总浮现出那晚她流着泪下跪的样子。一想到她这短暂的一生所历经的种种坎坷苦楚，心底对她的恨意便涨而又消。未经她的难，他没资格劝她良善，若自己身处她的位置，跟她一样走投无路，兴许做得还不如她。

"徐庆利一个电话，直接灭了曹小军一家，"楚笑叹口气，"三条人命，无一幸免。"

"四条，"童浩喃喃道，"还有孟哥。"

一时间无人搭茬儿，只有微弱的叹息伴着空气中的浮尘，飘舞、落地。

还有几天便是农历新年了，然而街头巷尾的欢喜热闹与这间屋中的众人无关。氤氲雾气蒙住了窗户，白汪汪的一片，就像是他们此刻的处境，被困在了凛冽的冬天。

"眼下案情走到关键阶段，原本想以吴细妹为突破口的——"老马摇摇头,"现在很难办,没有实打实的证据,徐庆利又咬死了不肯松口。这小子精明得很,知道侮辱尸体罪撑死熬个三年,而故意杀人则是要挨枪子儿的。"

"那死无对证了?"小张梗着脖子,"难道我们就眼睁睁看着他钻法律空子,监狱里待上个几年,然后下半辈子逍遥法外?"

"不,肯定有,一定会有证据的。我们再找找,肯定会有。既然他做了,一定会留下什么痕迹,只是——"童浩红着眼,胡乱翻看着桌上的材料,动作太大,不小心把一摞报告碰到地上,散乱了一片,"只是我们暂时忽略了,这世上根本不存在完美犯罪,一定有证据,一定会有的——"他一边嘟囔,一边手忙脚乱地捡拾。

一旁的楚笑看不下去了,弯腰过去帮忙。"童浩,你冷静点儿,都弄乱了,"她抽出几张现场照片来,"你看,这是倪向东的,你把倪向东和刘呈安的材料混一起去了,你别收拾了,还是我来吧。"

童浩傻站在那儿,直愣愣地看着楚笑重新整理凌乱的纸张,将倪向东和刘呈安的材料一点点分开。他手中还攥着那张照片,真正的倪向东正隔着十多年的光阴,冷漠地睥睨着他。

"倪向东是个睚眦必报的人,他不会甘心做徐庆利的替死鬼的,他不会白白亡命,他一定会伺机报复。"童浩看看手里的倪向东,又歪头看看地上的刘呈安,语气迟疑,"等等,我想他已经告诉我们了。"

"什么?"

"石头,击打头部的那块石头,石头就是证据。"

楚笑狐疑地望着他:"你清醒一点儿,倪向东的案子已经过去十多年了,而且又发生在南洋省,当时的石头早找不见了——"

"不,在琴岛,那块石头就在琴岛的浮峰上!"童浩抓过刘呈安的尸检报告,快速浏览,"倪向东让当年的案子重新演绎了一遍,只是这次,死者变成了刘呈安。"

他起身,两手控制不住地打战,激动得语无伦次:"咱们被骗了,又被人牵着鼻子走了。徐庆利你可以啊,一个手法敢玩两次!"

老马打断了他的自言自语:"童浩,你好好说,想到什么了?"

"我有一个猜想,我觉得咱们又陷入了某种先入为主,就像一开始,见到头皮就误判曹小军死亡一样,如今咱也将其他命案,先入为主地归到了曹小军身上。"

"可是李清福是有人证的,"小陈提醒道,"别忘了,那个名叫烁烁的小孩,不是全程目击了?"

"对,李清福有人证,但是刘呈安没有。也许最初攻击他的人是曹小军,可是最后要他命的人,会不会是徐庆利呢?"童浩将李清福与刘呈安的尸检报告并列放在一起,向众人展示,"人的行为具有某种惯性,如果是曹小军,他在时间紧迫的情况下,大概率会像杀李清福一样直接抱着脑袋磕后脑勺儿,但是刘呈安不一样,致命伤在正脸,是钝器击打头骨,颅骨粉碎性骨折,就像——"

小陈摩挲着下巴上的青胡楂:"这死法,就像是倪向东。"

"没错,当时徐庆利为了伪造身份,用石头砸向自己左脸,那他在打自己之前,会不会也用了同一块石头,先打死了刘呈安呢?"

老马点头，示意他继续。

"当年曹小军和吴细妹误以为杀了倪向东，没想到徐庆利黄雀在后，那么如今会不会是同样的情形呢？徐庆利被警察围困在山上，为了不暴露自己的身份，杀了刘呈安灭口，而如今曹小军死了，他又顺理成章地把所有人的命案都推了出去。"

童浩说着说着，感觉思路豁然打开。

"我觉得某种意义上，今天的刘呈安就是十多年前的倪向东。既然我们找不到倪向东一案的凶器，那我们就去找刘呈安的。我隐约记得徐庆利被何园扶下山的时候，两只手空空的，什么也没有。所以，我猜想那块作案的石头他肯定没来得及处理，弄不好还在山上。眼下只要找到那块石头，我们就能找到真相。"

"我觉得你分析得很有道理，刘呈安的案子确实可以重新调查，只是有一个问题——"老马面露难色，"你知道浮峰有多大吗？"

童浩背靠着棵歪脖子树，扶着腰，气喘吁吁。

已经是第三天了。他们一次次地返回案发现场，可是仍没找到那块石头，那块足以定罪的石头。天色阴霾，岚风刺骨，空气中弥漫着山石的腥气。天气预报说，今晚上会有场急雨，而他想在雨落下来之前，自己再来找一遍。

老马担心得没错，浮峰确实是大，而要在连绵群山间寻找一块不起眼的小石头，着实如同大海捞针。即便是上面增派了人手，这每天地毯式搜索下来，工程量也不算小。更何况日子一天天过去了，他们仍一无所获，只怕再耽搁下去，等人心一涣，这效率就更低了。

童浩仰脸盯着逐渐昏暗的天光,心急如焚。他知道留给自己的时间不多了,一旦雨水冲刷掉石头上面的指纹和血迹,那他们便会失去目前唯一的线索。他一边弓着身子拨开荒草,一边在心底暗自祈祷:"刘呈安啊刘呈安,我是来帮你的,如果你不想枉死,如果你真的有在天之灵,请现个身,给我一点儿暗示,就像那晚的电话一样——"

话音刚落,他身后的灌木丛沙沙作响,童浩惊恐回头:"你给我个暗示就行,不用真现身啊——"

一个佝偻黑影晃了出来:"干吗的?"

来者并非刘呈安的冤魂,而是一个裹着面包服的大爷。右腿旁是一条小狐狸狗,此刻它正跳着四只小脚,止不住地狂吠。

"你鬼鬼祟祟准备干吗?"大爷逼近一步,"是不是想放火烧山?"

童浩摇摇头,略微疲惫地递上证件:"警察,来办案的。"

老人一听是警察,瞬间来了劲头,几步靠了上来。"欸,是不是为了查上次那个案子?"他用胳膊肘捅捅童浩,"上次那个疤疤脸现在怎么样了?我就说他看着不像是好人,一查,果然是罪犯——"

"大爷,具体的案情我没法透露太多。"

"明白,大爷都明白,恁有保密原则,"老人冲他挤挤眼,"恁办案,我们老百姓放心,还能让罪犯跑了不成?那不成吃干饭的了?"

几句话正戳中童浩心窝,他胡乱应和着,转身继续低头寻找,而大爷则跟着小狗一起,追在他身后喋喋不休:"就是可惜后来那个小保安了，啧，年纪轻轻就让人给害了，要我说，那个疤疤脸真不是个玩意儿。对了，小保安他妈前几天还来山上烧纸来着，让我制止了，大过年天干物燥的，哪能烧纸？一不小心点了山，她就得进去跟疤疤脸一块儿过年了。哎哟，现在那个疤疤脸定罪没有？怹怎么判的？可别让他跑了，我好不容易逮住的——"

"大爷，这天马上黑了，一会儿还下雨，路不好走，您先带着狗回去吧。"

"好好，要不说人民警察最贴心呢，一边工作，还一边关心我们，"老人笑着退了几步，"你叫什么？回头大爷我给你写封表扬信——"

"大爷，甭客气了，快回家吧。"

童浩敷衍了几句，快步将老人送回山间小路，可没想到，一会儿工夫，大爷又自己掉头回来了："等等，我还有件事要怹帮忙申冤。我前几天让人给骗了，还说什么专家呢，就是个骗子。"

童浩冷下脸来决意不去理会，径自在草丛中翻找，而大爷带着狗跟在他屁股后面径自说着："我前阵子吧，捡了块鸡血石，石头缝里色泽那个鲜艳，一看就是个宝贝。我找了个专家估价，结果屁都不懂，非说是我自己沾着血抹上去的，天地良心，我骗他干什么，那石头真是我在山上捡的——"

童浩忽然一愣，挺起身子，直勾勾瞪着老人："大爷，您刚才说什么？"

"我说，我捡了块鸡血石，狗屁专家非说我造假，我活了快七十岁了，从来不骗人，他这是诽谤——"

"石头在哪儿？"

"就在山上草窠里捡的。"

"不是，"童浩一把抓住大爷的衣袖，"我是问这石头现在在哪儿？"

"在我家，怎么了？"大爷眨巴眨巴眼，笑了，"怎么，你也想开开眼？"

## 终章　戛然

　　夏天，到底还是来了。

　　连着三天的雷雨，那日倒是个少有的晴天。一大早，毒日头就悬在头顶，炙烤着大地。天空湛蓝，没有一丝风，亦没有一丝阴凉，四下是镶嵌着金边的明媚光景，只是万物全无活力，蔫头耷脑，懒洋洋的。空气闷昏炽热，行人略微一动便激起一身汩汩热汗，衣衫紧箍在身上，就连手掌扇动的风，也是热的。

　　琴岛监狱的周遭少有人烟，唯有大片的田野、茂密的树，以及一条横贯而过的柏油路。昨日落下的雨水早已蒸腾殆尽，路面烤出一层油光，远远望去，泛着白，连起视野尽头蓬勃的云。

　　嘎吱一声，门轴转动，打破了万籁俱静。

　　监狱青灰色的大门敞开一道缝，徐庆利缓步迈了出来。

　　他立在门前，眯缝着眼睛，适应着外面的光线。

　　身上的衣裳是狱警送的，不怎么合身，但好歹算是干净，他千恩万谢地接过，褪下囚服，径直套在了身上。

　　徐庆利手中的行李非常轻便，甚至装不满一只手提包。

一张刑满释放证明、一张技能证书、一份《回归指南》，外加监狱发放的四百元返乡路费。没有书信，没有个人物品，也没有亲戚朋友送来的任何物件。

此刻徐庆利手搭凉棚，左右观瞧，自然是望不见一个人影的。在这世上，他最后的亲人只剩下千里之外风烛残年的父亲，而在父亲的记忆里，他却是一个不争气的孽子，一个早已消散了十多年的亡魂。

虽然早就知道铁门之外无人等候，可真到了眼睁睁看到空荡荡的旷野时，心下又不免怅然，涌动着些许委屈。

那帮子警察终也没找到能治他杀人罪的证据，而知道真相的人又皆是死绝了的，无人做证，毕竟死人是不会告密的。另加上他在庭上幡然悔悟的表现，最终，法院只是按侮辱尸体罪判了些年。

过去的时日，他身处合拢的四壁，头顶是交织的电网，在监视之下，一日日地苦挨，逼着自己强装出一副模范犯人的样子，积极改造，处处争先，待人礼貌和善，终于换得多次减刑，等到了刑满释放的这一天。

铁门在身后闭合，像是封印了一场噩梦。

徐庆利没有回头，这是规矩，自这里回头是不吉利的。

他只是站在那里，久久望着对面的梧桐树，不敢相信自己竟又一次回到了人间。阳光兜头劈下来，烤得脊背发烫，额头微微冒了汗，可他并不觉得憋闷，只觉得温暖。

他仰起脸来，试探性地活动手脚，呼吸着久违的自由。

他赢了，他活到了最后，一颗日夜悬着的心，也终于落了地。

自今日起,他不必再扮演倪向东,他寻回了那个名字,寻回了缺失已久的身份,徐庆利。警察已经澄清了,包德盛不是他杀的,他得以沉冤昭雪,重新获得落叶归根的资格。一时间,多样情绪在胸口翻腾,他有许多许多想做的事情。他要去重办一张自己的身份证,要找份体面稳定的工作,要好好攒钱,寻个医生医治脸上的疤。

对了,他要先赶回家,回家去看阿爸,看看他身体如何,告诉他自己这些年在外游荡,历经了何种委屈。他还要告诉家乡那些爱嚼舌根子的邻里乡亲,他徐庆利不是杀人犯。若他们不信,他便带着阿爸离开那里,之后去哪里呢?

他想了想,琴岛是个好地方,有山有海,他对这里的情况也十分熟悉了。对,大不了他带着阿爸来这里定居,也尝尝当地的海鲜……

徐庆利一边往车站走,一边胡乱想着,心情也跟着脚步跃动起来,一个人嘿嘿笑出了声。未来似乎百无禁忌,澄明广阔,一如这麦田上方无垠的晴空。

他甩着行李,朝前走着。可走着走着,笑容凝滞了。

他发现,地上有三道人影。

来不及转身,只觉得眼前一黑,身体失去平衡,眼见着大地扑面而来。

轰隆,他被扑倒在地上,左脸紧贴在炙热的柏油路,两条胳膊被人朝后拧去,掀起细小的粉尘。咔嚓一声,一对冰凉铁环扣住双腕。冷硬的触感,实在是太熟悉了,他知道,那是手铐。

"怎么……"他一时间慌了神,声音也跟着抖,"警官,怎么回事?"

徐庆利挣扎着转头，看见一张熟悉的面庞，童浩。而在他身后，另有四五个荷枪实弹的警察，徐庆利猛然反应过来，连蹬带踹，死命挺身，几人却将他牢牢按住，压在地上，他动弹不得。

"你们干什么！"

"徐庆利，因你涉嫌故意杀人罪，现依法对你执行逮捕，你是否明白？"童浩的声音比以前沙哑了许多。

"我不明白！凭什么！"他昂着脖子，怒目而视，一张脸挣得血红，"证据呢？你们没有证据！你们这是乱抓人！"

"我们已经找到了你行凶的那块石头，上面有血，还有你的指纹——"

"不可能，你们绝对不可能找到，证据是假的，肯定是假的！那块石头十多年前我就扔了，早扔进湖里了——"

"我说的，是你杀死刘呈安的那块石头，"童浩不急不慢，"不过，你刚才的话已经变相承认了是你杀死的倪向东。眼下至少两条人命，铁证如山，这次你逃不掉了。"

徐庆利脸白了，嘴唇翕动，半张着，开开合合，却什么也辩不出了。

"其实我们早就找到了证据，可你知道为什么偏挑在这天才抓你吗？"童浩蹲下来，俯身直视他的眼，"你还记得一个叫孟朝的警察吗？你记得他是怎么死的吗？"

徐庆利呼哧呼哧地喘气，说不出话。

"你忘了，可我记得。我每每闭上眼睛，就总是看到他从高处坠下来，一次又一次，他一次又一次地死在我面前。我不知道最后那刻他在想什么，也许是想保全那个男孩，也许是后悔爬上脚手架，也许是万分遗憾，因为只差一点点，只差一点点他就可以活下来了。"

童浩拍拍徐庆利的脸，咬牙切齿："所以，我也要让你感受下从高处跌落的绝望。徐庆利，你斗得过曹小军，可你逃不过法律。记住，苍天有眼，恶人终有报应。"

再后面，乱哄哄的，徐庆利什么都听不清了。

周身的血涌上头顶，只觉得天旋地转，一时间大脑一片空白。

碧空如洗，今日原本是个难得的好天气。

他昂着头，努力想要看清阳光是如何落在梧桐肥厚的叶片上。也许这是今生最后一次，他努力睁大眼睛，目不转睛地盯着那片树影。一阵风吹过，阳光金箔般细碎闪动，叶片沙沙作响，燃烧的青绿，翡翠般浓艳欲滴。

他扬起的头，被一只手按了下去。

徐庆利不再挣扎，任由他人压住他的脸，疤痕贴在滚烫的柏油路上。

就连这份炽热，大概也是最后一次感受了。

闭上眼，眼前一片血红，耳边是聒噪的蝉鸣，他贪婪地印刻着一切，极力拉扯着此生最后一个夏天。

他忽然想起某个遥远的夏日傍晚。

那一天，他跟小军刚搬完一整车的家具，四肢酸痛，满身臭汗，浑身累得快要散架，却偏不愿早早回家。

那时他们很穷，凑了凑身上的钱，只够买一包花生、一罐啤酒。两人瘫坐在堤坝上，吹着潮湿微凉的风，喝着酒，吹着牛。猩红的落日坠入海中，漫天晚霞，他们坐在金光璀璨之中，面庞也映得黄澄澄的。

徐庆利两手撑在身后,直勾勾地望着,赤色的海浪在他面前摇荡,不知为何,盯得久了,眼中便溢满了泪:"小军,你说,咱往后的日子会好吗?"

曹小军半仰着头,同样沐浴在夕照之中,闭着眼微笑。

"会好的,一切都会好的。"

## 生者们

　　田宝珍避开人群,寻了处角落,靠墙倚着。

　　她摸了摸兜里的电子烟,又瞥了眼不远处那群乱哄哄的孩子,怔了一两秒,终是松了手。

　　昨晚忙了个通宵,今早一站起来就头昏脑涨,眼珠子涩得发紧,然而还是按照早就承诺好的,带孩子来了水族馆。此刻,夏令营的带队老师右手指着展示橱窗,正用"小蜜蜂"扩音器介绍着什么,一众小朋友围成个半圆,小小的、黑压压的脑袋凑到一起,贴着玻璃,哇哇地赞叹个不停。

　　田宝珍在孩子堆里一眼拎到了自己的女儿,她顶着小黄帽,兴奋地蹦跳,衬衣下摆从短裙里挣了出来,蓬蓬的,像是鸭子的尾巴。女孩两手撑住玻璃,瞪着大眼睛,目不转睛地盯着展柜里的鱼。

　　有什么好惊讶的,昨儿个晚饭你不是刚吃的鱼吗?

　　宝珍在心中暗笑,同一条鱼,搁饭盆里叫鲅鱼,放进水族馆就叫蓝点马鲛。同一个玩意儿,地点一换,身价也全然不同。就跟人一样，明明都是同一种动物，却硬生生用各种名号和标签强分出个三六九等来。

她眨眨眼，忍住了嘴边的哈欠，好在她今天化的眼线是防水的，不晕。不让别人看见自己的疲态，这是她多年来养成的习惯。掏出手机，上百条未读的消息，田宝珍懒得去看，随意切换到其他软件，闲散地浏览起热点新闻，试图唤醒大脑。铺天盖地的全是明星营销，要么就是各式各样的情感故事，一半在炫耀，一半在哭诉。

爱情这玩意儿她早就戒断了。那是比真金白银更稀有的奢侈品，可遇不可求，况且还不保值，今日相爱的，明日再见可说不准。唯有衣食无忧、朝气蓬勃的年轻人才能、才敢、才愿去酣畅淋漓、毫无保留地爱。"追求生活"是他们的特权，而到了她这把年纪，"生"和"活"是要分开来理解的，到底是实际些，一心只想着发财，只求他人别给她添堵。

愿天下有情人终成眷属，而她只想坐在高高的金山上面，艳羡着他们纯洁无瑕的爱。

田宝珍胡乱想着，眼睛扫到一条新闻，滑动屏幕的手指也跟着停了下来。

**隐姓埋名十余载，一朝梦碎现原形**

昨日，遵照最高人民法院下达的执行死刑命令，沙东省琴岛市中级人民法院对罪犯徐庆利执行死刑，检察机关依法派员临场监督。至此，曾震惊岛城的木箱抛尸案尘埃落定。

知情人士透露，曹小军与徐庆利的个人恩怨只是冰山一角，本报记者顺藤摸瓜，走访当地群众，穿过迷离案情，步步逼近真相，揭开嗜血恶徒的堕落心路……

　　徐庆利？

　　这名字有几分耳熟，似是在哪里听过——

　　深埋已久的记忆开始嗡鸣，有什么即将破土而出。她正欲急速往下看，却有谁拉了拉她的裙摆。田宝珍低头，发现是女儿。

　　"妈妈，我看不见，"小女孩踮着脚，指指远处，"抱我，看鱼，我要看大鱼。"

　　宝珍抬头，这才发现原来水下表演已经开始，男女主演装扮一新，穿梭在斑斓游鱼与缤纷珊瑚之间。舞台前的阶梯上坐满了人，后面的便站着围观，不少孩子骑在父亲的脖子上，前后晃悠着，抻长了脑袋张望。

　　田宝珍笑笑，收起手机，俯身抱起女儿，大步朝人群走去。

　　因着包德盛的案子，她与家乡众人断了联系，一路北上，独自来到这座名叫琴岛的海滨小城。一晃也十多年了，一路摸爬滚打，吃了许多苦，遭了不少罪，如今也算是扎下了根。

　　后悔吗？田宝珍却是不后悔，毕竟是自己选的路。她是头脑清醒的，知道世上没有双全法，要么吃努力的苦，要么吃生活的苦，总得要二选一。

　　她寻了个高处，定住脚，引逗着女儿去看那大鱼缸。女孩很快便被吸引，拍着巴掌，咯咯笑个不停。怀里的孩子，沉甸甸、暖烘烘的，宝珍凝视着女儿肉鼓鼓的侧脸，心底忽然柔软起来，就像是望见了童年的自己。

她做到了。她凭着自己的努力，给女儿的人生争取到一个更好的起点。

起码女儿能够读书，能够见世面，能够自由选择想走的路。在女儿未来有所求时，她懂得凭自己的本事去争取，而不是只剩下委身于他人这一条老路。她的女儿，还有一个自己做主的机会，这么一代一代地奋斗下去，一代一代的女儿们脖颈上的枷锁也终会挣开。女人不是月亮，从不需要凭借谁的光，这个道理她母亲不明白，但她希望自己的女儿可以懂得。

宝珍环紧了孩子，也转脸去看对面的表演。

面前是巨大的落地鱼缸，据导游介绍，这是亚洲最大的。她望着五彩的鱼群，心神也跟着摇曳不定，像是要哭的冲动。她已经很久没哭过了，情绪无意义是她近几年在生意场上学到的教训，眼泪只是她演戏的道具，却忘了怎样去真心实意地为谁哭一场。

此刻鱼缸里演的是《梁祝》，戏剧正进入高潮部分，男女主演手牵手向上奔去，象征着羽化成蝶，双宿双飞。对着面前这蔚蓝色的梦境，宝珍眼中升起水雾，仿佛又一次看见了十多年前的那轮蓝月。

她再次看见了家乡环绕的群山、古老的茅屋、遥远的椰子树，她又蜕回了十几岁的少女，也曾为谁碰触过真心，也曾有过脆弱莽撞的心动。

她记得那晚月色朦胧，自己仰起脸，笑着追问对面的男子："阿哥，你敢跟我去县城吗？"

后来，她的阿哥又是如何回答的呢？

记不清了，像是隔着一层永不散去的浓雾，她看不清那个男人的脸,甚至已经记不得他的名字,只是隐约知道像是姓徐……

罢了,不想了,人总是要向前看的。

田宝珍吸吸鼻子,逼回了眼中的泪,甩甩脑后的发,勾出一个漂亮的笑来安慰自己。

过去的,就让他们过去吧。

童浩半蹲在墓碑前,一声不吭,缓缓向外掏着祭品。

冷面,凉皮,炸串儿,馄饨。

当他倒出煎饼馃子的时候,旁边的高个儿青年实在忍不住了:"那个,童哥,人家都是摆什么烧鸡、水果、小点心,你上坟为什么要用煎饼馃子?"

童浩没搭话,轻轻将煎饼馃子外面的塑料袋解开,小心放平,这才起身,好好打量起眼前这个小伙子——黝黑、精瘦,成天呲着大白牙傻笑。小伙子警校刚毕业没多久,自称打小儿梦想就是进刑警队,如今分到他手下,队长让他帮忙带一带。

"对了,你叫什么来着?"

"孟昭,你叫我小孟就行。"

"孟朝?"童浩一愣,"你叫孟朝?"

"对,我爸姓孟,昭是天理昭昭那个昭,"青年顺着童浩的视线瞥了眼墓碑,赶忙吭吭两声,清了清嗓子,"哦,不是这个朝,对不起,我爸没起好名字——"

童浩点点头,面上没说话,心里却暗自想着:不是也好,总不想你再落个他那样的结局。

他蹲下身来,手扶墓碑,沉默了半响,这才低声问身后的小孟:"你知道为什么带你来这儿吗?"

"这儿躺着的是不是你家亲戚？"

童浩忍了再忍，还是没忍住，斜了他一眼。"瞎说什么，这是咱刑警队以前的队长。特勇的一个人，在一次追捕中，为了保护群众，英勇——"多少年了，每次说到这个词，他还是会哽，"英勇牺牲了，来，你拜一拜吧，也算是前辈给你上上思想教育课。"

孟昭双手合十，虔诚跪下，眼瞅着就要咣咣磕头，童浩忙一把拉住："哎？倒也不用磕头，你拜一拜就行——"

"不行，得磕！"孟昭挣开童浩，脑门子咣咣地往石板上撞，"队长英勇殉职，是英雄，没他冲在前面，就没有我们眼下的安稳日子，这几个头他担得住。孟队长，您走好，在那边好好休息吧，这边有我们呢，但是吧，也别走太远，保佑我们出警顺利，要是破案遭遇瓶颈了，还麻烦您给托个梦——"

童浩听着他的胡说八道，却是笑了，看着他一腔热血的莽撞，像是看见了几年前的自己，又像是看见了刚毕业的孟朝，像是看到了一代又一代奔向岗位的"愣头儿青"们。

他揩了把眼泪，在小孟后脑上狠拍了一巴掌："行了，差不多得了，破案用的是脑子，不是大话，等你出现场不吐了再说吧。"

说完，童浩起身朝前走去，青年拍拍膝上的灰，紧随其后："童哥，咱回局里？"

"嗯，不过先陪我去趟邮局，我汇笔钱给个老熟人。"

"谁呀？"

"南洋省的一个老人家，你不认识，少打听。"

"哎，怎么这么见外呢，你介绍介绍不就认识了？是不是你远房亲戚啊——"

　　两人的背影渐渐远去,交谈声也愈来愈远,慢慢听不清晰。一阵风拂过,树影摇曳,落在墓碑的照片上,孟朝笑着,眺望远方。

　　不知何时,坟前供奉的煎饼馃子少了一半,像是被什么吃了去,只留下一排新鲜的牙印。

　　许是野物,许是别的。

## 作者的话

### 关于倪向东,关于我们

此时此刻,我终于圆满了这个故事。

感觉自己就像是老式的生日蜡烛,莲花形状,一点燃就会弹开,转着圈自动唱歌那种,只要电池不使完,或者只要不被人剪断电线,便会永远"祝你生日快乐"地无限循环下去。这可能就是我,只要故事没完成,就会永远不停地写下去,直到力竭。

很多人问我,倪向东这个故事的原型到底是谁。说实话,我不知道,我纯纯瞎掰的。大概是去年秋天吧,我正在菜市场滑溜眼珠呢,忽然间,这个人物就涌现在面前的青椒上。我也寻思呢,这邪了吧唧的男人是谁啊?然后想着想着,就开始写这个故事了。

其实也不想传授什么大道理,我不会,也不配,只是单纯地想呈现一种人生。

写到徐庆利的部分,我也问过自己,这世间真的会有如此凄惨的人吗？然后过了一个多月，老天爷大概是回应了我的疑问，让我刷到一部纪录片。

片中的男子三十多岁，瘦削羸弱，一直对着记者的镜头卑微地笑。

他是个孤儿，一出生就被父母抛弃，后来养父母总是打他，往死里打，他受不住了，十多岁时跑出去了，然后在全国各地流浪。没有身份证，只能打黑工，老板只管饭，从没给过一分工钱。他说他这辈子攒的最多的钱就是两百元，有时候五天没有吃饭，就只能蹲在街边，不敢动，一动就会昏过去。

他说他平时以捡垃圾为生，但是捡垃圾也有底层的规矩，不小心捡到别人的地盘了，会挨揍的。当时他被另一帮流浪汉打到颅骨骨折，没有钱去医院，硬生生躺着等死，后来躺了快一个月，还是活下来了。最难的时候，他还碰见过黑煤窑的老板。那是一个大雪纷飞的夜晚，对方问他要不要跟着去干活儿，他答应了，他说知道对方是黑煤窑的，去了可能会被打死，但是没有办法，如果不去，当晚就会冻死。

片子的最后，记者问他，人生中可曾有什么快乐的回忆吗？

他怯懦地躲避着镜头，笑着说没有。

记者说你好好想想，一点儿都没有吗？

他愣了愣，想了半天。

"没有，这一生一点儿快乐都没有。"

说这话时，他仍然笑着。

那一刻我忽然被戳中了。有时候我们的不懂，是因为我们幸运。因为命运没有选中我们开刀，我们不是普通人，是幸存者。活着的每一日都是奇迹，每一日都是馈赠，我们口中百无聊赖的日子，也许真的是曹小军、吴细妹、徐庆利他们眼中遥不可及的明天，也是孟朝、老孙他们用命换来的安稳。

如果说《一生悬命》这个故事非要传达点儿什么的话，那就是请保持善良，无论是对他人，还是对自己。我们总是会在自己的情节里遇见矛盾、痛苦的事情，其实大家都一样，一样脆弱，一样坚强，一样会因为一点儿小事崩溃，一样也会因为他人的善意而感动，觉得人生值得。

有时候这个世界会很荒谬，但总有解决之道，总会有办法的。

可能我所有的小说主旨都是一个，那就是活下去，活下去总会有好事发生。人生是旷野而非轨道，请尽情撒欢儿，尽情奔跑，来都来了，玩尽兴再走吧。

最后，愿生活待你不薄。

2022年6月24日

## 读客
## 悬疑文库

认准读客读悬疑,本本都是大师级。

专注出版中、英、美、日、意、法等世界各国各流派的顶尖悬疑作品。

为读者精挑细选,只出版两种作品:
经过时间洗礼,经典中的经典;口碑爆表、有望成为经典的当代名作。

跟着读客悬疑文库,在大师级的悬疑作品中,
经历惊险反转的脑力激荡,一窥人性的善恶吧。

扫一扫,立即查看悬疑文库全书目,
收集下一本精彩悬疑!